치유 마법의
잘못된 사용법
~전장을 달리는 회복 요원~
Vol. 7
쿠로카타
KUROKATA

【네아】
【레오나】
【아마코】

【우사토】
【아르크】
등장인물 소개

【카론】
【노른】
“먼저 말해 둘게.
나는 너희를 기분 좋게 환영할 수 없어.”

치유마법의 잘못된 사용법

~전장을 달리는 회복 요원~

Vol. 7

저자 쿠로카타
일러스트 KeG

치유마법의 잘못된 사용법
~전장을 달리는 회복 요원~
Vol. 7

CONTENTS

구명단 수칙
~회의(灰衣)의 마음가짐~

하나, 자신의 생존을 첫째로 생각할 것

하나, 어떤 상황 속에서도 동료를 믿을 것

하나, 전장에서 입은 마음의 상처를 치유하는 것도

회색 옷의 일임을 명심할 것

제1화 급습! 미쳐 날뛰는 마물들!

기도의 나라, 사마리알.

그곳에서 우리는 사마리알의 공주, 에바를 구하기 위해 왕족을 좀먹던 저주를 파괴하고자 했다.

저주의 정체는 선대 용사를 붙잡기 위해 제물로 바쳐진 사마리알의 백성들로, 그들을 마술로 이용하던 마술사는 나의 정신을 파괴하고 몸을 탈취하려고 했다.

그것을 저지한 우리는 죽은 자의 영혼을 수백 년 동안이나 속박하던 마술을 파괴하여 마술사의 야망에 종지부를 찍었다.

"아~, 앞으로 나는 대체 어떻게 되는 걸까……."

"우사토, 계속 똑같은 말을 하고 있는데 그만 포기하는 편이 좋아."

사마리알을 떠난 지 2주가 지났다.

나는 이누카미 선배의 기사를 떠올릴 때마다 똑같은 말을 중얼거리고 있었다.

타국의 왕자에게 프러포즈를 받은 선배가 내 이름을 대며 그것을 거절했다는 기사는 상상 이상으로 내 정신에 대미지를 줬다.

"하지만 이런 기사가 나돌고 있잖아. 이 기사를 읽은 사람이 실제 나를 보고 상상했던 모습과 다르다고 할 것 같아서 무서워……."

"너무 과하게 신경 쓰는 거야. 그리고 우사토의 좋은 점은 외모가 아니야."

그 위로는 여러 가지 의미로 받아들일 수 있어서 순순히 기뻐할 수 없어…….

만약 지금 향하고 있는 미아라크의 사람들이 나에 대한 이상한 인상을 가지고 있다면 서신 전달에 지장이 생기거나 내가 더 큰 정신적 대미지를 받을 수도 있다.

"푸~! 언제 봐도 걸작이야! 이 뾰족한 코와 반짝거리는 웃음! 전혀 우사토 같지 않아서 너무 웃겨!"

"……."

기사가 적힌 종이를 날개로 솜씨 좋게 잡은 올빼미가 일일이 놀리는 것도 참을 수 없이 짜증스러웠다.

심지어 사마리알을 떠난 후로 줄곧 이런 식이었다.

"……흥!"

"꺄앙?!"

아, 아마코가 네아를 콱 움켜잡았다.

아마코는 네아를 붙잡은 손을 붕붕 휘두르기 시작했다. 휘둘리고 있는 올빼미는 말로 표현할 수 없는 비명을 질렀다.

두 사람이 싸우는(?) 모습도 이제는 익숙한 광경이었기에, 나는 말을 끄는 아르크 씨에게 시선을 옮겼다.

"아르크 씨. 미아라크는 호수 위에 있는 도시죠?"

"예. 이 대륙의 중심을 흐르는 대하(大河)의 중간쯤에 호수가 있는데, 그 호수에 위치한 도시가 바로 미아라크입니다."

내가 서신을 전달하러 가는 곳, 미아라크.

여행의 최종 목적지인 수인(獸人)의 나라에 가려면 미아라크를 통과해야만 하니 조금이라도 더 알아 둬야겠지.

"그럼 역시 배가 잔뜩 있나요?"

"예. 미아라크는 어업도 성행하는 곳이라서 배가 많습니다. 개중에는 물에 사는 마물과의 전투를 주안점으로 둔 배도 있을 정도입니다. 수인의 나라가 있는 건너편 기슭으로 안전하게 가려면 미아라크의 배를 타는 것이 최적이죠."

"흐음, 평범하게 헤엄쳐서 건널 수는 없나요? 아니면 다리를 찾거나……."

내 말에 아르크 씨는 고개를 가로저었다.

"인간은 물속에서 마물을 이길 수 없습니다. 헤엄쳐서 강을 건너는 데 성공한다고 해도 그 앞에 기다리고 있는 것은 마왕령과 수인족이 사는 영역이죠. 인간이 섣불리 발을 들여서는 안 되는 곳이므로 다리도 놓여 있지 않습니다."

"마왕령…… 설마 마왕군이 링글 왕국을 공격했을 때, 대대적으로 다리를 만들었던 건……."

"맞습니다. 애초에 강기슭을 잇는 다리 자체가 없기 때문입니다."

그랬구나. 확실히 인간들은 굳이 마왕령이나 수인이 사는 곳에 들어갈 필요가 없으니 말이지…….

"아, 그러고 보니 미아라크는 생선 요리가 맛있다고 평판이 자자합니다."

"생선 요리요?"

호수 위에 있는 나라니까 민물고기려나?

아니지, 바다와도 가깝다는 모양이니까 바닷물고기도 있을지 몰라. 원래 세계에 있던 농어나 연어 같은 느낌으로 말이지.

역시 회는 없겠지만 그래도 기대되었다.

최근에 먹은 것이라고 해 봤자 그저 불에 구웠을 뿐인 물고기였다. 본격적인 생선 요리는 좀처럼 먹을 수 없었다.

미아라크의 생선 요리에 대한 설렘이 얼굴에 드러났는지 내 얼굴을 본 아르크 씨가 생긋 미소를 지었다.

"미아라크에 도착하면 생선 요리를 먹으러 갈까요?"

"좋네요. 도착이 더더욱 기대돼요."

"하하하, 저도 기대됩니다."

아, 하지만 블루링은 어쩌지?

문득 그런 생각이 들어서 옆으로 시선을 보내자, 기대에 찬 눈길로 나를 보는 곰 한 마리가 있었다.

"아~, 알겠어, 알겠어. 나중에 너한테도 생선을 가져다줄게."

"크릉~."

"하하, 타산적인 녀석."

쓰게 웃으며 블루링을 쓰다듬고 있는데 흙먼지를 뒤집어쓴 네아가 울상을 지은 채 뒤에서 날아와 내 어깨에 앉았다.

손으로 이마를 닦으며 옆에 나란히 선 아마코는 마치 일 하나를 끝낸 듯한 표정이었다.

"후우. 우사토, 무슨 얘기하고 있었어?"

"이, 이 여우…… 나를 잔뜩 괴롭혔던 주제에 그렇게 아무 일도 없었다는 듯이 굴다니!"

어깨에 앉은 네아가 날개를 푸드덕거리며 아마코에게 항의했다.

"시끄러워. 또 빙글빙글 돌려지고 싶어?"

"흐엑?! 너, 너 말이야, 우사토의 위험한 부분이 살짝 옮은 거 아냐?!"

"야, 나의 위험한 부분이라니 그게 무슨 소리야."

"우사토. 무슨 얘기하고 있었냐니까?"

"응? 아아, 미아라크에 관해 얘기하고 있었어."

"흐응~."

별로 관심 없어 보이네…….

"좋은 곳이야. 사마리알처럼 노골적인 아인(亞人) 차별도 없고, 많진 않지만 수인도 드나들어."

"그래? 그럼 아는 사람 있어?"

"아니. 그때는 별로 여유가 없었고……."

"……."

그런가. 이 아이가 수인의 나라를 나와서 최초로 방문한 곳이 미아라크였구나.

엄마를 구하고 싶다는 마음뿐이라 주위를 둘러볼 여유 따위는 없었으리라.

내가 조금 무신경했을지도 모르겠다.

"……그때의 나와 지금의 나는 달라."

그때, 아마코가 대뜸 작게 중얼거렸다.

"그때의 나는 혼자였지만, 지금은 우사토와 동료들이 함께 있으니까."

"……그래."

작게 미소를 지은 그녀에게 나도 웃어 보였다.

아마코의 입으로 그런 말을 듣게 되어서 나는 안심했다.

"……?"

"왜 그래? 아마코. 갑자기 멈춰 서서."

"누군가가 싸우고 있어……."

아마코가 귓가에 손을 대고서 멈춰 섰다.

아마코의 말을 들은 아르크 씨는 칼자루를 쥐고 주위를 경계했다.

나 역시 발을 멈추고 전방을 주시하며 아마코에게 상황을 확인했다.

"이 앞에서 전투가 벌어지고 있다는 거야?"

"쇠를 맞부딪치는 듯한 소리…… 그리고 뭔가가 부서지는 소리……."

"부서진다고? 지면이?"

"좀 다른 것 같아. 뭐랄까…… 얼음이 깨지는 소리 같은……."

수인의 귀로 겨우 인식할 수 있을 만한 소리인지, 내가 아무리 귀를 기울여도 아무것도 들리지 않았다.

누군가가 습격을 받은 걸까.

여행 중이던 상인이 도적에게 습격받았을지도 모르지만 함정일

가능성도 있었다.

"……네아, 하늘을 날아서 상황 좀 보고 와 줄래?"

"뭐~? 어쩔 수 없지~."

귀찮아하면서도 날개를 크게 펼친 네아는 하늘을 올려다보며 천천히 날갯짓했다.

"오오오오오오오오오오오오오!"

"읏?!"

그때, 갑자기 우렁찬 외침이 전방에서 들려왔다.

짐승의 포효처럼 위압적인 목소리에 나와 아르크 씨 이외의 동료들이 몸을 크게 떨었다.

지금 막 하늘을 날려고 했던 네아도 공중에서 경직되어 땅으로 곤두박질치려고 했기에 허둥지둥 받았다.

"네아, 괜찮아?!"

"……읏, 외침에 마력 파동이 실려 있었어! 이 앞에 있는 건 평범한 생물이 아니야!"

"파동……?"

나와 아르크 씨에게는 효과가 없었던 것 같지만, 블루링과 네아, 그리고 수인인 아마코에게는 영향을 미친 것처럼 보였다.

인간보다 예민한 감각을 가진 생물만이 알 수 있는 건가?

"다들, 뛰어……."

"아마코?"

아마코가 떨리는 목소리로 중얼거렸다.

그녀의 말이 나옴과 동시에 뒤를 돌아본 블루링이 숲 안쪽을 노려보며 으르렁거렸다. 나도 그쪽을 돌아보자 숲속에서 많은 발소리와 마물들의 울음소리가 들려왔다.

"우사토! 조금 전 외침에 담겨 있던 마력이 이곳 일대의 마물을 폭주시켰어!"

"뭐?! 폭주라니, 제정신이 아니란 말이야?!"

"야생 마물은 이 파동에 저항할 수 없어! 빨리 도망쳐!"

그 말은 즉, 이 주변에 있는 마물들이 전부 착란 상태에 빠졌다는 뜻인가?!

심지어 그 마물들이 우리 쪽으로 오고 있다니…… 아무튼 지금은 도망쳐야 해!

"다들 뛰자! 읏, 아마코?!"

"……."

옆을 보니 아마코가 자기 몸을 끌어안고서 떨고 있었다.

몸이 얼어붙어서 못 움직이는 건가?!

차라리 내가 뒤쪽으로 돌격해서 시간을 벌까?! 아니야, 그러면 미처 막지 못한 마물들이 동료들을 덮칠 거야.

"……어쩔 수 없지! 가만히 있어!"

"꺄앗?!"

네아를 어깨에 얹은 나는 아마코를 안고 달리기 시작했다.

"아르크 씨! 말을 몰아 주세요!"

"알겠습니다!"

살짝 혼란에 빠진 짐말을 억제하던 아르크 씨는 고삐를 잡고서 말을 빨리 달리게 했다.

블루링은 배짱이 두둑한지 조금 전의 외침 따위 신경 쓰지 않고 내 뒤를 쫓아왔다.

뒤에서는 이미 마물 대군이 몰려오고 있었다.

다양한 종류의 마물들이 뒤섞여 있는데도 불구하고 그것들은 서로 싸우지도 않고 우리만을 덮치려고 했다.

아무리 이해해 보려고 해도 이건 너무 이상했다.

"대체 무슨 일이 일어나고 있는 거야……?!"

명백하게 평범하지 않은 사태에 초조해하며, 나는 아마코를 안고서 길을 달려 나갈 수밖에 없었다.

제2화 빙상 전투! 용전사 카론!

마물 무리에게 쫓기길 몇 분…….

여전히 마물 무리는 우리를 노리고 있었고, 그 수는 줄기는커녕 늘어나고 있는 것 같았다.

아마 이 일대의 마물들이 모이고 있는 거겠지만…… 쫓기고 있는 우리에게는 그저 성가신 일이었다.

이대로 계속 달리면 미아라크가 있다는 호수에 조만간 도착할 수 있을 터……. 거기까지 가면 배를 타고 호수를 건널 수 있을 것이다.

"나무의 수가 점점 줄고 있습니다! 거의 다 왔어요! 우사토 님, 괜찮으십니까?!"

"저는 전혀 문제없어요!"

"블루링이랑 말과 나란히 달리고 있으면서 문제없다니, 이상하지 않아?"

어깨 위에서 그렇게 중얼거리는 네아를 무시하고, 옆구리에 낀 아마코와 옆에서 달리는 블루링의 안부를 확인했다.

일단 다들 다친 곳은 없는 것 같아서 안심했다.

"우사토, 앞에서 뭔가가 튀어나올 거야……!"

안심한 것도 잠시, 몇 초 후의 상황을 예지한 아마코가 그렇게 알렸다.

"마물인가?! 멈춰 서 있을 여유는 없어! 이대로 돌진한다!"

어깨 위에 있는 네아가 마술을 발동하여 오른손에 구속 주술을 걸어 주었다. 나도 즉각 치유마법탄을 오른손에 만들어 냈고, 눈앞의 수풀이 흔들림과 동시에 투척했다.

"우오?!"

15미터쯤 떨어진 수풀에서 튀어나온 순간에 치유구속탄을 맞은 것은 신장이 2.5미터쯤 되는 커다란 인간형 마물이었다.

흉포하게 생긴 마물은 얼핏 보면 우람한 근육질의 인간 같았지만, 불그스름한 피부와 손에 든 커다란 몽둥이가 인간이 아닌 마물임을 나타냈다.

"저 마물은 오거?! 왜 오거가 여기 있어?!"

"어? 지금껏 나는 저거랑 똑같은 취급을 받았던 거야?!"

네아의 충격적인 발언에 쇼크를 받았다.

거짓말이지? 내 어디가 오거랑 닮았다는 거야?!

"우오! 오오오오!"

"우사토! 구속이 풀렸어! 이 녀석은 예사로운 상대가—."

"귀찮게 구네! 아마코!"

"그대로 하면 돼! 오거는 반응할 수 없어!"

아마코의 예지를 들은 나는 단숨에 오거와의 거리를 좁혀서 명치에 치유 펀치를 날렸다.

"잠깐만! 이대로 돌격하는 거야?!"

"나는 이렇게, 야만스럽지, 않아! 이거나 먹어라!"

"내 얘기도 좀 들어!"

주먹이 배에 꽂히자 오거는 공기를 토하듯 신음하며 눈을 까뒤집었다.

나는 움직임이 둔해진 오거의 오른팔을 잡고 뒤돌아봄과 동시에 우리에게 달려드는 마물 무리 쪽으로 오거를 던졌다.

선두에 있던 마물을 오거가 짜부라뜨리면서 무리의 속도가 느려졌다.

그 광경을 보고 나는 앞머리를 쓸어 올리며 웃었다.

"나를 저런 마물과 똑같이 취급하다니…… 정말이지 실례되는 얘기라니까."

"응…… 우사토는 오거가 아니야. 오거 이상의 무언가야."

"어, 어라? 오거는 블루 그리즐리와 비슷한 수준으로 위험한 마물일 텐데…… 내가 이상한 거야?"

나는 두 사람의 말을 무시하고 다시 달리기 시작했다.

일격으로 해치웠지만 오거가 강력한 마물인 것은 변함없었다.

"네아. 오거는 원래 사람이 사는 곳 근처에 출몰하는 마물이야?"

"보통은 마소(魔素)가 짙은 곳이 아니면 다가오지 않아. 아마도 아까 들린 포효의 영향을 받아 거처에서 나온 것 같은데…… 확실히 평범하지 않은 일이야."

역시 이것도 아까 그 목소리 때문인가.

아무튼 미아라크에 들어가 안전을 확보하면 미아라크의 통치자에게 이 사실을 전하자. 마물들에게 강한 영향을 주는 존재가 미아라크 주변에 있다면 그것은 우리뿐만 아니라 미아라크에도 악영향을 줄지 모른다.

"미아라크가 보입니다!"

아르크 씨의 목소리에 정신을 차리고 앞을 보았다.

나무가 사라지며 탁 트인 경치 너머로 하얀 도시가 보였다. 사마리알만큼 크지는 않지만 도시로서는 충분한 크기였다.

"우사토……."

"응? 아마코, 괜찮아. 곧 배를 탈 수 있을 거야."

"아니, 그게 아니야……."

먼 곳을 보듯 몸을 앞으로 내민 아마코는 믿을 수 없는 광경을 본 것처럼 놀란 표정을 지었다.

그 모습에 나도 앞으로 고개를 돌리고 그녀가 보는 방향을 주시하며 나아갔다.

미아라크의 거리와 햇빛을 반사하여 하얗게 빛나는 호수가 보였다.

"잠깐만. 뭔가가 이상해……."

어째서 호수의 수면이 안 움직이지?

호수가 가까워지면서 제일 먼저 느낀 것은 싸늘함이었다.

마치 이곳만 계절이 바뀐 것처럼 단숨에 온도가 내려간 것을 체감한 나는 초조해하며 주위를 둘러보았다.

"왜 호수가 얼어 있는 거야……?"

멍하니 내뱉은 네아의 말에 누구도 대답하지 못했다.

수상 도시 미아라크에 도착한 우리를 기다리고 있던 것은 호수에 둘러싸인 아름다운 물의 도시가 아니라 얼음에 지배된 은빛 세계였다.

"이래서는 배를 띄울 수 없어! 아르크 씨! 역시 제가 마물들을 막을게요! 아르크 씨는 아마코와 블루링을 데리고 먼저 미아라크에 가 주세요!"

가뜩이나 쉬지 않고 달려왔다. 이 이상 달리면 블루링은 몰라도 짐말이 마물에게 붙잡힐 것이다.

내 말에 아르크 씨는 주저했다.

"우사토 님이라면 괜찮을 거라고 믿습니다만……."

"충분히 붙잡아 뒀다 싶으면 바로 이탈할 테니 괜찮아요!"

"읏, 알겠습니다! 무리하지는 마십시오!"

나는 아르크 씨의 말에 고개를 끄덕인 뒤, 옆에 있는 블루링의 등에 아마코를 올렸다.

"블루링, 아마코를 부탁할게."

"크앙~."

"……확실하게 돌아와야 해."

"그래!"

아르크 씨가 탄 말과 블루링이 미아라크 쪽으로 달려가는 것을 지켜본 나는 그들을 따라가기 위해 날갯짓하는 네아를 움켜잡고서 앞으로 몸을 돌렸다.

"네아, 넌 나랑 같이 있어."

"뭐? 싫어! 왜 나까지 싸워야 하는데?! 괴물들끼리 사이좋게 싸우란 말이야!"

괴물들끼리라니…….

살짝 짜증이 났지만 웃는 얼굴을 유지했다.

"괜찮아, 내가 지켜줄게."

"지켜주고 싶으면 이대로 나를 보내줘! 지금 그 말을 해봤자 전혀 다른 의미로 느껴질 뿐이라고!"

"1~2분만 붙잡아 두면 돼. 그저 때려서 교란할 뿐이야."

"그걸 걱정하는 게 아니거든?!"

쓸데없는 이야기도 여기까지다.

언제든 달려 나갈 수 있게 다리를 반걸음 벌리고 주먹을 들었다.

먼저 선두의 오거를 후려쳐서 적의를 내게로 모으자.

"좋아, 그럼—."

그때, 등 뒤에서 뭔가가 낙하한 듯한 큰 소리가 울려 퍼졌다.

"읏?!"

"이번에는 뭐야?!"

순간적으로 뒤돌아보니 내가 있는 곳에서 30미터쯤 떨어진 얼음 위에 두 사람이 서 있었다.

한 명은 웃통을 벗은 장발의 남자였고, 다른 한 명은 금이 간 갑주를 입은 사람이었다.

장발의 남자는 커다란 도끼를 들고 있었는데, 양팔을 축 늘어뜨린 채 갑주를 착용한 인물을 내려다보고 있었다.

한편 갑주를 입은 기사는 얼어붙은 호수 표면에 몹시 세게 내동댕이쳐졌는지 부서진 얼음 위에 쓰러져 신음하며 남자를 노려보고 있는 듯했다.

"우사토, 마물 무리의 움직임이 멈췄어……."

네아의 말에 마물들을 바라보니 그것들은 부르르 몸서리치고서 달아나고 있었다.

마치 무서운 존재의 눈에 들고 싶지 않다는 것처럼 숲으로 도망치는 마물들의 모습에 불길한 예감을 느끼며, 어깨 위에서 굳은 네아에게 말했다.

"괜찮아? 네아."

"흐, 흥! 저게 뭔지는 모르겠지만 얼른 아르크를 쫓아가자. 말과 블루링의 속도라면 금방 미아라크에 도착할 테고, 우리가 여기 있을 이유도 더는 없으니까……."

네아 녀석, 겁먹은 건가?

"으, 으으……."

그때, 움직이지 못하는 갑주 기사를 향해 천천히 걸어간 장발의 남자가 도끼를 가볍게 치켜들었다.

"위험해!"

"우사토?!"

나는 저지하기 위해 앞으로 뛰쳐나갔다.

어떻게 봐도 남자는 평범하지 않았다. 그들이 누구인지는 모르겠지만, 사람을 죽이려 하는 것을 가만히 보고 있을 수는 없었다.

주먹에 치유마법을 휘감은 나는 거리를 좁힘과 동시에 도끼를 치켜든 남자의 복부에 힘껏 치유 펀치를 때려 박아서 크게 날려 버렸다.

"……읏, 단단해?!"

마치 사룡이나 링글의 숲에서 만났던 뱀의 비늘을 때린 듯한 감각에 당황하면서도 뒤돌아 멍하니 나를 올려다보는 갑주 기사에게 말을 걸었다.

"움직일 수 있겠어요?"

"어? 그, 그래…… 윽!"

갑옷을 입은 사람이 발을 부여잡았다.

……상상했던 것보다 높은 목소리네.

표정은 보이지 않았지만 여기저기 다친 것은 틀림없는 듯했다.

당장 치유마법으로 상처를 고쳐야겠어.

그렇게 생각하고 그에게 달려가 치유마법을 베풀려고 하자 손을 덥석 붙잡혔다.

"어서 도망쳐……! 기습이 성공했어도 그는 바로 일어날 거야……!"

"일어난다니 그게 무슨—."

"우사토! 뒤에!"

네아의 목소리에 즉각 뒤돌아본 내 시야에 이쪽으로 주먹을 날리는 남자의 모습이 들어왔다.

나는 순간적으로 오른쪽 손바닥을 앞으로 내밀어 남자의 주먹을 막았다.

"윽! 묵직해……?!"

충격이 손바닥을 관통했다.

"말도 안 돼……. 막았……어……?"

갑주 기사가 믿을 수 없다는 음색으로 중얼거렸다.

나는 예상외의 위력에 놀라면서도 다리에 힘을 줘서 충격을 버틴 뒤 반대로 그의 주먹을 붙잡았다.

남자는 핏발이 선 눈으로 나를 노려보며 주먹에 힘을 줬다.

아무래도 적은 확실히 이쪽인 것 같았다.

그렇다면 할 일은 정해졌네.

"고쳐줄 테니 좀 더 날아가 있어!"

나는 붙잡은 주먹을 끌어당기고, 왼발을 뒤로 크게 뺐다가 돌려차기를 날렸다.

하지만 남자는 도끼를 든 팔로 발차기를 막았다. 방어와 함께 날려 버리려고 힘을 줘봤지만 남자의 무시무시한 완력에 발차기가 완전히 막혀 버렸다.

읏, 정면으로 받아 냈어?!

남자가 내게 붙잡혀 있는 주먹에 더욱 힘을 줬다.

나는 그에 대항했지만 심상치 않은 힘에 앓는 소리가 나왔다.

"윽……!"

뭔 힘이 이렇게 세?! 조금이라도 방심하면 밀리겠어!

나와 동등하거나…… 어쩌면 그 이상의 힘일지도 모르겠다.

"우사토의 무식한 괴력과 팽팽히 맞붙다니?!"

"힘 빠지는 소리 하지 말고 서포트나 해줘!"

붙잡은 주먹으로 네아의 구속 주술을 흘려 넣어 한순간 움직임을 정지시켰다.

"……?!"

"흡!"

그 틈을 타 아래쪽에서 쳐올리는 형태로 치유구속권을 날려서 아까보다 더 멀리 날려보내 거리를 벌렸다.

"저 사람 뭐야? 인간의 힘이 아니야."

"있지, 그거 진심으로 하는 말이야? 그 말은 그대로 자신에게 돌아온다는 거 알아?"

…….

"나도 버티는 게 고작이었어……! 큭, 이럴 줄 알았으면 더 단련했을 텐데……!"

"분하다는 듯이 말하지 마! 버틴 것부터가 이상하다는 걸 깨달으라고!"

분한 표정을 짓는 내게 네아의 말은 들리지 않았다.

안 들린다면 안 들리는 거야.

남자는 아마 금방 일어날 테니 여기서 갑주 기사를 치료할 시간은 없었다.

나는 주위를 경계하면서 갑주 기사의 등과 무릎 뒤로 손을 넣어 그를 들어 올렸다.

"읏! 뭐, 뭘 하려고……!"

"여기서 벗어날 거예요."

"나, 나는 두고 혼자 가! 갑주를 입은 나를 데리고서는 도망칠 수 없어!"

갑주 기사는 나를 걱정하는지 자신을 두고 가라고 했지만 나는 단호하게 거부했다.

"아뇨, 걱정하실 필요 없어요. 저한테는 익숙한 일이니까요."

"익숙한 일이라니…… 으앗?!"

갑주 기사를 안고 전속력으로 그 자리를 벗어났다. 사람을 안고 이동하는 것은 구명단원의 본분이다.

달리면서 그에게 치유마법을 베풀었다.

"통증이…… 이건 회복마법이, 아니야?"

"치유마법이에요. 금방 상처를 고쳐 드릴게요!"

"너, 너는 치유마법사인가?! 그런데도 그를 상대한 건가?!"

"네…… 읏!"

등 뒤에서 얼음을 부수며 무언가가 달려드는 소리가 들렸다.

역시 쫓아왔나. 상대가 어떤 존재인지는 모르겠지만, 웬만한 다릿심으로는 나를 따라잡을 수 없을걸!

내게 안긴 갑주 기사에게는 뒤쪽이 보이는지 그가 숨을 삼켰다.

"너는 대체 누구지……?"

"저는 우사토. 링글 왕국에서 온 사자예요. 미아라크에 중요한 서신을 건네러 왔는데…… 당신은요?"

"나는 레오― 읏?! 우사토!"

갑주 기사의 다급한 목소리에 반사적으로 홱 물러났다.

다음 순간, 조금 전까지 내가 있던 곳에 커다란 고드름이 꽂혔다. 고드름은 무시무시한 냉기를 뿜으며 산탄처럼 파열했다.

"뭐야?!"

깜짝 놀라서 눈을 크게 뜨자 양날 도끼를 휙 휘두르며 이쪽으로 다가오는 남자가 보였고, 뒤이어 하늘에서 내려오는 수많은 고드름이 눈에 들어왔다.

"네아, 내성 주술을……!"

"이미 하고 있어!"

산탄 기능이 있는 저런 고드름을 맞으면 바로 끝장이야!

얼음에 대한 내성 주술에 감싸인 나는 쏟아지는 고드름을 피하는 데 집중했다.

"……읏, 대체 뭐야! 마법의 범주를 넘어섰어!"

"저 도끼에서 굉장한 힘이 느껴져. 이건 예사로운 힘이 아니야!"

나는 갑주 기사를 한 손으로 받치고서 다른 손으로 산탄을 쳐냈다.

모든 고드름이 낙하를 끝냈을 때는 장발의 남자가 상당히 가까운 곳까지 따라붙은 상태였다.

"미안하다. 널 우리의 싸움에 끌어들이고 말았어……."

품에 안긴 갑주 기사가 연약하게 말했다.

반면 뒤에서 쫓아오던 남자는 얼음 표면에 도끼를 세차게 내리찍더니 숨을 들이쉬고서 무표정한 얼굴로 크게 고함쳤다.

"오오오오오오오오오오!"

"……읏, 이건!"

역시 마물을 폭주시킨 건 이 사람이었나!

그리고 조금 전에 쓴 얼음마법, 호수를 얼린 것도 이 사람인가?!

"그의 이름은 카론."

갑주 기사가 마치 애처로운 것을 보듯 떨리는 목소리로 작게 중얼거렸다.

"원래는 인간이었고…… 용사가 될 남자였어."

"용사가 될 남자……?!"

갑주 기사의 말을 듣고 제일 먼저 떠오른 것은 선배와 카즈키의 모습이었다.

하지만 나는 바로 그 생각을 부정했다.

인간을 벗어난 육체와 마법은 내가 있던 세계의 인간 범주에 명백하게 부합하지 않았다.

저런 초인이 나와 똑같은 세계의 인간이라면 오히려 놀라운 일이다.

"용사라는 건 이 나라에서 용사로 뽑힌 인간이란 뜻인가요?"

"……아아, 그래."

이 세계에서 용사라는 말은 두 가지 의미로 쓰인다.

선배와 카즈키처럼 다른 세계에서 소환된, 용사의 『소질』을 가진 자.

그리고 국가로부터 용사라는 『칭호』를 받은 자.

카론 씨는 후자겠지.

"그렇더라도…… 카론 씨의 힘은 인간의 범주를 벗어났는데……."

"상대방도 너한테만큼은 그런 소리 듣고 싶지 않을 거야."

거 시끄럽네.

하지만 문제는 지금 상황에서 어쩌면 좋을지였다.

"일단 물러나고 싶지만 그렇게 두지 않겠지……."

다리를 반걸음 벌린 나는 도끼를 둘러메고 이쪽을 노려보는 카론 씨를 바라보았다.

등을 돌리면 아까 봤던 고드름이 날아올 것이다. 하지만 이대로 여기 가만히 있어도 달려들 것이다.

그렇게 고민하는 사이, 카론 씨가 짐승처럼 양손을 얼음 표면에 댔다.

"오는 건가……!"

"우사토라고 했지! 나를 내려 주겠나?! 짐이 되고 싶지는 않아!"

분명 레오 씨……겠지? 목소리는 허스키한 느낌이지만 이름을 보면 남성이리라.

상처도 완전히 다 고쳤기에 그를 내려 주었다.

"나는 너를 잘 몰라. 어깨 위의 진묘한 생물과 대화하는 것도 신경 쓰이지만…… 네가 악인이 아니라는 것만큼은 알 수 있어."

"진묘한 생물이라니! 나는 올빼미야!"

아니, 너는 흡혈귀잖아.

속으로 지적하면서 나는 살짝 뒤쪽으로 이동한 레오 씨를 보았다.

"카론이 왜 이러는지, 미아라크에 무슨 일이 일어났는지는 나중에 이야기하겠어. 일단 이 상황을 타개하는 걸 도와주겠나?"

여기저기 금이 간 갑주를 입은 레오 씨가 카론 씨를 향해 손바닥을 들었다.

"알겠어요."

이것저것 궁금한 점이 있지만 우선은 이 상황을 어떻게든 해야겠지.

사고를 전환하고 주먹을 들자 카론 씨가 무시무시한 기세로 튀어 나왔다.

"느려!"

첫 움직임은 내가 더 빠르다!

있는 힘껏 지면을 박차고 카론 씨와의 거리를 단숨에 좁혔다.

지근거리까지 다가간 순간, 도끼를 든 오른팔을 잡고 반대편 손은 주먹을 말아 쥐었다.

"단단한 상대는 익숙하거든!"

기본적으로 단단한 녀석은 방어하지 않는다!

사룡과 싸우면서 그건 학습을 끝냈어!

"네아! 이대로 의식을 뺏는 거야!"

"응!"

이대로 연속으로 치유구속권을 때려 박아 움직임을 봉쇄하고—.

"……!"

하지만 카론 씨의 도끼에서 무시무시한 냉기가 느껴짐에 순간적으로 양팔을 뒤로 뺐다.

다음 순간, 내 팔이 있던 곳에 도끼가 내리쳐졌다.

"방금 팔 잘릴 뻔했어!"

"오오오오오오오오!"

마치 나무 막대기라도 휘두르듯 가뿐하게 도끼를 다루는 카론 씨의 맹공을 피했다.

맞으면 최소한 중상, 최악에는 즉사다. 참격의 위력도 대단하지만 냉기 또한 문제였다. 지금은 치유마법으로 어떻게든 대처하고 있지만, 이 이상 냉기에 노출되면 제대로 움직일 수 없게 될 것이다.

도끼가 휘둘릴 때마다 강렬한 냉기가 내 체온을 앗아 갔다.

"네아, 내성 주술이야!"

"냉기에?! 아니면 참격―."

그 순간 내 얼굴 앞으로 도끼가 붕 하고 스쳐 지나갔다. 순간적으로 몸을 젖혀서 맞지는 않았지만…… 간 떨어질 뻔했다.

내 얼굴과 똑같은 높이에 있던 네아도 아마 똑같은 경험을 했을 것이다. 추위와는 상관없이 얼굴이 새파래져 있었다.

"참격에!"

"휴…… 차, 참격 말이지?!"

내성 주술이 발동되면서 참격은 내게 듣지 않게 됐지만, 솔직히 자진해서 도끼를 맞을 생각은 없기에 이대로 빈틈을 노려 공격해 나가기로 했다.

주먹을 쥐고 상대를 견제하자 후방에서 얼음 뭉치가 날아와 도끼를 든 카론 씨의 손에 직격했다.

얼음 뭉치는 크게 퍼져 카론 씨의 손과 지면을 얼음으로 고정시켰다.

"……?!"

"우사토, 지금이다!"

뒤를 보니 레오 씨가 이쪽을 향해 손바닥을 들고 있었다.

저 사람, 계속 움직이는 손만을 정확하게 노리고 공격한 거야?!

얼음 마력을 양손으로 압축시킨 레오 씨는 연속으로 마력탄을 쏴서 카론 씨의 몸을 얼음으로 구속해 나갔다.

"감사합니다! 네아! 여러 번 공격해서 단숨에 굳히는 거야!"

"아아, 진짜! 너의 무모함에 어울려 주는 게 대체 몇 번째야~!"

주먹에 구속 주술이 휘감겼다.

공격 하나하나의 구속력은 미미하지만 연속으로 때려 박으면 상당한 구속력이 된다!

얼음을 깨고 움직이려는 카론 씨를 향해 한 걸음 내디딘 나는 주먹을 휘둘렀다.

"오오오오!"

한순간의 공격으로 때려 박은 주먹은 열여덟 방.

그 이상은 카론 씨의 몸을 망가뜨릴지도 몰라서 때릴 수 없었다.

하지만 그것만으로도 구속 주술은 기능한 모양이라 내 주먹을 맞은 카론 씨의 사지에 구속 주술이 겹겹이 발동했다.

"후우……."

"으, 으음, 우사토의 주먹을 맞고도 사람 형태를 유지하는 이 녀석을 칭찬하는 편이 옳으려나?"

"아니, 아마 전혀 효과가 없을 거야."

주먹에 남은 감촉은 여전히 사룡의 비늘을 때렸을 때와 비슷했다.

지금은 구속 주술 때문에 움직이지 못하지만 금방 풀릴 것이다.

"얼른 미아라크에 들어가자. 내버려 두면 이 사람은 금세 날뛸 거야. 솔직히 지금의 우리는 억제시키는 게 고작이야."

"웬일로 냉정하게 상황을 보고 있네. 항상 무작정 돌격하는 건 아니구나……."

항상 무작정 돌격한다는 말은 사족이야.

움직이지 않는 카론 씨를 경계하며 미아라크에 들어가자고 레오 씨를 재촉했다.

"……오오오……."

"읏, 벌써 움직이는 건가?!"

"우사토, 내가 재차 원호하마! 다시 한 번—."

"오오오오오오오오오오!"

공기를 찌르르 진동시킬 정도로 세찬 포효였다.

그 모습에 심상치 않은 느낌을 받은 순간, 카론 씨의 머리에서 뾰족한 무언가가 두 개 생겨났다.

"뭐야……?! 뿔?!"

"꼬리도 생겼어?!"

머리 양쪽으로는 두 개의 흰색 뿔이, 허리에서는 용의 꼬리 같은 파란색 꼬리가 생겨났다.

자신의 변신에 호응하듯 외치며 눈에 핏발을 세운 카론 씨는 나를 노리고 주먹을 내질렀다.

"빨라?! 윽……!"

"우사토?!"

간신히 양팔로 주먹을 막았지만 뼈가 삐걱거리는 소리가 울렸다.

위력도 무시무시해서 레오 씨가 있는 후방까지 밀려나고 말았다.

저 모습, 그리고 이 범상치 않은 힘은 마치…….

"이건…… 드래곤?! 어째서 인간이 드래곤 모습으로?!"

"그럴 수가, 너무 빨라……! 아직 시간은 있었을 텐데!"

"읏, 어떻게 된 건가요!"

레오 씨를 추궁했지만 갑작스러운 상황에 동요했는지 대답은 돌아오지 않았다.

그러는 사이에 변신을 마친 카론 씨는 아까보다 강한 냉기를 휘감은 도끼를 치켜들었다.

"위험해!"

피부를 통해 느껴지는 엄청난 위력에 순간적으로 어깨에 있는 네아를 단복 안쪽에 넣었다.

프갸! 하는 소리가 들렸지만 무시하고, 동요하여 움직이지 못하는 레오 씨 앞에 서서 양팔로 얼굴과 복부를 방어했다.

그 순간, 내리쳐진 도끼에서 눈보라가 휘몰아치는 듯한 냉기가 뿜어져 나와 우리를 날려 버렸다.

"끄, 으으으으으!"

"꺄아아~!"

크게 날아간 나는 다행인지 불행인지 미아라크 성문 근처의 얼음 표면에 떨어졌다.

네아는 품속에서 작게 비명을 지르고 있으니 무사하겠지만…… 나는 그렇지도 않았다.

"젠장! 뭐야, 저 사람……! 냉기만으로 날려 버리다니 예삿일이 아니야……!"

냉기 때문에 몸이 제대로 움직이지 않았다.

얼어붙지는 않은 것 같지만 과도한 추위에 손발이 말을 듣지 않았다.

"레오 씨는……?"

나와 함께 날려진 그도 뒤쪽에 쓰러져 있었다.

당장 도와주고 싶지만 일단은 내 몸을 고쳐야—.

"오오오오오오오오!"

"읏, 아직도 쫓아오는 거냐!"

도끼를 크게 치켜들고서 나를 향해 공중에서 낙하하는 카론 씨를 보고 얼굴이 굳었다.

도끼에서 뿜어져 나오는 강렬한 냉기에 몸이 생각대로 움직이지 않았다.

"크, 접근했을 뿐인데 이렇게 춥다니!"

어떻게 된 것인지 발산되는 냉기 또한 위력이 더욱 거세졌다.

이런 상태로 공격받는다면 치유마법으로 고칠 수 있을지도 장담할 수 없게 된다.

이대로는 확실하게 죽는다!

"이런 데서 죽을 순 없어!"

곱아들어 움직이지 않는 발에 억지로 치유마법을 걸고 일어났다.

이 정도 추위에 움직이지 못할 정도면 나는 옛날 옛적에 죽었을 거야!

눈앞을 보니 이미 카론 씨는 도끼를 내리찍고 있었다.

"좋다, 이거야…… 요격한다!"

나는 주먹을 힘껏 움켜쥐고 치켜들었다.

그렇게 서로의 공격이 접촉한 순간, 보이지 않는 벽이 카론 씨의 도끼를 튕겨 냈다.

"……엥?"

지면에 착지한 카론 씨가 연거푸 도끼를 휘둘렀지만 전부 투명한 벽 같은 것에 막혀 공격이 통하지 않았다.

"이건…… 결계인가?"

자세히 보니 나와 카론 씨 사이에는 반투명한 하늘색 결계가 있었고, 그것이 내 눈앞뿐만 아니라 미아라크 도시 전체를 뒤덮듯 전개되어 있었다.

"대체 누가……."

"우사토 님!"

"아르크 씨!"

그때, 성문 근처 담에서 아르크 씨가 내려왔다.

아마코와 블루링은…… 미아라크 안에 두고 왔나?

"괜찮으십니까?! 지금 불로 녹여 드리겠습니다!"

"아뇨, 저는 괜찮아요. 그보다도 저기 기절한 사람을……."

카론 씨는 이제 우리에게 손댈 수 없는 듯했다.

결계는 보기보다 튼튼해서 그의 힘에도 꿈쩍하지 않았다. 문제는 나와 함께 날려진 레오 씨였다.

제법 움직일 수 있게 된 나는 기절한 레오 씨를 안아 들고 치유 마법을 걸었다.

갑옷의 싸늘함에 얼굴을 찌푸리며 치유마법을 걸고 있으니 내 옆으로 이동한 아르크 씨가 손바닥에 불꽃을 만들어 냈다.

"힘든데도 참는 건 우사토 님의 나쁜 버릇입니다. 조금 더 저희를 의지해 주십시오."

"……감사합니다."

차게 식은 내 몸을 불꽃이 따뜻하게 녹여 주었다.

아르크 씨와 마주 보고 웃은 나는 미아라크의 성문으로 향했다.

그러던 중에 단복 안에서 까만 올빼미 한 마리가 숨을 몰아쉬며 튀어나왔다.

"푸하! 우사토! 너, 나를 질식사시킬 셈이야?!"

"아, 미안. 잊어버렸어."

"너무하지 않아?!"

일단 널 구하기 위한 일이었는데.

네가 그 눈보라를 정통으로 맞았다면 얼어붙는 것을 넘어서 아득한 저편으로 날아갔을지도 몰라.

그나저나 대체 미아라크에서는 무슨 일이 일어나고 있는 걸까?

"……어쨌든."

나는 등 뒤에 있는 결계 밖을 바라보았다.

그곳에는 나를 열심히 노려보며 짐승처럼 으르렁거리는 카론 씨가 있었다.

솔직히 그대로 계속 싸웠으면 내가 졌을 것이다.

우연히 결계가 공격을 막아 줘서 살았지만, 그렇지 않았다면 지금쯤 어떻게 됐을지 상상하고 싶지도 않았다.

"역시 싸움은 거북해……."

가능하다면 다시는 싸우고 싶지 않은 상대였다.

그렇게 생각하는 한편, 카론 씨와는 싫어도 싸울 수밖에 없을 것이라는 예감이 내심 들기도 했다.

제3화 설마했던 착각?! 갑주 기사의 정체!

수상 도시 미아라크에 들어와서 아마코와 블루링과 합류한 내 눈앞에 날아든 것은 너무나도 한산한 거리 풍경이었다.

열려 있는 가게도 없었고 걸어 다니는 사람도 없었다.

인적 없는 광경에 불길한 예감을 느끼며 나는 옆에 있는 아르크 씨를 보았다.

"아르크 씨, 이건……."

"예, 어떻게 된 일인지 사람이 없습니다."

설마 이곳 사람들은 카론 씨에게 당했나……? 아니, 그렇다면 휩쓸고 간 흔적이나 핏자국이 남을 터였다.

"아마코, 혹시 피비린내가 난다든가……."

"아니, 전혀 안 나."

그럼 카론 씨의 소행은 아닌가? 단정하기에는 이르지만.

그나저나 이거 서신을 건네며 협력을 요청할 분위기가 아닌데…….

미아라크가 이런 상황이어서야 서신을 건네도 의미가 없을 것 같았다.

"우사토 님, 결계를 친 사람을 찾아보죠."

"예?"

"그토록 광범위한 결계라면……. 마도구를 이용하더라도 그 정도

효력을 끌어내려면 사람의 손이 필요합니다. 그자를 찾으면 어떻게 된 상황인지 파악할 수 있을지도 모릅니다."

"그러네. 아르크 말대로 일단은 결계를 만든 사람을 찾자. 이 사람은 조금 전의 공격으로 기절해 버렸고."

사람 모습으로 돌아온 네아는 아르크 씨의 말에 동의하며 내게 업힌 레오 씨를 힐끔 보았다.

확실히 지금 해야 할 일은 상황을 파악하는 거겠지.

인간보다 뛰어난 감각을 지닌 네아와 아마코와 블루링이 있으니 금방 찾을 수 있을 것이다.

"……그럴 필요, 없어."

"……!"

기절했던 레오 씨가 아무래도 깨어난 듯했다.

일단 그를 내려 주자 여기저기 금이 가고 움푹 팬 자신의 갑옷을 본 레오 씨가 울적하게 어깨를 떨궜다.

"미안하다. 또 도움을 받고 만 모양이야."

"괜찮으세요? 어디 아픈 곳은 없으시고요?"

"아니, 신기할 정도로 아무렇지도 않아. 오히려 피로조차 남아 있지 않아서 놀랍군. 지금까지 치유마법사를 얕봤던 스스로가 한심해. ……정말로 고맙다."

머리를 숙이는 그를 보자 조금 부끄러워졌다.

"그나저나 숙련된 치유마법사는 정말 굉장하군! 카론의 주먹을 쉽사리 막았을 뿐만 아니라 반격해서 날려 버릴 줄은 생각도 못 했어!"

“아, 아뇨, 그, 그렇게 대단하지는…….”

레오 씨의 말에 나는 어색한 얼굴로 대답했다.

죄송합니다. 평범한 치유마법사는 육탄전에 능하지 않아요. 오히려 때리려고 달려드는 쪽이 이상한 거예요.

어이, 뒤에 있는 새끼 여우랑 올빼미. 필사적으로 참고 있는 것 같지만 웃고 있는 거 다 티 나거든?

“그런데 나는…… 정말이지 한심해.”

이 사람, 감정 기복이 심하네. 정서가 불안정한가.

갑주 안에는 꽤 어린 사람이 있는 걸까? 키도 나보다 조금 큰 정도고, 의외로 나이가 비슷할지도 모른다.

“레오 씨.”

“음……? 날 말하는 건가?”

“예?”

이름이 틀렸나?

아니, 하지만 아까 자기 입으로 레오라고 소개했던 것 같은데…….

“……훗, 초면이지만 함께 싸웠으니 스스럼없이 서로를 부르자는 거로군?”

“아뇨, 저기—.”

“더 말하지 않아도 돼. 나는 전혀 상관없어.”

“아…… 그런가요.”

귀찮으니까 이름에 관해서는 나중에 따지자.

투구를 쓰고 있어서 표정은 알 수 없지만 연신 고개를 끄덕이는 것을 보면 대단히 기쁜 듯했다.

내가 의도한 건 아니지만.

"너희는 미아라크가 현재 어떤 상황에 놓여 있는지 알고 싶은 것이지?"

"네."

"자세한 이야기는 성에서 하지. 나도 보고해야 할 일이 생겼으니까."

"성에는 사람이 있습니까?"

아르크 씨의 물음에 레오 씨는 고개를 끄덕였다.

"그래. 그리 많지는 않지만. 따라와, 성까지 안내하지."

"블루링…… 블루 그리즐리를 데려가도 될까요?"

"역시 그 곰은 마물인가? 심지어 블루 그리즐리라……. 사람을 공격하지 않는다면 상관없지만 성안에는 들일 수 없어."

"크앙~."

블루링이 한번 울었다.

무슨 말을 하는지 대충 알 것 같아서 내가 레오 씨에게 블루링의 말을 대변했다.

"괜찮다고 하네요."

"그, 그런가……."

살짝 뒷걸음질 친 레오 씨가 절그럭절그럭 소리를 내며 걷기 시작했다.

우리도 그를 따라가는데 내 옆으로 이동한 아마코가 나를 올려다보았다.

"우사토, 눈치챘어?"

"응? 뭘……?"

"저 사람……."

아마코의 시선이 레오 씨에게 향했다.

뭘 눈치챘냐는 거지? 혹시 중대한 사항인가?

"그가 왜?"

"……아~, 역시 됐어. 응, 괜찮아. 아무것도 아니야. 우사토는 평소랑 똑같구나."

어? 뭔데? 굉장히 신경 쓰이는데?

내 말에 뭔가를 납득했는지 살포시 미소 지은 아마코는 앞으로 고개를 돌렸다.

무슨 말을 하고 싶은지 확실히 표현해야 알지……. 뭐, 네가 괜찮다고 한다면 괜찮겠지만.

왠지 석연치 않은 기분으로 나는 동료들과 함께 레오 씨를 따라갔다.

***

미아라크의 성으로 가는 길은 매우 조용했다.

마치 어느 때를 기점으로 사람이 갑자기 사라진 듯한 상황이라 어딘가 불온한 기운이 느껴졌다.

침묵이 지배하는 거리를 나아가며, 나는 앞장서서 이끄는 레오 씨에게 말을 걸었다.

"레오 씨."

"왜 부르지?"

"투구는 안 벗으세요?"

"……?!"

아까부터 투구를 벗지 않는 그가 조금 신경 쓰였다.

내 의문을 들은 레오 씨는 퍼뜩 놀라 손으로 머리를 매만졌다.

"아아, 계속 얼굴을 가리고 있는 것은 실례지. 미안하다. 바로 벗지."

레오 씨는 즉각 투구를 벗으려 했다.

하지만 투구는 뭔가에 걸린 것처럼 벗겨지지 않았다.

"어, 어라? 안 벗겨져……. 윽, 끄응……!"

투구를 잡고 위로 올리려고 해도 꿈쩍하지 않았다.

카론 씨와 싸우면서 찌그러진 갑옷이 투구에 걸려서 벗을 수 없게 된 것 같았다.

레오 씨는 그 자리에서 폴짝폴짝 뛰기 시작했다가 우리의 시선을 알아차리고 당황해서 돌아보았다.

어쩐지 그 목소리는 떨리고 있는 것처럼 들렸다.

"서, 성에서 벗도록 하지."

"그, 그러는 편이 좋겠어요……."

레오 씨는 부끄러워하며 앞을 보고 다시 걷기 시작했다.

그는 「저질러 버렸어」라든가 「이제 다 틀렸을지도 몰라」 하고 작게 중얼거렸다.

성에서 보고할 내용을 정리하고 있는 걸까. 성실해 보이는 사람이군.

"생각보다 재미있는 사람이려나?"

"그런 것 같습니다. 저렇게 자연스럽게 친근함을 느끼게 하는 인품은 매우 보기 드뭅니다."

내 말에 아르크 씨가 고개를 끄덕였다.

레오 씨와는 오늘 처음 만났지만 여러 가지 인상을 받았다.

믿음직스럽고, 성실하고, 자신보다 남을 걱정할 만큼 자상하고, 친근한 성격에…… 조금 유감스러운 느낌이 들기도 하지만 그건 분명 기분 탓이겠지.

내가 만나는 사람이 매번 전부 유감스러운 사람일 리는 없다.

"유감스럽다고 하면 역시……."

"……응? 뭐야?"

앞서 걸어가는 네아를 바라보자 불퉁한 시선이 돌아왔다.

"하아……."

"잠깐만! 남의 얼굴을 보고 한숨이라니 너무한 거 아니야?! 난 아무 짓도 안 했거든?!"

"아니, 뭐랄까…… 넌 참 유감스럽단 말이야……."

"제일 유감스러운 녀석한테 그런 말 듣고 싶지 않아! 이 귀축 근육뇌 둔감 괴물!"

"최대한 생각나는 대로 모아서 욕하지 마. 네가 생각하는 것보다 더 상처받으니까."

너무한 욕에 나도 쓴소리를 하지 않을 수 없었다.

그보다 둔감이라니?

귀축과 근육뇌는 일단 넘어가더라도, 반사 신경은 오히려 매우 예리한 영역에 도달했다고 자신한다.

"통각을 말하는 거라면 나는 평범하게 아픔을 느껴. 그저 참을 뿐이야. 중요한 건 기합이라고, 기합. 마음이 꺾이지 않으면 견딜 수 있어."

"기합으로 참을 수 있다는 것부터가 이상하다는 걸 깨달아 주지 않을래……?"

"인간은 아픔을 극복할 때마다 강해지는 생물이니까……."

"어? 아직 자신을 인간이라고 여겼던 거야?"

앞서 걷는 흡혈귀는 내 말에 그런 반응을 보여 주었다.

"그 반응은 내게 굉장한 상처를 주는데 말이지."

"아니, 하지만…… 상식적으로 생각해봐. 우선 평범한 인간은 한 방에 오거를 해치우지 못해……. 그리고 사마리알의 몇백 년 묵은 원념을 견딘 시점에서 정신적인 부분도 괴물이라고, 너."

이 녀석, 놀리는 게 아니라 정말로 기막혀하고 있어……?!

"네아, 그만해. 아무리 우사토라도 상처받아."

"아마코……!"

역시 너는 내 편이었구나, 아마코!

내 팔을 양팔로 꼭 끌어안은 아마코가 네아를 노려보았다.

"우사토는 아직 인간이야. 아직은 말이야."

"있지, 왜 두 번이나 말한 거야?"

내가 호소하는 시선으로 바라보자 아마코는 귀엽게 고개를 갸웃했다.

"……응?"

"아니, 고개 갸웃하지 말고. 왜 진심으로 모른다는 얼굴이야?"

엎어진 놈 꼭뒤 찬다는 게 바로 이런 게 아닐까.

"이제 곧 성에 도착…… 음? 우사토, 왜 그러지? 설마 아까 싸우면서 어디 다치기라도 했나?!"

"몸은 멀쩡하지만 마음이…… 마음이 아파요."

사마리알에서 정신도 강해졌을 텐데 왜 이렇게 아픈 걸까…….

무슨 오해를 했는지 허둥거리는 레오 씨에게 괜찮다고 전한 나는 가까워진 미아라크의 성을 바라보았다.

외관은 링글 왕국이나 사마리알의 성과 비슷했다.

"뭐, 우리도 물어보고 싶은 게 잔뜩 있으니까."

어째서 미아라크 주변의 호수가 얼었고 카론 씨가 폭주하고 있는지, 일단 그게 궁금했다.

레오 씨를 따라 성 앞에 도착하자, 메이드로 보이는 여성이 레오 씨와 우리를 맞이해 주었다.

그녀는 레오 씨의 모습을 보자마자 헐레벌떡 달려왔다.

"무사하셨습니까?!"

"그래, 보다시피 다친 곳은 없어."

"갑옷이 너덜너덜하지 않습니까!"

"아, 아니, 안에 있는 나는 멀쩡해."

"그, 그런가요……. 그런데 그쪽 분들은……?"

안도한 메이드는 뒤에 있는 우리를 알아차리고 의심스러워하는 시선을 보냈다.

"위험한 순간에 그들이 구해줬어. 적이 아닌 것은 내가 보증하지."

메이드의 시선을 알아차렸는지 레오 씨가 곧바로 우리에 관해 이야기해 주었다.

"우사토, 지금부터는 그녀가 안내해 줄 거야. 나는 이 갑주를 벗어야 해서."

"아, 네. 알겠습니다."

"뭐, 금방 다시 만나게 될 거야."

내 어깨를 툭 두드린 레오 씨는 성 쪽으로 걸어갔다.

그가 사라지는 모습을 지켜본 메이드는 우리를 돌아보고 공손하게 인사했다.

"그럼 여러분, 이쪽으로 오세요. 아, 사역마……죠? 블루 그리즐리는 마구간에 넣어도 될까요?"

"네, 괜찮아요."

일단 블루링을 성 부지 내에 있는 마구간에 넣고 나서 성안으로 안내받았다.

성안도 바깥과 마찬가지로 인적이 없었다.

"여기도 아무도 없는 건가……?"

"그렇진 않은 것 같아. 아주 적은 수지만 몇 명 있어."

네아의 말을 듣고 성안을 둘러보았다.

"여러분은 무슨 일로 미아라크에 오셨나요?"

"저희는 사명을 받고 링글 왕국에서 왔습니다. 하지만 막상 와 보니 미아라크 주위의 호수가 얼었고, 정체불명의 남자가 날뛰고 있더군요……. 대체 무슨 일이 있었던 겁니까?"

"……."

아르크 씨가 메이드에게 묻자 그녀는 말이 없어졌다.

잠시 침묵한 끝에 메이드는 주저하며 입을 열었다.

"자세한 사정은 알지 못하지만…… 시작은 한 달쯤 전이었습니다."

"한 달 전……."

우리가 사마리알에 도착하기 전쯤인가?

그때부터 이 소동이 시작된 건가.

"갑자기 한 기사가 날뛰기 시작했습니다. 이성을 잃고 주위 사람들을 공격하는 그를 다른 기사들이 바로 붙잡아서 감옥에 넣었습니다."

아마도 그 기사가 카론 씨겠지.

그런데 갑자기 날뛰기 시작했다니 어떻게 된 일일까.

"잠시 시간이 지나면 그도 제정신을 되찾고 평소와 다름없는 평화로운 일상이 돌아올 거라고…… 다들 그렇게 생각했지만, 아무리 시간이 지나도 그는 원래대로 돌아오지 않았습니다. 심지어 그의 힘은 나날이 커지는 것 같았습니다."

"그 후로는…… 어떻게 됐죠?"

"2주 전에 그가 감옥을 부수고 탈주했습니다. 미아라크의 강력한 무구를 빼앗은 그는 눈 깜짝할 사이에 기사들을 쓰러뜨리고 모든 것을 파괴하려고 했습니다."

"그 도끼 때문이 아니었나……."

카론 씨가 들고 있던 도끼가 강력한 냉기를 휘감고 있었기에 그것이 그를 이상한 형태로 바꾼 원인이지 않을까 생각했지만, 도끼를 가지기 전부터 그는 변했었던 모양이다.

게다가 2주 전이면…… 우리가 사마리알을 출발했을 무렵이니까, 미아라크의 이상 사태를 알지 못한 채 그대로 오게 된 건가.

"설마 이곳 사람들은 모두 그에게……?"

"아뇨. 미아라크에 살던 사람들은 이웃 나라로 피난 보냈습니다."

"예?"

이웃 나라라니…… 밖에서 카론 씨가 날뛰고 있는데 사람들을 피난 보냈다는 건가?

그런 일이 가능해……?

메이드의 설명을 이해하지 못하고 있으니 앞서 걷던 그녀가 커다란 문 앞에서 멈추고 우리를 돌아보았다.

"자세한 이야기는 여왕님께서 말씀해 주실 겁니다."

그렇게 말한 그녀는 문을 열었다.

문 너머 알현실 안쪽에 있는 옥좌에는 한 여성이 앉아 있었다.

나이는 로즈와 비슷한 정도일까. 하지만 지친 표정과 거뭇한 눈밑 때문에 우중충하게 늙어 보이기도 했다.

파란색을 바탕으로 한 왕족다운 의상과 얼음처럼 투명한 지팡이. 눈을 가늘게 뜨고 이쪽으로 시선을 옮긴 여성은 우리를 흥미롭게 바라보고 있었다.

"너희가…… 아니, 네가 바로 그가 말했던 자구나."

"……?"

마치 나를 아는 듯한 말투라 당황스러웠다.

여왕은 천천히 옥좌에서 일어났다.

"미아라크에 잘 왔어. 나는 미아라크의 여왕, 노른 엘라드 미아라크. 우선 맨 먼저 말해 둘게. 나는 너희를 기분 좋게 환영할 수 없어."

명백한 거절의 말이었다.

어떻게 이야기를 꺼내면 좋을지 몰라서 머뭇거리는 날 대신하여 아르크 씨가 노른 님을 향해 입을 열었다.

"환영받지 못함은 알고 있습니다. 하지만 저희 역시 영문도 모른 채 말려들게 되었습니다. 이곳에서 무슨 일이 일어나고 있는지 사정을 여쭙고 싶습니다."

아르크 씨의 말에 노른 님은 어깨를 떨구고 작게 입을 열었다.

조금 전의 위엄이 느껴지지 않는 연약한 목소리였다.

"그래, 알고 있어. 원래는 너희를 반갑게 맞아들여야겠지만…… 시기가 너무 나빠. 매서운 말투로 말한 건 미안하지만……."

노른 님은 표정에 그늘을 드리우며 힘없이 양팔을 축 늘어뜨렸다.

실례되는 말이지만 그 모습은 여왕이라기보다 업무에 지친 회사원을 연상시켰다.

"일주일쯤 제대로 잠을 못 자서 솔직히 신경이 꽤 날카로워……."

"아, 네……."

그런 이유로 언짢아하셔도 곤란한데요…….

비싸 보이는 지팡이를 아무렇게나 옆에 놓고 옥좌에 털썩 앉은 그녀는 졸린 얼굴로 눈가를 짚었다. 자세히 보니 옥좌 옆에 병 같은 것이 잔뜩 굴러다니고 있었다.

"저거…… 술인가?"

지그시 빈 병을 바라보고 있으니 옆에 있던 네아와 아마코가 코를 막으며 얼굴을 찌푸렸다.

"우사토, 저건 포션이야. 심지어 이 독한 냄새…… 졸음을 쫓는 효과가 있는 거야."

"우와, 포션은 비쌀 텐데 굉장한 씀씀이네……."

포션은 각성 효과가 있는 에너지 드링크 같은 건가?

아마코의 말을 듣고 공허하게 껄껄 웃은 여왕은 내용물이 든 병을 들고서 병나발로 마셨다.

그런 노른 님을 보고 메이드가 허둥거렸다.

"노, 노른 님! 포션 과잉 섭취는 몸에 좋지 않다고 대체 몇 번을 말씀드립니까! 세 시간이라도 좋으니 주무세요!"

"시, 싫어! 분명 세 시간 뒤에 깨우지 않을 거잖아! 밖에서 날뛰고 있는 문제아를 어떻게든 해결하려면 한시도 잘 수 없어! 벌컥벌

컥벌컥!"

"아아, 그렇게 단숨에! 안 된다니까요!"

포션을 벌컥벌컥 마시는 여왕과 허둥거리며 그 폭거를 막으려고 하는 메이드.

솔직히 루카스 님이나 로이드 님처럼 임금님다운 임금님들만 만나 왔던 내게 눈앞에 있는 젊은 노른 님은 상당히 이상하게 보였다.

"여왕이 된 지 얼마 되지도 않았는데 어째서 나라가 멸망 직전인 거야…… 크, 우으……."

끝내는 우리가 있는데도 신세타령을 시작했다.

혼란한 상황에 한숨을 한번 쉰 나는 한 걸음 앞으로 나갔다.

"저기, 실례합니다."

"뭐, 뭐야?"

처음에 느꼈던 위엄 따위 깡그리 날려 버리는 표정을 짓고 있는 그녀에게 말했다.

"치유마법, 걸어 드릴까요?"

"……아!"

「그 방법이 있었구나!」라고 말하는 듯한 그 얼굴은 뭔가요.

마치 구세주를 찾은 것처럼 쳐다보는 노른 님과 메이드를 보니 왠지 내가 더 피곤해졌다.

사정을 듣는 건 조금 더 나중이 될 것 같다.

***

노른 님에게 치유마법을 건 후, 우리는 정식으로 자기소개를 했다.

"실례되는 태도를 보여서 미안해."

"아뇨, 그럴 만한 상황이었으니까요. 저희도 신경 안 써요."

조금 전까지 피곤함에 절어 있던 노른 님의 얼굴은 기운차게 바뀌어 있었다.

치유마법이 상당히 잘 들었는지, 아직 다크서클은 남아 있지만 피로한 느낌은 완전히 사라진 상태였다.

"치유마법은 맹점이었어. 설마 이렇게 유익한 마법일 줄은 상상도 못 했는데……. 이것만 있으면 쉬지 않고 계속 일할 수 있지 않을까? 이 소동이 끝나면 치유마법사들을 모아서……."

"몸은 고칠 수 있어도 마음까지는 고칠 수 없어요. 아무리 몸이 움직여도 그것을 지탱하는 정신이 녹초가 되면 결국 쓰러져 버려요."

그런 방식의 치유마법 사용은 몸에는 좋아도 마음에는 좋지 않다.

내 말에 여왕은 아쉽다는 표정을 짓고서 옆에 있는 포션을 만지작거렸다.

"더는 포션을 의지하지 않아도 될 줄 알았는데, 아직 필요할 것 같네."

"노른 님. 치유마법사를 찾기 전에 일단 포션을 멀리하세요."

노른 님의 뒤에 서 있던 메이드가 충고했지만, 노른 님은 전혀 듣지 않고 포션을 소중하게 품에 넣었다.

이 사람, 본격적으로 포션 중독에 빠진 거 아니야?

"그래, 너희는 링글 왕국에서 온 사자라는 거지?"

"네. 저희는 어떤 목적을 위해 미아라크에 왔습니다. 그럼 우사토 님."

아르크 씨의 재촉에 품에서 서신을 꺼낸 나는 어색하게나마 노른 님에게 그것을 건넸다.

그녀는 말없이 서신을 훑어보고 작게 한숨을 쉬었다.

"마왕이라……."

아마 이번만큼은 협력을 맺을 수 없겠지. 이 나라는 그럴 겨를이 없었다.

하지만 마왕의 위협이 다가오고 있음은 알리자고 생각해서 일단 서신을 건넸다.

"하얀 옷을 입은 소년이 찾아올 거라고 했지……."

"……네?"

"대답은 보류할게."

보류? 거절하지 않는 건가?

옆을 보니 아르크 씨도 당혹스러운 것 같았다.

"우리는 지금 미아라크의 위기에 맞서고 있어. 그런 때에 너희가 찾아온 건 우연이 아니야. 너희는 필연의 결과로 이곳에 왔어. 그리고 나도 너희가 온다는 걸 알고 있었지."

"……!"

"하지만 나는 믿지 않았어. 그가 밖에서 날뛰고 있는 지금, 미아라크에 들어오려는 사람이 있을 리가 없으니까. 있더라도 얼음덩어리가 되어 죽을 거라고 생각했어."

우리가 이곳에 올 것을 미리 예기한 듯한 말투였다.

심지어 예기한 것은 그녀가 아니라 다른 누군가인 듯했다.

"그랬는데 너희는 여기까지 왔지. 그렇기에 나는 너희에게 이야기해야만 해. 이 나라에 일어난 재앙의 시작을, 그리고 용의 힘을 가진 남자에게 갑자기 닥친 비극을……."

그렇게 말한 노른 님은 이어서 말을 자아냈다.

"밖에서 날뛰고 있는 자는 원래 미아라크의 기사였어. 이름은 카론. 표정을 보니 이 이야기는 이미 그녀에게 들은 모양이네."

그녀? 아아, 메이드를 말하는 건가.

그렇게 생각한 나는 노른 님의 말에 고개를 끄덕였다.

"대략적인 설명은 끝난 거구나. 그럼 우선은 카론에 관해 자세히 말하기로 할까."

흠, 하고 고개를 끄덕인 노른 님은 설명을 재개했다.

"그는 얼마 전까지 저런 용의 힘 따위 가지고 있지 않은 평범한 청년이었어."

"평범한 인간이었다는 건가요?"

"그건 아니야. 그에게는 복잡한 사정이 있어."

복잡한 사정?

애매한 표현이네…….

"그는 우수한 기사였어. 무력이 뛰어나고, 사려 깊고, 언젠가 이

나라의 용사가 될 가능성을 품고 있었지. 실제로 그와 또 다른 후보 중에서 누구에게 명예로운 용사의 이름이 주어질지 조금 화제가 되기도 했어."

용사가 될 남자였다고 레오 씨가 말했던 것은 이 때문인가.

하지만 그렇게 뛰어난 실력자가 어째서 폭주한 거지?

고개를 갸웃하고 있으니 노른 님이 이어서 말했다.

"그러던 때, 그에게 이변이 일어났어. 갑자기 무언가를 견디듯 머리를 부여잡은 그는 근처에 있던 기사를 다치게 할 만큼 착란 상태에 빠져 버렸어."

"그래서 감옥에……?"

"그래. 2주 전에 부숴 버렸지만 말이야. 감옥에서 빠져나온 그는 마치 무언가에 이끌린 것처럼 성의 보물 창고로 향했어. 거기서 그가 집어 든 것은 미아라크의 보물……. 일찍이 마왕을 타도한 용사가 다뤘던 검에 필적하는 힘과 잠재력을 간직한, 이 세상에서 가장 강력하면서도 가장 자유로운 무기였어."

"용사의 무기와 동등하다고요……?!"

나는 무의식적으로 허리에 찬 용사의 소도를 쥐었다.

사마리알의 원혼이 보여 줬던 용사와 사룡의 싸움에서, 전성기의 사룡을 상대로 호각 이상으로 싸웠던 용사의 무기에 필적하는 무기.

그런 터무니없는 힘을 발휘하는 무기를 카론 씨가 가지고 있는 건가…….

"그 도끼가 말씀하신 무기인가요……?"

"그건 도끼가 아니야. 카론이 사용할 때는 도끼 모습으로 바뀌어 있지만 본래 형태는 단순한 막대기야. 제작자가 말하길 『이것은 활이자, 검이자, 채찍이기도 하다. 사용자에게 맞는 최적의 형태로 모습을 바꾸는 얼음 **지팡이**다』라고 했어."

지금의 도끼 형태는 그것이 카론 씨에게 가장 적합한 무구의 형태라는 뜻인가.

그 힘이라면 납득이 된다. 어중간한 검이나 창보다 힘으로 쪼개려 드는 도끼 일격은 내 간담을 서늘하게 했다.

"원래는 지팡이가 택한 자만이 다룰 수 있는 무기야. 카론이 선택된 것은 굉장한 일이지만, 정작 본인이 저런 상태여서야 기뻐할 수 없는 일이지. 오히려 손쓸 방도가 없어졌어."

"그럼 미아라크 주변의 물은 그가 얼린 겁니까?"

아르크 씨의 질문에 노른 님은 고개를 끄덕였다.

그렇게 많은 양의 물을 얼릴 정도라니……. 나와 레오 씨랑 싸울 때 진짜 실력을 발휘하지 않아서 다행이었다. 만약 그 정도 규모의 냉기를 정면으로 맞았다면 무사하지 못했으리라.

"주변 호수를 얼린 건 카론이야. 하지만 그건 주체 못하는 힘이 흘러넘친 결과에 불과해. 평범하게 폭주할 때는 그 정도로 힘을 행사하진 않을 거야. 그의 힘이 다음 단계까지 해방되지 않는다면 말이지."

"저기……."

"그분의 짐작으로는 보름 정도 여유가 있으니까 아직 괜찮겠지."

안심하라는 듯 미소를 지어 보이는 노른 님의 모습에 우리는 얼굴을 마주 보았다.

혹시 아까 싸웠을 때 그에게 뿔과 꼬리가 생긴 것은 다음 단계가 해방됐기 때문일까.

그렇다면 그 급격한 강화도 납득이 가지만, 한층 더한 의문이 머릿속에 떠올랐다.

"하지만 그 범상치 않은 힘은 어디서 오는 거지?"

카론 씨의 마법은 한 사람의 마력으로 감당할 수 있는 범위를 넘어서 있었다. 눈보라를 일으켜 주위의 물을 전부 얼릴 정도의 마력은 내가 아는 규격 외의 인물…… 이누카미 선배나 카즈키조차 웃도는 힘이었다.

"기사 레오나, 늦었지만 전장에서 귀환했습니다!"

"……응?"

이것저것 생각에 잠겨 있는데 알현실 문 밖에서 귀에 익은 목소리가 들려왔다.

그 목소리에 노른 님이 숙이고 있던 고개를 들고 문 밖의 인물을 맞아들이듯 미소를 지었다.

"들어와."

"예."

조용히 문을 열고 들어온 사람을 보고, 나는 조금 혼란스러워졌다.

목소리를 듣고 레오 씨인 줄 알았는데, 들어온 사람은 허리 부근까지 길러서 하나로 묶은 예쁜 금발과 매처럼 날카로운 눈이 인상적인 여성이었다.

그녀는 예의 바르게 인사하고서 우리 곁으로 걸어왔다.

"훗……."

"……?"

여성은 웃으며 내 어깨를 툭 두드리고 그대로 노른 님이 앉은 옥좌 앞에서 무릎을 꿇었다.

갑작스러운 건드림에 나는 영문을 알 수 없어서 고개를 갸웃했다.

뭐지? 굉장히 친화력이 뛰어난 사람이네. 마치 친구에게 인사하는 듯한 막역함이었다.

이 나라에서는 그게 보통인가?

"무사히 돌아와서 기뻐."

"황송합니다."

"지금 카론을 상대할 수 있는 기사는 너뿐이야. 너를 잃으면 그와 싸울 수 있는 자는 아무도 없어. 잘 돌아왔어. 기사 레오나."

레오나 씨구나.

카론 씨를 상대했다는 걸 보면 상당히 강한 기사겠지.

……응? 조금 전까지 카론 씨는 나와 레오 씨가 상대했었는데, 이 사람도 싸우고 있었던 건가?

"카론의 힘이, 각성했습니다."

"……뭐? 거짓말이지?"

레오나 씨는 낭패감을 드러내는 노른 님에게 비통한 얼굴로 고개를 가로저었다.

"농담으로 치부할 수 있다면 좋겠지만……."

"이렇게 빨리 각성해 버리다니……. 네가 보기에 카론은 얼마나 강했지?"

"각성 전보다 더욱 흉포해지면서 힘도 더 강해진 것 같았습니다. ……죄송합니다. 각성 직후 순식간에 의식이 날아가 버려서 정확한 정보는……."

"너만큼 강한 기사가 순식간에…… 이거 큰일이네."

레오나 씨의 보고를 듣고 노른 님은 얼굴을 찌푸렸다.

무릎을 꿇은 채 얼굴을 든 레오나 씨가 나를 흘낏 보았다.

"솔직히 말씀드리겠습니다. 저는 각성 전의 카론과 싸울 때조차 방어하기 급급했고, 패배할 뻔했습니다."

"그 정도로 강해?"

"예, 제가 살아서 이곳에 서 있을 수 있는 것은 여기 있는 우사토 덕분입니다."

"응?"

왜 레오나 씨의 입에서 내 이름이 나오지?

"우사토 덕분이라니, 대체 무슨 말이야? 그는 치유마법사고 싸울 수단은 없을 텐데……."

"아니요, 그는 치유마법뿐만 아니라 자신의 신체 능력으로 카론과 싸웠고, 기절해 버린 저도 구해 줬습니다."

"우사토, 그게 정말…… 우사토?"

노른 님이 내게 말을 걸었지만 혼란에 빠진 내 머리는 그녀의 말을 인식하지 못했다.

"저기, 레오 씨…… 맞죠?"

"음? 새삼 왜 그러지?"

"여성, 이었던 건가요?"

"……엥?"

레오 씨 앞에 있던 노른 님과 메이드가 멍하니 굳었다.

레오 씨…… 아니, 레오나 씨도 웃는 얼굴 그대로 표정이 경직되었다.

잠시 침묵이 흐른 후, 천천히 다가온 레오나 씨가 내 양쪽 어깨를 잡았다.

"설마 여태껏 나를 남자로 착각했던 건가?"

"아, 그게, 키가 크고, 투구 때문에 목소리도 불분명해서……."

"키가……. 나, 나를 레오라고 부른 건?"

"그, 그게 이름인 줄 알았거든요."

그렇게 말하자 레오나 씨는 힘없이 내 어깨에서 손을 뗐다.

일단 사과하려고 했지만 그녀는 어깨를 떨며 목소리를 짜냈다.

"됐어, 우사토."

"아뇨, 저기……."

"착각했던 건 나야. 맞아, 그렇지. 너보다 키가 크고 갑주로 몸을 감싸고 있으니 남자라고 오해할 만해. 심지어 이렇게 여자답지 않은 말투에 성격도 억척스러우니까……. 그러니까 사과할 필요 없어. 그래, 나 혼자 들떴던 거야. 후, 후후후……."

울 것 같은 얼굴로 비굴하게 웃는 레오나 씨에게 무슨 말을 건네면 좋을지 알 수 없었다.

왠지 나를 보는 노른 님과 메이드의 시선이 매서워진 것 같았다.

뒤돌아보니 네아와 아르크 씨가 「어? 몰랐어?」 하는 시선을 보내고 있었다.

그리고…….

"아마코, 내가 눈치 못 챘다는 거 알고 있었지?"

"응."

알았으면 가르쳐 달라고…….

아니, 물론 착각한 내 잘못이지만.

터무니없는 착각을 하고 만 나는 충격받은 레오나 씨에게 필사적으로 사과했다.

그리고 어떻게든 진정한 레오나 씨가 노른 님에게 보고를 재개했다.

"……그럼 우사토. 너는 각성한 카론과 싸운 거야?"

"예, 뭐…… 일단은요."

주먹을 막은 후에 눈보라를 맞고 날아갔을 뿐이지만…….

이걸 싸웠다고 해도 될지 모르겠지만 내 정보가 도움이 된다면 보고해 두자.

"제 감상도 레오나 씨와 같아요. 뿔과 꼬리가 생기면서 분위기가 더 거칠어졌었어요. 만약 다음에 싸우게 되면 저도 힘에서 밀릴지도 몰라요."

이미 치유마법으로 치료했지만, 그의 주먹을 막았던 팔은 뼈에 금이 가 있었다.

각성하여 더 강해졌다면 나보다 더한 힘을 가지고 있을 것은 확실하겠지.

팔짱을 끼고 향후 훈련 방침을 생각하고 있는데 노른 님이 고개를 갸웃했다.

"내가 잘못 들었나? 방금 우사토가 각성 전의 카론과 싸울 수 있을 만큼 호각의 힘을 가지고 있었다는 말로 들렸는데."

"아."

이, 이런!

내 무덤을 팠다! 좀 더 둘러댔어야 했는데!

아무리 사실이라지만 완력으로 팽팽히 맞붙었다는 걸 그대로 말하면 안 되지.

"……설마 그럴 리가 있나요. 말이 그렇다는 거죠."

"훗, 겸손해하지 않아도 돼. 네가 신체 능력만으로 카론을 압도하는 것을 나는 이 눈으로 똑똑히 봤어."

순간적으로 얼버무리려고 했지만 침착함을 되찾은 레오나 씨가 정정해 버렸다.

나와 카론 씨가 싸우던 광경을 떠올리는지 레오나 씨는 곱씹는 표정을 지으며 주먹을 세게 움켜쥐었다.

"우사토는 저를 안고 있는 상태에서도 바람처럼 얼음 위를 달려 카론을 따돌렸을 뿐만 아니라, 카론이 퍼부은 얼음창을 모조리 피하고, 흩날리는 파편마저 맨손으로 쳐 내는 굉장한 기술을 보여 줬습니다!"

"거, 거짓말이지……?"

"아뇨, 사실입니다. 저는 그를 원호하며 싸움을 지켜보았는데, 카론의 공격을 간단히 피하는 반사 신경과 민첩성은 특히나 인간을 벗어난 수준이라고 해도 무방했습니다!"

뭔가 굉장한 열의가 담겨 있어……?

그렇게까지 설명하지 않아도 될 것 같은데…….

노른 님과 메이드도 정체 모를 것을 보는 시선을 보내고 있다고요……!

"보통내기가 아니라고 생각하긴 했지만 링글 왕국은 엄청난 사람을 보냈구나. 그 상태의 카론과 몸으로 맞붙다니 확실히 보통이 아니야. 혹시 네가 그 소문이 자자한 구명단 사람이니?"

"……네."

보통이 아니라는 말 다음에 구명단이 나온 것은 굳이 신경 쓰지 말자.

"정해졌네."

"……?"

"네가 올 것을 그가 예상했던 이유를 마침내 알았어."

"아까부터 신경 쓰였는데 『그』가 대체 누군가요?"

아까부터 노른 님의 말 속에 등장하는 『그』.

처음에는 카론 씨나 레오나 씨인가 싶었지만 명백하게 아니었다.

"지금 소개해 줄게. ……레오나."

노른 님이 옥좌에서 일어나 레오나 씨에게 말했다.

"우사토를 그에게 데려갈 거야. 너도 같이 와."

"그럼 카론에 관해서도……?"

"그래, 전부 밝혀야겠지."

노른 님의 말에 레오나 씨는 살짝 얼굴을 찌푸렸으나 금방 진지한 표정으로 돌아와 우리 옆으로 왔다.

그에 맞춰서 노른 님도 우리 쪽으로 다가왔다.

"노른 님, 대체 뭘 하시려고……."

"원래는 특별한 자에게만 보여 주는 미아라크의 비밀 장소가 있어. 그곳에 너희를 데려갈 거야."

비밀 장소……?

그곳에 노른 님이 말하는 『그』가 있는 걸까.

"그곳에서 만날 자는 카론이 가진 무구를 만든 자이자 마왕을 타도한 용사의 무기를 만든 자이기도 해."

"……?!"

용사의 무기를 만든 자?!

그렇다면 지금 내가 가지고 있는 소도의 제작자……이기도 한 거지?

"잠깐만요. 마왕을 쓰러뜨린 용사가 있던 시대는 몇백 년 전이잖아요? 평범한 인간이 그렇게 오래 살 수 있을 리가……."

나는 거기까지 말했다가 네아를 떠올렸다.

인간이라면 무리지만, 네아처럼 인간을 웃도는 지능과 수명을 가진 마물이라면 가능성이 있었다.

"맞아. 지금부터 너희가 만날 자는 인간이 아니야."

말을 우물거린 내게 그렇게 대답한 노른 님은 손에 든 지팡이로 바닥을 세 번 두드렸다.

그러자 바닥에 파란색 문양이 떠올랐고, 발이 지면에 가라앉듯 사라졌다. 나는 순간적으로 네아를 바라보았다.

그녀는 험악한 표정을 짓고서 파란색 문양이 떠오른 바닥에 손을 짚고 있었다.

"네아, 이건……?"

"응, 마술이야. 심지어 매우 오래됐고, 교묘하게 숨겨져 있어. 나도 눈치채지 못하다니……. 밑에 있는 건 상당한 술자야. 분하지만 나보다도 마술을 잘 다뤄."

최대한 목소리를 낮춰 네아와 대화하는 동안에도 우리의 몸은 바닥을 빠져나가 아래로 내려갔다.

위를 올려다보자 바닥이었던 곳에서 메이드가 손을 흔들며 배웅하는 것이 보였다.

순조롭게 아래로 내려가는 중에 자신의 지팡이를 가만히 바라보던 노른 님이 얼굴을 들었다.

"밑에 도착하려면 시간이 좀 걸려. 그때까지 궁금한 게 있으면 물어봐."

궁금한 것…….

무슨 질문을 할까 생각하고 있으니 아르크 씨가 노른 님에게 말했다.

"여왕님, 제가 질문해도 되겠습니까?"

"대답할 수 있는 범위라면 상관없어."

"이 나라에 살던 사람들은 어떤 방법으로 이웃 나라에 갔습니까? 카론 공이 날뛰고 있는 지금, 다수를 몰래 이동시키려면 많은 시간과 노력이 들 것으로 생각됩니다만."

그러고 보니 미아라크 사람들을 이웃 나라로 어떻게 보냈는지 설명을 못 들었다.

국민들이 결코 적지는 않을 테고, 주위는 물이 아니라 얼음이다. 아무리 많은 사람을 태울 수 있는 배가 있더라도 호수가 얼어서야 의미가 없다.

그런 가운데 어떻게 미아라크 사람들을 국외로 피난 보냈을까?

"우선 카론이 움직이지 못하도록 레오나가 막았어. 그사이에 모든 백성을 이동시켰지."

……그건 역시 무리 아닌가?

소리 내어 말하지는 않았지만 너무 간결하고 엉성한 설명이라 의아한 표정을 짓고 말았다.

우리의 반응을 본 노른 님은 곤란한 얼굴로 웃었다.

"이 설명만으로는 납득할 수 없겠지. 확실히 여기까지만 들으면 무모한 작전이지만, 지금부터 만날 그의 힘을 빌려서 이 무모한 작전을 성공으로 이끌었어."

그렇게 말한 노른 님은 손에 든 지팡이를 들어 우리에게 보여 주었다.

지팡이의 중심에 삐죽삐죽한 비늘처럼 생긴 삼각형 보석이 박혀 있었고, 거기에서 미아라크를 뒤덮은 결계와 비슷한 빛이 나오고 있었다.

"설마 이게 결계를 만들어 내는 마도구인가요?"

"그래. 이것도 그가 만든 것으로, 우리 왕족이 대대로 물려받는 특별한 지팡이야."

즉, 노른 님이 가진 지팡이가 미아라크를 지키는 최후의 보루라고 할 수 있는 건가?

"이 지팡이는 술자인 내가 마력을 주입하면 광역으로 결계를 칠 수 있어. 그의 지배하에 있는 이 나라에서만 쓸 수 있다는 제약이 있지만, 내 마력이라면 일정한 강도를 지닌 결계를 어떤 형태로든 전개할 수 있지."

한정된 장소에서만 쓸 수 있지만 강력한 효과를 발휘하는 마도구.

한 사람의 마력으로 발동하는 물건치고는 상당히 파격적이었다.

아까 벌컥벌컥 포션을 마실 때는 바닥에 내팽개쳤었지만…….

"이 지팡이로 카론과 백성들 사이에 결계를 쳐서 안전하게 백성들을 이동시킨 거야. 하지만 숲속에는 카론 때문에 흉포해진 마물도 있으니까 기사 대부분을 호위로 붙여야 했어. 그래서 지금 성에는 사람이 얼마 없어."

"그랬군요……."

미아라크의 기사가 없는 건 흉포해진 마물로부터 백성들을 지키기 위해 함께 나갔기 때문인가.

"그렇다면 거의 레오나 씨 혼자서 카론 씨를 상대하고 있었던 거네요."

"나는 처음부터 끝까지 방어밖에 할 수 없었어. 오늘에 이르러서는 하마터면 죽을 뻔했고."

"그래도 저는 대단하다고 생각해요."

누구의 도움도 없이 카론 씨라는 거대한 적에게 맞선 그녀가 약할 리 없다.

내 말에 당황한 레오나 씨는 멋쩍게 눈을 피했다.

"아니, 애초에 내가 더 잘했다면 그가 각성하기 전에 어떻게든 할 수 있었을지도 몰라……."

"너무 자책하지 마. 너는 잘했어."

그래도 자학적인 분위기를 풍기는 레오나 씨를 걱정하며 노른 님이 말했다.

"겸허함은 너의 장점이지만 단점이기도 해. 지금 너에게 필요한 건 자신감이야. 그것만 갖추면 너는 이 미아라크의—."

"노른 님……!"

순간 레오나 씨가 노른 님의 말을 괴로운 목소리로 막았다.

그녀는 즉각 자신의 태도를 알아차리고 머리를 숙였지만, 그 표정은 매섭게 바뀌어 있었다.

노른 님이 무슨 말을 하려고 했는지는 알 수 없으나 그 뒷말을 레오나 씨가 그다지 좋게 여기지 않는다는 것은 바로 이해할 수 있었다.

“뭔가 사정이 있는 것 같습니다.”

“그러게요.”

두 사람을 바라보던 아르크 씨의 중얼거림에 고개를 끄덕였다.

신경 쓰이기는 하지만 우리가 관여해도 되는 문제는 아닐 것이다. 이건 노른 님과 레오나 씨, 주종간의 문제다.

“슬슬 최하층에 도착할 거야.”

다소 가라앉은 목소리로 노른 님이 말했다.

그 말에 발밑을 보니 파랗게 빛나던 마술 문양이 점점 빛을 잃는 것이 보였다.

“그는 나에게 이렇게 말했어. 『그대는 미숙하나 여왕이다. 자신의 두 눈으로 판별해라』.”

조용히 내려가는 바닥을 주시하고 있자 노른 님이 혼잣말처럼 그런 말을 꺼냈다.

“내 눈으로 본 너희는…… 신용해도 될 것 같았어. 그래도 경고는 해 둘게.”

“경고? 뭔가 조심해야 할 게 있나요?”

“그래. 그를 만나도 절대 겁먹지 마. 몸집이 조금 크고, 무섭게 생겼고, 쓸데없이 위압감을 내뿜고, 언동도 상당히 고압적이지만, 심성은 착한 사람…… 사람? 이니까…….”

무섭게 생겼고 쓸데없이 위압감을 내뿜으며 언동도 고압적…… 로즈인가?

아니, 불합리함이 빠졌네.

뭐야, 그 정도라면 나는 전혀 문제없다. 아무리 얼굴이 무서워도 구명단의 험상궂은 인간들보다 더하지는 않겠지.

"비슷한 사람을 알고 있어서 괜찮아요."

로즈보다 무서운 존재는 이 세상에 실재하지 않는다는 생각조차 들었다.

"그건 아닐걸. 그와 똑같은 존재가 있을 리 없어."

"네?"

작게 중얼거린 노른 님에게 무심코 반문하고 말았다.

그렇게 대단한 존재인가?

혹시 로즈 이상……? 아니, 딱히 로즈를 기준으로 삼지 않더라도 다른 의미에서 굉장할지도 모른다.

그런 생각을 하는 사이에 주위 풍경이 바뀌었다.

지금까지 새파란 벽면이 이어질 뿐이었던 광경이 순식간에 매우 넓은 동굴로 바뀐 것이다.

"오오……."

나도 모르게 감탄이 나왔다.

넓은 동굴 안 이곳저곳에 샘 같은 것이 있었고, 그 물이 파랗게 빛나며 동굴을 비추고 있었다.

지하에 공간이 있는 것도 놀라웠지만 설마 이렇게 아름다운 광경을 보게 될 줄은 몰랐다.

"이곳이 미아라크가 자랑하는 보물이자 유산인 『크레하 샘』이야."

"굉장하네요. 그 말밖에 안 떠올라요."

내 말에 살짝 웃은 노른 님은 파랗게 빛나는 샘을 바라보았다.

"이 샘물은 특별해. 겉보기에는 그냥 빛나는 물이지만, 마시면 지대한 힘을 얻을 수 있는 특별한 샘물이야."

"지대한 힘? 저 물에 그런 효과가……. 하지만 그렇게 솔깃한 이야기가 있을 리 없겠죠?"

"맞아. 이 물은 생물에게 독일 뿐이야. 힘을 **주는** 게 아니라 **끌어내는** 물이거든. 그 힘이 나오는 곳은 생명……. 그리고 인간에게 가장 유해한 점은 이 물이 힘만 끌어내는 게 아니라는 거야."

생명을 힘으로 바꾼다.

나로서는 그다지 좋게 여겨지지 않았다.

"안이하게 손에 넣은 힘은 사람의 마음을 파괴해. 이 물을 마시는 것은 자신의 약함에 굴복하고 눈앞의 현실을 외면한다는 의미야. 솟아나는 힘은 여유와 냉정함을 빼앗고, 그저 힘을 행사할 뿐인 존재로 사람을 전락시키지."

발판이 동굴 바닥에 착지하자 노른 님은 근처에 있는 샘에 손을 담가 가볍게 물을 떴다.

"『욕망과 업(業)에 사로잡혀 힘을 바란다면, 마음은 찢어지고 몸은 고통 끝에 썩어 문드러질 것이다』……. 이 물을 마시면 그 과도한 효력에 몸도 마음도 망가져 버려. 그래서 우리 왕족은 탐욕스러운 자가 샘을 악용하지 않도록 이곳을 계속 지키고 있는 거야."

힘을 끌어내는 샘.

분명 그 존재가 알려지면 욕심내는 사람이 끊이지 않을 것이다.

이야기만 들어도 눈앞의 아름다운 샘이 위험함을 이해할 수 있었다.

"……그가 있는 곳으로 안내할게."

손으로 뜬 물을 샘에 버린 노른 님은 동굴 안쪽으로 걸어갔다.

한동안 말없이 노른 님을 따라가자 한층 커다란 샘 앞에서 그녀가 멈춰 섰다.

하지만 그 샘에는 아무도 없었다.

노른 님이 말한 그는 어디에 있는 걸까?

"……있어."

긴장한 목소리로 네아가 중얼거렸다.

"네아?"

그녀를 바라보니 지그시 샘을 응시하고 있었다.

"분명 있어. 이 기척을…… 나는 알고 있어. 아마코, 너한테도 이 기척이 느껴지지?"

"……응."

나와 아르크 씨는 네아와 아마코가 무엇을 느끼고 있는지 알 수 없었다.

하지만 두 사람의 굳은 표정을 봤을 때 샘 안에 무언가가 있는 것은 분명했다.

"데려왔습니다. 부디 모습을 나타내 주십시오."

노른 님이 그렇게 말하자 순간 정적이 흐른 후에 샘 중심에서 거대한 무언가가 부상했다.

그 순간, 나도 느낄 수 있을 만큼 압도적인 위압감이 눈앞의 그것으로부터 뿜어져 나와 순간적으로 아마코 앞을 막아서며 가볍게 주먹을 쥐었다.

"어이, 거짓말이지……?"

네아가 말한 대로 우리는 알고 있었다.

한 달 전의 아수라장. 깨어났던 재앙의 용.

그러나 눈앞에 나타난 그것은 우리가 아는『사룡』과 모습이 달랐다.

두 쌍의 날개 중에 두 장은 절반이 뜯겨 나갔고, 커다란 꼬리는 끝부분이 잘려 나간 것처럼 없었으며, 비늘은 갈라졌고, 발톱도 절반 이상이 깨진 데다, 목에 난 갈기와 아래턱에 난 수염은 하얗게 세어 있었다.

우리는 너무 놀란 나머지 아무 말도 못한 채 위를 올려다보았고,『용』은 샘물을 뚝뚝 떨어뜨리며 나를 내려다보았다.

"잘 왔다, 이방인이여. 나의 반쪽이 신세를 졌군."

파란 노룡은 노인을 연상시키는 쉰 목소리로 내게 그렇게 말했다.

제4화 살아 있는 전설! 신룡 파르가!

맑은 파란 눈동자가 나를 보고 있었다.

반쪽— 그 말을 듣고 제일 먼저 떠오른 것은 사룡이었다.

수백 년간 사체 상태로 봉인되어 있던 괴물…….

"나의 이름은 신룡 파르가. 조화와 평온을 사랑하는 용이다."

파르가라고 이름을 밝힌 노룡은 크게 몸을 흔들어 물을 털어 내고 완만한 동작으로 뭍에 올라왔다.

"내 앞에서 모습을 위장할 필요는 없다. 여기서 너희를 해할 마음은 없으니."

"……아마코, 네아."

파르가…… 아니, 파르가 님의 말뜻을 이해한 나는 아마코와 네아에게 변장을 해제하라고 눈짓했다. 이 자리에는 노른 님과 레오나 씨가 있지만, 지금은 파르가 님의 말을 따르는 편이 좋을 것이다.

아마코가 후드를 벗었고, 네아는 올빼미에서 본래의 마물 모습으로 돌아왔다.

그런 두 사람을 보고 노른 님과 레오나 씨가 경악했다.

"이, 이게 무슨……?!"

"당황하지 마라. 그리 놀랄 일은 아니다."

"노, 놀랄 일입니다!"

"우습구나. 그래서 너를 미숙자라 하는 것이다. 위에 서는 자라면 동요를 드러내지 마라."

"으……."

신랄한 파르가 님의 말에 노른 님이 의기소침해졌다.

한편 레오나 씨는 놀라기는 했지만 바로 이해했다는 듯 고개를 끄덕였다.

"과연 그랬군. 우사토가 범상치 않은 힘을 가진 이유를 알겠어……. 즉, 너도—."

"저는 평범하게 인간이에요."

"어? 그, 그래? 미, 미안하다……."

내가 말을 잘라 놓고 이런 소리 하기는 뭐하지만, 이 사람은 대체 무슨 말을 하려고 했던 걸까.

뭐, 대충 예상은 가지만…….

"크, 크흠. 이분이 바로 네게 보여 주고 싶었던 신룡 파르가 님이시란다."

조금 전까지 축 처져 있었던 노른 님이 우리에게 파르가 님을 소개했다.

"우사토. 네가 오기를 기다리고 있었다."

"저를…… 기다리고 계셨다고요?"

"그래. 이곳에서 일어나고 있는 일은 너희와 무관하지 않다."

"무관하지 않아……?"

파르가 님의 말에 옆에 있던 노른 님이 의아한 표정을 지었다.

그녀에게도 말하지 않은 이야기인 걸까?

아니, 그보다도…… 이 일이 우리와 무관하지 않다니 무슨 소리지?

"우선 정말로 네가 나의 반쪽을 타도하였는지 확인하겠다."

"……예, 맞아요. 저 혼자만의 힘은 아니었지만, 사룡은 저희가 쓰러뜨렸어요. 그 증거로……."

나는 칼집에 담긴 용사의 소도를 허리에서 빼내 파르가 님에게 보였다.

이것은 그가 만든 무기이니 척 보면 알 수 있을 것이다.

"내가 녀석을 위해 만든 검인가. 분명…… 카타나라고 했지. 두 자루 중 하나가 이곳에 있다는 것은 너희가 그것을 쓰러뜨렸다는 틀림없는 증거. 그러나 여전히 믿기 어렵군. 인간의 몸으로 나의 반쪽을 타도하다니……."

소도에서 내게로 시선을 옮긴 노룡은 흥미진진하게 나를 관찰했다.

"특별한 소양도 없고, 치유마법 외에 특출한 재능도 없고, 혈통도 특별하지 않아. 그럼에도 나의 반쪽을 타도할 수 있었던 것은 한눈에 알 수 있을 만큼 강인한 정신력(마음)인가. 과연, 결코 꺾이지 않는 정신이야말로 너의 가장 큰 힘이로군."

"그런 말을 들을 만큼 저는 강하지 않아요. 결국 제 주먹과 힘은 사룡에게 통하지 않았어요……. 제가 사룡을 쓰러뜨릴 수 있었던 건 동료들과 힘을 합쳤기 때문이에요."

넌지시 내 정신력이 괴물 수준이라는 말을 들은 것 같지만, 나 혼자만의 힘으로 해낸 일이 아니라는 것을 확실히 해두고 싶었다.

약화된 상태였지만 그래도 강대한 힘을 가졌던 사룡. 그에 맞서 승리를 거머쥘 수 있었던 것은 동료들 덕분이었다.

똑바로 노룡을 바라보며 그렇게 단언하자, 그는 감회에 잠겨 고개를 끄덕였다.

“그래야지. 강대한 적에게는 결속해서 맞서야만 해. 그 점에서 너는 그 애송이보다 뛰어나다.”

“애송이……?”

“그 카타나의 전 주인을 말하는 것이다.”

그 말에 나는 다시금 소도를 보았다.

선대 용사를 애송이라고 부르다니…….

“저기…….”

“뭐지? 미숙자.”

소도를 바라보고 있는데 노른 님이 파르가 님에게 쭈뼛쭈뼛 말을 걸었다.

그 표정은 곤혹스러워하는 것처럼 보이기도 했다.

“사룡이라 하심은……? 당신의 반쪽이라고 하셨는데…… 설마 파르가 님 같은 존재가 더 있었던 겁니까?”

노른 님의 말에 파르가 님이 고개를 끄덕였다.

“그래. 그리고 이번 일과 깊게 연관된 존재다.”

“그렇다면 왜 지금까지…….”

“말하지 않아서 미안하군. 그러나 그 상황에서 너에게 가르쳐 줘도 쓸데없는 조바심을 낳을 뿐이었다. 조바심은 판단을 흐리며 주위 사람들을 위험에 빠뜨리지. 지금까지 네가 해야 할 일은 나라를 지키고 힘없는 백성들을 피난 보내는 것, 그것뿐이었다.”

파르가 님의 말에 노른 님이 입을 다물었다.

잠시 침묵이 흐른 후, 그녀는 불안한 표정을 지으며 얼굴을 들었다.

“이번 일은 카론이 지닌 용의 인자가 폭주한 것 아니었습니까?”

“그것은 틀림없다. 그 폭주의 원인이 내부인가 외부인가의 차이다.”

카론 씨가 폭주한 원인이 용의 인자라고……?

잠깐, 그럼 카론 씨는 자신 안에 잠재해 있던 용의 인자라는 것의 영향으로 뿔과 꼬리가 생겨난 건가?

“아…….”

“응? 왜 그래? 네아.”

“아, 아무것도 아니야.”

무언가를 깨달았는지 네아가 동요했다.

파르가 님은 그런 네아를 눈치채지 못하고 이어서 말을 자아냈다.

“카론 안에 있던 용은 자발적으로 깨어난 것이 아니다. 한 달 전, 외부에서 강한 영향을 받아 깨어난 것이다.”

“……!”

방금 그 말에 나도 알아챘다.

네아가 동요할 만했다.

한 달 전, 카론 씨가 폭주하기 시작했을 때, 우리는 사룡과 싸웠다.

“나의 반쪽— 사룡이 깨어나면서 방출한 파동으로 인해 카론은 강제로 각성하게 되었다.”

파르가 님의 말에 노른 님과 레오나 씨는 깜짝 놀랐지만, 아마코와 아르크 씨는 내 옆에 있는 네아를 바라보았다.

나도 포함해 세 사람의 시선을 받은 네아의 얼굴은 새파랬다.

사룡을 깨운 것은 네크로맨서의 힘이다.

한때는 많은 사람들의 목숨이 위험에 처할 뻔했지만, 그 전에 우리가 사룡을 쓰러뜨리면서 무사히 해결……됐을 터였다.

"사룡…… 그것이 카론이 폭주하는 계기가 된 존재……."

"정확히는 틀렸다."

노른 님의 중얼거림에 파르가 님이 그 말을 부정했다.

"직접적인 원인은 분명 사룡의 각성이다. 그러나 애초에 카론 안에 잠든 용의 인자는 간단히 깨어나지 않는다. 쇠약해진 사룡의 포효 따위에 각성할 만큼 용의 힘은 약하지 않다."

"그럼 왜 그는 폭주한 겁니까?"

방아쇠는 사룡이지만 각성한 계기는 따로 있다면, 사룡 이외의 존재가 카론 씨에게 영향을 줬다고 생각해도 될 것이다.

내가 아는 범위에서 가능성이 있는 존재는…….

"마왕이 부활했기 때문인가요?"

"그렇다. 강대한 힘을 가진 그 녀석이 깨어나면서 동시에 카론이 지닌 용의 인자도 깨어났다. 그러나 깨어났다고 해도 그것은 올바른 형태가 아니었다. 본래는 천천히 각성하여 용의 힘을 구사할 수 있게 될 터였지만…… 사룡이 깨어난다는 이상 사태가 발생했다."

원래대로라면 천천히 익숙해져 나가야 하는 것이 단숨에 진행된

탓에 그것을 버티지 못한 카론 씨가 폭주해 버렸다는 건가?

"현재 카론은 사룡과 똑같은 파괴 충동에 사로잡혀 있다. 지금은 미아라크로만 그 충동이 향하고 있으나 만약 다른 곳으로 향하게 된다면……참사를 면치 못할 것이다."

애초에 원인은 마왕의 부활이지만, 사룡이 부활하지 않았다면 이런 비극은 일어나지 않았을 것이다.

무엇보다 카론 씨가 폭주하지 않았다면 마왕을 상대할 비장의 카드가 되지 않았을까?

용의 힘, 그리고 강력한 무구의 선택을 받은 소질. 어느 모로 보나 일류의 실력을 가진 그를 망가뜨린 원인은 가벼운 마음으로 사룡을 되살린 네아에게 있었다.

"하아……."

입 다물고 조용히 있으면 이 아이의 책임은 문책 받지 않을지도 모른다.

하지만 아마 파르가 님은 사룡을 되살린 것이 네아임을 알고 있을 것이다.

그런데도 아무런 말이 없는 이유는 모르겠지만…… 매듭은 확실하게 지어야 했다.

나는 아르크 씨와 아마코에게 시선을 옮겼다.

내가 뭘 하려는지를 알고 아마코는 어이없어하며 한숨을 쉬었고, 아르크 씨는 평소와 다름없이 웃으며 고개를 끄덕여 주었다.

내 억지를 들어주니 정말 고마울 따름이야…….

"노른 님, 레오나 씨. 이번 일은 저희 때문이에요."

"우사토……?"

나를 올려다보는 네아에게 흘낏 시선을 주었다.

사룡을 되살린 것은 네아지만, 그녀는 지금 우리의 동료다.

건방지고 주책맞고 이것저것 귀찮은 면도 있지만, 그녀에게는 몇 번이나 도움을 받았다.

그녀가 없었다면 나는 지금 여기에 없었을지도 모른다.

사마리알에서 에바를 구할 수 있었던 것도 네아 덕분이었다. 그러니 이제 와서 이 녀석에게만 책임을 떠넘길 수는 없었다.

"사룡은 저희가 쓰러뜨렸지만, 애당초 발단은 어떤 이가 저희를 붙잡기 위해 경솔하게 사룡을 되살린 거였어요."

"그 사람은……."

"제 옆에 있는 네아예요."

내 말에 네아의 얼굴이 파래졌다.

노른 님은 혼란스러운지 이해할 수 없다는 표정을 지었지만, 레오나 씨는 엄격한 표정을 짓고 있었다.

"하지만 지금은 이 녀석도 제 동료예요. 그러니까 이 녀석 혼자 모든 책임을 지게 할 수는 없어요."

"그렇다면 어찌할 것이냐? 우사토여."

파르가 님이 물었다. 예상했던 질문에 나는 분명하게 대답했다.

"카론 씨를 막는 걸 돕겠습니다."

애초에 카론 씨가 제2의 사룡이 되려고 하는 지금 이 상황을 무시할 수는 없었다.

"흠, 미숙자여. 이렇게 말하는데 받아들일 것이냐? 아니면 받아들이지 않을 것이냐?"

"어, 아, 네…… 받아들이겠어. 너희의 힘을 빌려줘."

멍하니 있던 노른 님이 허둥지둥 그렇게 대답했다.

파르가 님은 그런 그녀를 보고 한숨을 쉬고서 이쪽으로 시선을 옮겼다.

"우사토. 카론의 폭주는 분명 너희의 동료 때문이기는 하나, 나는 너희에게 감사하고 싶다."

"……그건, 어째서인가요?"

나는 파르가 님의 반쪽— 형제라고 해도 될 존재를 쓰러뜨리고 말았다.

비난받을지언정 감사받을 이유는 없을 터다.

"본래 녀석은 앞으로 300년은 더 지난 뒤에 깨어날 예정이었다. 그만큼 강한 봉인이 걸려 있었겠지. 하지만 만약 예정대로 나중에 봉인이 풀렸다면 300년 후의 나는 녀석을 막을 수 없었을 것이다. 아니, 애초에 착란 상태에 빠져 재해로 변한 녀석을 막을 수 있는 자가 300년 후의 세계에 있으리라는 확증이 없다. 어쩌면 대륙에 사는 인간 대다수가 살해당할 가능성조차 있었다."

"……."

파르가 님의 말에 노른 님도 레오나 씨도 얼굴이 파래졌다.

실제로 싸웠던 나도 사룡이 정말로 이성을 잃고 날뛰었을 가능성을 생각하니 등골이 오싹해졌다.

어중간하게 의식과 지성이 남아 있었기에 그 정도 피해로 끝난 것이었겠지.

만약 이성을 잃고 오로지 파괴만을 가져오는 존재였다면 분명 누구도 사룡을 막을 수 없었으리라.

"그리고…… 녀석은 악(惡)으로 타락하였으나 그래도 나의 반쪽이다. 그런 모습으로 영혼만 이 세상에 구속되어 있는 것은 그다지 기분 좋은 이야기가 아니다. 죽음을 맞이한 자는 평안히 잠들어야 해……. 그것은 간악무도하기 짝이 없었던 녀석이더라도 마찬가지다."

사룡에 대해 이야기하는 파르가 님의 말은 어딘가 슬프게 들렸다.

"그 애송이가 어떤 목적으로 녀석의 영혼을 이 세상에 구속했는지…… 그 이유는 대강 이해하고 있으나, 그렇다고 산 자가 죽은 영혼을 농락해도 될 이유는 되지 못해."

"당신은 용사가 사룡의 영혼을 이 세상에 구속한 이유를 알고 있는 거야?"

마침내 얼굴에 혈색이 돌아온 네아가 그렇게 물었다.

그녀도 용사의 행동에는 관심이 있는 듯했다.

"물론이다. 하지만 그것을 너희에게 알려 줄 수는 없다. 지금 여기서 그 애송이가 하고자 한 것을 가르쳐 줘도 의미가 없다. 아니…… 『용사』로서 녀석이 한 행위가 무의미해지겠지."

……즉, 용사에 관해 아무 말도 해 줄 수 없다는 건가.

하지만 사룡이 봉인에서 깨어나는 시기가 본래 300년 뒤였다는 것을 보면 용사가 하고자 했던 것은 미래에까지 영향을 미치는 일이었을지도 모르겠다.

"지금은 이해하지 않아도 좋다. 마왕이라는 위협과 맞서는 이상, 언젠가 알게 될 테니. 그보다도—."

일단락을 지은 파르가 님은 내게 시선을 되돌렸다.

"네가 카론을 막겠다면 한 가지 확인하고 싶은 것이 있다."

"확인하고 싶은 것이요?"

"그래. 나는 네가 어느 정도 싸울 수 있는지 모른다. 확실히 사룡을 타도한 것은 너와 동료들의 힘이겠지. 그러나 나는 너 **개인**의 힘을 확인해 두고 싶다."

"……알겠습니다. 그럼 어떻게 확인하실 건가요?"

"그럼 제가 우사토를 상대하겠습니다."

어떤 형식으로 내 실력을 시험할지 질문하자 레오나 씨가 나를 상대하겠다고 나섰다.

"그는 제가 보기에도 평범한 기사는 당해낼 수 없는 힘을 가지고 있습니다. 저로서는 역부족일지도 모르지만, 그의 실력을 엿볼 수 있다면……."

"아니, 너는 우사토와 싸우지 마라."

단호하게 레오나 씨의 말이 차단되었다.

파르가 님은 조금 험악한 모습으로 레오나 씨를 지그시 바라보았다.

"확실히 너는 우사토의 상대로서 가장 훌륭할 것이다. 하지만 가장 알맞은 상대라고는 할 수 없다. 자신의 입장에 의문을 품고 마음에 미혹이 생긴 너는 본래 실력을 발휘하지 못해."

"그건……."

"시합이라면 네가 이기겠지. 그러나 승부라면 확실하게 네가 진다. 네가 지금 스스로의 지위를 납득하고 그 책무를 다하고자 하지 않는다면 이야기가 되지 않는다."

입을 다문 레오나 씨를 바라본 파르가 님이 내게 고개를 돌렸다.

레오나 씨는 뭔가 고민이 있는 건가? 카론 씨를 상대로 싸웠던 그녀가 이제껏 실력 이상의 힘을 발휘하지 않았다는 사실에 나는 깜짝 놀랐다.

"너의 상대는 나의 마술로 준비하겠다."

"제가 싸울 상대를 마술로 만들어 내는 건가요?"

"아니, 틀렸다. **만들어 내는** 것이 아니라 **불러내는** 것이다."

……어라?

뭔가 굉장히 불길한 예감이 들어.

내가 식은땀을 줄줄 흘리든 말든 파르가 님은 커다란 손으로 조용히 마술을 발동하고 깨진 발톱 끝을 샘에 담갔다.

그러자 샘물이 원형 거울처럼 변하여 수면에서 떠올랐다.

"이것은『거울 주술』이라는 마술의 일종이다. 대상을 비추는 마술로, 대상의 마음에 투영된 인물을 3분간 이곳에 불러낼 수 있다."

"시공에 작용하는 마술이라니, 엄청나네……."

거울을 본 네아가 멍하니 그런 말을 중얼거렸다.

하지만 파르가 님은 별것 아니라는 듯이 말을 자아냈다.

"사룡이 힘을 관장하는 용이라면 나는 지혜를 관장하는 용. 직접 작용하는 힘은 행사할 수 없으나, 나의 지혜로 습득한 많은 마술이 최대의 무기다. 공간과 공간을 연결하는 것 정도는 나에게 쉬운 일이다."

3분이라는 제한이 있긴 하지만 멀리 있는 누군가를 불러내는 마술이라니 확실히 엄청났다.

신룡이라면 수명도 인간의 몇십 배는 될 테니 수많은 마술들을 알고 있어도 이상하지는 않았다.

"지금부터 불러들일 대상의 조건은 내가 한정하겠다."

"예? 한정이요? 제가 고르는 게 아니라요?"

"우습구나. 그래서는 의미가 없지 않은가. 너와 어느 정도 싸울 수 있는 자여야 의미가 있다."

확실히 그렇긴 하지만…….

뭐, 설령 상대가 마물이라 해도 내가 할 일은 변함없다. 다행히 마력도 그렇게 많이 쓰지 않았으니 3분 정도 싸우는 거라면 괜찮겠지.

아무튼 허둥대지 않도록 마음을 진정시키기 위해 나는 심호흡했다.

"대상 조건은 『네가 일찍이 싸웠던 자이며 네가 가장 노여움을 느꼈던 자』로 한정하겠다. 그러나 이미 죽었거나 싸울 뜻이 없는 자는 조건에서 제외한다."

가장 노여움을 느꼈으며, 싸울 뜻이 있는 사람인가.

사룡과 그 뱀은 이제 없고, 페름과 페그니스 씨는 아마 나랑 싸울 마음이 없을 것이다.

……잠깐만, 한 명 짐작 가는 사람이 있었다.

"왜 그래? 우사토. 얼굴이 새파란데……?"

"네아, 나는 지금부터 속수무책으로 처맞을지도 몰라."

"뭐?! 네가 두들겨 맞는다니 상상이 안 가!"

네가 그 사람을 몰라서 그렇게 말할 수 있는 거야.

그 사람은 나보다 훨씬 강하고 가차 없다.

아니, 일단 적당히 힘 조절은 하고 있겠지만, 그렇더라도 내가 맞설 수 없을 만큼 강하다는 점은 변함없었다.

"우사토, 괜찮아?"

"거, 걱정하지 않아도 돼. 아마코."

앞으로 나타날 인물을 알아차린 아마코와 아르크 씨가 나를 걱정스럽게 보았다.

파르가 님이 제시한 모든 조건에 해당될 인물.

내가 몇 번이나 달려들었고, 몇 번이나 분노하고, 그리고 나와 싸울 마음이 가득한 사람이라고 하면…….

"그럼 불러내겠다. 준비됐나?"

"예?!"

너무 빠르지 않아?!

잠깐만 기다려 주세요! 제 예상이 틀림없다면 모의전의 수준을 넘어선 학살이 일어날지도 모른다고요!

파르가 님이 거울에 마력을 주입하자 투명한 거울 표면이 빛나기 시작했다.

이윽고 빛이 사라지면서, 어둑한 동굴 경치와는 다른 풍경이 거울에 나타났다.

“아, 아아아…….”

지면에 쓰러진 낯익은 흑발 소년과, 역시나 낯익은 은발 소녀.

그리고 나의 스승이자 상사인 로즈가 살벌한 미소를 지으며 그들을 내려다보는 모습이 거울 속에 있었다.

어쩌지. 최종 보스와 싸우기 전에 히든 보스가 나와 버렸다.

솔직히 말해서 정신적으로나 육체적으로나 싸울 수 없을 것 같았다. 생각해 봐. 가감해서 때리는데 인간을 몇십 미터나 날려 버리는 사람이라고.

나도 성장했다는 자각은 있지만 로즈와 제대로 싸울 수 있으리라고 여길 만큼 기고만장해지지는 않았다.

그렇다고 이 흐름에서 싸우는 것 말고 다른 선택지는 없어 보이지만…….

딱 재기 불능이 되지 않을 정도로만 힘 조절을 하는 사람이라서 절망뿐이었다.

인간은 죽을 각오로 하면 뭐든 할 수 있다고 하지만, 이 사람은 죽어도 소생시켜서 패는 불합리한 짓을 저질러도 이상하지 않았다.

“우사토!”

“핫?!”

"아까부터 왜 말이 없어? 내 질문에 대답해!"

네아의 목소리에 정신이 들었다.

"우사토. 저게 널 두들겨 팰 사람이야?"

"그래……."

단장님, 건강해 보이네…….

하긴, 저 사람만큼은 당연히 건강하겠지.

기쁜 일이지만 그 이상으로 울고 싶어졌다.

"파르가 님, 저쪽에서도 이곳이 보이나요?"

"아니. 저쪽에서는 보이지 않아. 지금은 공간의 틈으로 보고 있는 것에 불과하다. 마술이 발동할 때만 저쪽에도 거울이 나타나지."

즉, 로즈한테는 이 거울이 보이지 않는다는 건가.

로즈라면 적은 보이자마자 없앤다는 기세로 거울을 부술 것 같아서 조금 걱정됐었다.

"이건 생각지 못한 일이군요. 설마 로즈 님이……. 우사토 님, 사정을 이야기하면 로즈 님도…… 아뇨, 무리겠죠. 죄송합니다. 아무래도 그녀와 싸우는 것 외에는 길이 없을 듯합니다."

아르크 씨마저 포기해 버렸다.

그렇겠죠. 로즈라면 나랑 싸운다는 이야기를 듣고 「성장했는지 확인해 주겠다」라면서 즐겁게 때리려 들어도 이상하지 않으니까요.

나는 스스로 납득하며 로즈의 발밑에 뻗어 있는 두 사람을 보았다.

은발과 특징적인 뿔, 틀림없이 페름이겠지. 엎어진 채 한마디도 하지 않는 것을 보면 죽은 척하고 있는 모양이지만, 그런 연기가

로즈에게 통할 리 없어서 아까부터 욕을 들으며 몸을 떨고 있었다.

그리고, 나머지 흑발 소년은…….

“그런가. 해냈구나, 나크.”

루크비스에서 만났던 치유마법사 소년, 나크.

그도 내가 소속된 구명단에서 로즈에게 훈련받고 있었다.

무사히 구명단에 들어갔구나. 정말 기쁜 소식이었다.

평소라면 두 손 들고 기뻐했겠지만 지금부터 일어날 사태를 생각하니 무작정 좋아할 수만도 없었다.

“각오하기로 할까…….”

반대로 생각하자. 지금부터 하는 것은 이번 여행으로 내가 얼마나 성장했는지 로즈에게 보여 주는 승부다!

그렇게 생각하며 투지를 불태운 나는 로즈와 싸울 각오를 다지고 거울을 보았다.

하지만 그 순간, 무표정으로 거울을 향해 주먹을 날리는 로즈의 모습이 보였다.

“……어?”

주먹은 거울을 그냥 지나쳤다.

파르가 님의 마술에 관해 들은 우리는 거울 너머에서 주먹을 확인하는 로즈를 멍하니 바라볼 수밖에 없었다.

“파르가 님, 저쪽에서는 거울이 안 보이는 거죠……?”

“……그럴 터다.”

“저 사람, 평범하게 존재를 감지하고 있는데요…….”

"……."

뭐라고 말씀 좀 해주세요, 파르가 님.

『감이지만…… 뭔가 있군.』

심지어 거울 너머에 있는 사람은 그저 감으로 우리 존재를 알아차리고 있는데요.

타올랐던 투지가 덧없이 꺼졌다. 나는 새삼 내 스승이 터무니없는 사람이라고 인식했다.

"우사토…… 그녀는 대체 누구지?"

믿을 수 없다는 표정을 지은 레오나 씨가 내게 물었다.

노른 님과 파르가 님도 거울 너머에 있는 로즈를 알고 싶은지 나란히 나를 보았다.

나는 작게 심호흡하고 입을 열었다.

"그녀는 링글 왕국 구명단의 단장, 로즈. 제 스승이자 상사로…… 불합리의 화신이에요."

불합리.

이것만큼 로즈를 표현하기 적절한 말은 없었다.

"너의 스승인가. 그렇다면 이해가 가는군."

파르가 님은 납득했다는 듯이 그렇게 중얼거렸다.

"나의 마술은 감지되지는 않으나 존재한다. 감이 예리하고 주위 변화에 민감한 자라면 마술의 존재를 알아차려도 이상하지 않다. 그런 자는 흔하지 않다만."

절대 눈치챌 수 없는 수준은 아니고 눈치채기 어려운 건가.

파르가 님의 이야기를 들은 네아는 다소 질겁한 표정으로 나를 보았다.

"우와, 역시 괴물의 스승은 괴물이구나. 심지어 우사토보다 더하다니, 역시 제자는 스승을 닮는구나~."

"참고로 내 사역마인 너는 링글 왕국으로 돌아가면 구명단에서 책임지게 될 테니까, 언젠가 너도 로즈에게 굴려지게 될 거야."

"미안해! 그렇게 빛이 꺼진 눈으로 나를 보지 마. 아, 어…… 정말 미안해!"

"괜찮아. 그때는 나도 함께할 거야. 너는 혼자가 아니야."

"상황과 언동이 맞지 않아! 눈이…… 눈이 전혀 웃고 있지 않다고!"

나는 호들갑을 떠는 네아에게 웃어 보였다.

겁먹은 그녀는 눈물을 글썽거리며 사과했지만, 네아를 길동무로 삼는 것은 사역마가 됐을 때부터 정해진 일이었다.

"나는 너의 실력을 볼 수 있다면 그걸로 좋으니 다른 상대를 찾아도 된다만……."

"……아뇨. 단장님과 겨루겠어요."

이제 와서 다른 상대와 싸우기도 귀찮다.

게다가 지금 이곳에 하르파 씨나 페그니스 씨를 불러내기도 좀 그랬다.

페그니스 씨는 지금 싸울 수 있는 상태조차 아닐 것이다.

아마 내가 가장 노여움을 느꼈을 그가 거울에 비치지 않은 것은 애초에 그가 싸울 만한 정신 상태가 아니기 때문이리라.

"결정됐군. 그렇다면 지금부터 네가 마음에 투영한 존재를 불러내겠다. 시간은 3분뿐이다."

"알겠습니다."

로즈와 페름, 나크를 비추던 거울이 다시 빛나기 시작했다.

침을 꼴깍 삼키고서 앞으로 한 걸음 내디딘 나는 그 자리에서 일단 멈추고 아마코를 돌아보았다.

"아마코, 설령 내가 고깃덩어리가 되더라도 너희 엄마는 꼭 구해줄게……."

"우사토…… 전혀 웃을 수 없어. 농담……이지?"

"……."

"그렇게 곧 죽을 듯한 얼굴 하지 마! 괜찮은 거지?!"

걱정할 필요 없어. 어떤 결과가 되더라도 몸**만**은 괜찮을 테니까.

로즈는 나보다 뛰어난 치유마법사이니 최종적으로 정신 외에는 멀쩡할 것이다. 그 과정에서 일어나는 비극은 상상도 하고 싶지 않지만.

나는 주먹을 움켜쥐고 빛에 감싸인 거울과 마주했다.

"평소의 훈련 성과를 보일 때다……!"

그리고 살아남아 보이겠어……!

소극적인 생각과 함께 각오를 다진 내 앞에서 빛에 휩싸인 거울이 파란색으로 바뀌었다.

그러자 거울에 비치던 로즈와 그 앞에 서 있던 내 눈이 마주쳤다. 그리고 그녀의 뒤에서 몸을 일으키던 나크가 놀란 표정으로 나를 보며 뭐라고 말했다.

공간이 연결되면서 거울 주술 본래의 효과가 발휘되었다.

"읏, 눈부셔……!"

거울이 더 밝게 번쩍이더니 거울 표면에서 빛에 휩싸인 실루엣이 튀어나왔다.

지면으로 털썩 떨어지며 나타난 실루엣에서 점차 빛이 사그라지자 그 모습이 드러났다.

"훌쩍…… 젠장, 폭력녀…… 언젠가 반드시 복수해 주겠어…… 응?"

거울에서 나온 것은 로즈가 아니라 양 같은 뿔이 난 소녀였다.

"마족?! 노른 님, 물러나십시오!"

그녀를 보고 즉각 마족이라고 인식한 레오나 씨는 노른 님 앞으로 나와서 칼자루를 쥐었다.

눈물을 닦고 어리둥절한 얼굴로 주위를 둘러본 소녀는 내게 시선을 고정했다.

"어, 어째서 네가 내 앞에 있는 거야?!"

"그건 내가 할 말이야, 페름."

전 마왕군 소속, 현 구명단 소속인 페름.

어떻게 된 것인지 그녀가 이곳에 불려 오고 말았다.

제5화 예기치 못한 재회!

매일 반복되는 훈련이라는 이름의 지옥.

로즈에게 걷어차이고, 욕먹고, 학대당하는 구명단의 일상은 오늘도 변함없이 계속되고 있었다.

지금 나는 기절한 상태다. 정확히는 기절하지 않았지만, 이 이상 훈련하고 싶지 않기에 기절한 척하여 모면하는 작전을 실행해 보았다.

눈을 감고 입을 다물고 지면에 누운 내게 로즈가 온갖 욕을 퍼부었지만 지금 나는 기절했기에 전혀 들리지 않았다.

"내게 자는 척이 통할 줄 알았나? 깨어 있다는 건 심장 소리로 알 수 있어."

부, 부부부, 분명 거짓말이다.

이 거리에서 심장 소리가 들릴 리 없다.

동요하지 마. 로즈의 말에 동요하지 마. 다른 생각을 하자.

머릿속을 비우고 생각을 떠올렸다. 제일 먼저 떠오른 것은…… 지금까지 여기서 보낸 나날과 마왕령에서 보냈던 나날이었다.

마왕령에서는 오로지 얼마나 강한가로 평가받았고, 마음껏 마법을 써서 싸울 수 있었다.

그리고 무엇보다도 자유로웠다.

반대로 이곳 생활은 내게 한없이 부자유스러웠다.

힘든 훈련을 받아야만 했고, 단원들끼리 분담해서 건물 청소도 해야 했다. 게다가 마법까지 봉인되어 만족스럽게 쓸 수 없었다.

정말로 불편한 곳이었다.

……하지만 어째선지 자유로운 마왕령으로 돌아가고 싶다는 생각은 조금도 들지 않았다.

마왕령으로 돌아가도 예전과 같은 지루한 일상이 기다리고 있을 뿐이다.

얼굴도 모르는 누군가가 나를 두려워하고, 아부하고, 짜증나고 일도 안 하는 제2군단장한테 간섭이나 받는 『흑기사』로 돌아가는 것이다.

그건 싫다.

흑기사로…… 그 시절의 나로 돌아가기는 싫었다.

말로 표현할 수 없는 혐오감에 소름이 돋았다.

지금까지 이런 영문 모를 감정을 느낀 적은 없었다. 이게 다 지금 내가 있는 환경과 이곳에 들어오게 된 원인인 그 녀석, 우사토 때문이다.

하지만 우사토는 이곳에 없다. 내가 이런 봉변을 당하고 있는데도 녀석은 분명 나 같은 건 잊어버리고 태평하게 여행 중이겠지.

그렇게 생각하자 몹시 화가 났다.

분노가 부글부글 끓어올라서 무심코 몸을 살짝 움직이고 말았다.

아뿔싸, 로즈에게 들켰을까? 슬쩍 눈을 뜬 순간, 시야가 빛으로 가득 찼다.

"응? ……으억!"

한순간 부유감이 느껴진 뒤에 차갑고 습한 지면에 떨어졌다.

나는 즉각 로즈가 날 던졌다는 결론에 이르렀다.

"훌쩍…… 젠장, 폭력녀…… 언젠가 반드시 복수해 주겠어…… 응?"

땅에 부딪힌 등을 문지르며 짜증스럽게 눈앞의 로즈를 노려보았고…… 순간 어안이 벙벙해졌다.

그곳에는 예상외의 인물이 서 있었다.

"어, 어째서 네가 내 앞에 있는 거야?!"

"그건 내가 할 말이야, 페름."

여행을 떠났을 터인 남자, 우사토.

가장 때려 주고 싶은 녀석이 눈앞에 있었다.

내가 구명단에 들어오게 된 원인은 애당초 전부 이 남자 때문이었다.

우사토를 본 내 행동은 간결했다.

주먹을 쥐고 그대로 달려들었다.

이것은 아마 로즈 때문에 기절해서 꾸는 꿈……. 꿈속에서는 너를 때려도 되겠지!

"죽어라! 괴물!"

"흥!"

"커헉?!"

우사토의 딱밤이 이마를 직격했고, 나는 너무 아픈 나머지 지면을 굴렀다.

"아, 미, 미안. 나도 모르게 반사적으로……."

"어, 어째서 치유마법사는 하나같이 내 이마를 노리는 거야……."

꿈인데 왜 아픔이 느껴지지?

이마를 누른 채로 눈물을 훔치고 있으니 머리 위에서 낮은 목소리가 들려왔다.

"어둠마법사인가. 딱 좋군. 너의 실력을 가늠하기에 더할 나위 없는 상대다. ……그 마도구도 풀어 주마."

"예? 잠깐만요, 파르가 님!"

우사토의 당황한 목소리에 눈을 뜨자 철컹 소리와 함께 목에 감겨 있던 마력 봉인구가 풀렸다.

그 순간, 온몸에 마력이 흘러넘쳤다.

뭐가 어떻게 된 건지는 모르겠지만 지금은 어찌 되든 좋았다.

"후, 후후후, 이로써 널 마음껏 때릴 수 있어……!"

"조금은 상황을 파악해 줬으면 좋겠는데."

"시끄러워!"

나는 마력을 발동시켜 몸에 검은 갑옷을 휘감았다.

그리고 의기양양하게 팔을 돌리며, 어색하게 웃는 우사토를 향해 전속력으로 달렸고— 발이 꼬여서 꽈당 넘어졌다.

"어어……."

곤혹스러워하는 우사토의 목소리가 묘하게 울렸다.

"제, 젠장! 움직이기 힘들어!"

얼마 전까지 익숙하게 착용했었던 갑옷인데, 원래 이렇게 움직이기 힘들었던가?

마치 진흙처럼 몸에 들러붙어서 생각대로 움직일 수 없었다.

"이, 이렇게 무거운 걸 어떻게 입고 싸워!"

"아니, 그렇게 무리해서 싸우려고 하지 않아도 되거든?"

"시, 시끄러워! 이, 이렇게 된 이상……."

움직이기 어렵다면 다시 만들면 된다.

내 어둠마법은 자유자재. 어떤 형태로든 다시 만들 수 있다.

머리부터 발끝까지 뒤덮는 군더더기 없는 갑옷……!

눈을 감고서 머릿속으로 확실하게 이미지를 굳힌 다음 그것을 형상화했다. 몇 초 만에 갑옷을 다시 만들고 눈을 뜨자, 놀란 표정을 지은 우사토가 있었다.

"흐흥, 너무 놀라서 말도 안 나오나 보네. 뭐, 그럴 만도―."

"푭, 후후……."

"윽! 왜 웃어!"

느닷없이 입을 막고 웃음을 터뜨린 우사토에게 분개하자, 그는 조금 기뻐 보이는 얼굴로 내 갑옷을 가리켰다.

"그거, 구명단 단복이지? 게다가 색은 다르지만 내 거랑 형태가 똑같아."

"뭐?!"

황급히 몸을 내려다보니 확실히 구명단의 단복이었다.

머리까지 뒤덮는 갑옷을 만들었을 텐데?!

어쩐지 시야가 탁 트였다 싶긴 했지만, 왜 하필이면 이런 옷으로……!

윽, 심지어 형태가 고정돼서 되돌릴 수 없게 됐어?!

"하하하!"

"우, 웃지 마! 젠장! 이렇게 된 이상, 이대로 널 때려 주겠어!"

너무 부끄러운 나머지 얼굴이 화끈거렸지만, 이대로 물러날 수는 없었다.

나는 홧김에 우사토를 향해 달려들었다.

무거운 갑옷을 두르고 있을 때와 비교하면 몸이 깃털처럼 가벼웠다.

할 수 있겠어! 그렇게 확신하고 주먹을 힘껏 휘둘렀지만, 우사토는 너무나도 간단히 막아 버렸다.

"아니……?!"

"나이스 펀치야. 열심히 노력했구나, 페름."

다정한 웃음과 함께 나온 그 말에 심장이 뛰었다.

웃기지 마, 너한테 칭찬받아도 하나도 안 기뻐!

목구멍까지 올라온 말이 밖으로 나오지 않았다.

그 순간, 충격이 몸을 덮쳤다. 올려다보니 우사토가 미안해하는 얼굴로 수도(手刀)를 내리친 자세로 서 있었다.

"아아, 너는 항상 치사해……."

나를 그딴 곳에 처넣고서 어딘가로 여행을 떠나 버리고, 지금도 그랬다.

꿈속에서도 너는 변함없이 앞으로 나아가고 있었다.

소리 없는 원망을 내뱉고서 내 의식은 가라앉았다.

***

분한 표정을 지으며 쓰러진 페름을 안아 땅에 눕힌 나는 그녀의 성장을 순수하게 기뻐했다.

흑기사였을 때보다도 움직임이 현격히 좋아져 있었다. 그것만 봐도 페름이 구명단에서 얼마나 노력을 거듭했는지 알 수 있었다.

그렇기에 나는 정면으로 그녀의 주먹을 받았다.

페름을 돌보는 내게 파르가 님이 말했다.

"끝난 모양이군. 시간이 다 됐다. 거기 있는 아이를 원래 장소로 되돌리겠다."

"아, 네. 마도구도 고쳐 주실 수 있을까요?"

"문제없다."

지금의 페름이 주변에 해를 끼칠 것 같지는 않지만, 링글 왕국 사람들의 안전을 위해 마도구는 차고 있어야 했다.

다시 페름의 목에 감긴 마도구를 확인한 나는 그녀를 거울 앞으로 옮겼다.

"……오오."

그 순간, 마술이 발동되고 3분이 경과했는지 페름의 몸이 빛에 휩싸였다.

눈앞의 거울이 빛나며 재차 로즈와 나크의 모습이 비쳤다.

로즈는 눈을 감은 채 팔짱을 끼고 있을 뿐이었지만 나크는 다시 거울이 나타나기를 기다리고 있는지 가만히 이쪽을 보고 있었다.

페름이 빛과 함께 거울의 표면으로 끌려간 순간, 눈을 뜬 로즈가 뭔가를 이쪽으로 던졌다.

무시무시한 속도로 날아온 그것은 거울이 출현함과 동시에 거울 표면으로 쑥 들어와 내가 있는 공간으로 날아들었다.

"어이쿠, 깜짝이야. 하하하, 수리검처럼 날아왔네."

"어어, 지금…… 뭔가 날아왔어?"

"응, 단장님이 뭔가를 던진 것 같아. 반으로 접은 종이…… 편지인가?"

평범하게 탁 잡아챈 나를 주변 사람들이 이상하게 쳐다보았다.

아무렇지도 않게 편지를 잡은 내가 이상하다는 것처럼 쳐다보지 않았으면 좋겠는데…… 아무튼 로즈는 왜 편지를 던진 거지?

편지를 펼치자 간결한 문장이 눈에 들어왔다.

『걱정하지는 않지만 훈련을 게을리하지 마라.』

뭐랄까, 서툰 느낌을 주는 한 문장이었다.

내용이라고는 그게 다인데도 나는 기뻐지고 말았다.

"싸움, 이라고 하기에는 좀 그랬는데…… 괜찮았던 건가요?"

파르가 님은 내 말에 천천히 고개를 끄덕였다.

"문제없다. 너의 힘은 잘 알았다."

"그럼……."

"어둠 계통의 마법은 사용자의 정신을 반영하는 특수한 마법. 그

특성 때문에 고독한 운명을 걷는 사용자는 누구에게도 마음을 허락하지 않고 자기 마음속에 틀어박히는 자가 대부분이다. 그래서 어둠 계통의 마법사는 타인에게 마음을 보여 주지 않는 것을 의미하는 강력한 방어와 타인에 대한 거절을 의미하는 반격이 특기인 자가 많지."

어둠 계통의 마법은 특별하다고 말하고 싶은 걸까?

"네가 불러낸 자는 난폭하기는 했으나 너를 신뢰하고 있었다. 즉, 그럴 만한 행동을 네가 했다는 것이지. 어둠을 품은 자가 마음을 열게 만들었다. 그것만 봐도 너의 실력을 가늠하기 충분하다."

"페름이 내게 마음을 열었어……?"

아까 나보고 죽으라고 했던 것 같은데, 그건 페름이 마음을 여는 나름의 방식인 걸까?

"……과격하네."

"그건 과격하다기보다는 그냥 솔직해지지 못하는 걸 거야."

"그럴까?"

"응, 그럴 거야. 분명."

아마코가 고개를 끄덕였다.

솔직해지지 못할 뿐인가.

그렇게 생각하니 뭔가 페름답네.

"우사토여, 내가 너를 시험한 이유는 하나 더 존재한다."

"하나 더요?"

"네가 가진 애송이의 카타나, 그것을 네가 가져 마땅할지 판별하기 위함이기도 했다."

용사의 소도를 내가 가져도 될지 판별하기 위해서라고?

아니, 이건 내가 가질 물건이 아니다. 나는 용사가 아니기 때문이다.

"이건 제작자이신 당신께 돌려드리겠습니다. 이것의 본래 소유자는 제가 아니고, 이 칼의 힘을 다루지도 못하니까요."

"아니, 너는 마땅한 시련을 받았고, 그것을 녀석의 심장에서 뽑았다. 그때부터 그것의 소유자는 다름 아닌 너다. 내가 네놈 전용으로 만들기만 하면 된다."

"……! 파르가 님! 당신의 육체는 이미……."

파르가 님의 말에 노른 님이 당황하여 그를 말리려고 했다.

그러나 파르가 님은 노른 님에게 날카로운 시선을 보내 입을 다물게 했다.

"착각하지 마라. 여기서 남은 두 날개를 쓸 생각은 없다. 나는 무구를 새로 만들려는 것이 아니라 고쳐서 다시 만들려는 것이다. 나의 육체를 떼어 낼 필요는 없다. 우사토의 손에 나의 『한쪽 날개』가 있으니."

"대체 그게 무슨 말씀이신가요?"

그의 말뜻을 알 수 없었다.

파르가 님의 목숨에 지장이 가는 일이라면 무구를 만드는 건 사양하고 싶은데…….

"내가 만드는 무구는 전부 나의 몸 일부를 사용한다. 거기 미숙자가 든 지팡이는 나의 『발톱』과 『비늘』을, 카론이 가진 지팡이는 나의 『꼬리』를, 그리고 선대 용사가 다뤘던 칼 두 자루는 나의 네 『날개』 중에서 두 장을 썼다."

"……즉, 파르가 님께서 말씀하신 『한쪽 날개』는 문자 그대로 원래 몸의 일부였던 건가요?"

"그렇다. 원래는 나의 일부, 몇백 년이 흘렀어도 고쳐 만들기는 쉽다."

신룡의 신체 일부를 이용해 만들어진 무구.

파르가 님의 등에 난 두 쌍의 날개 중에서 두 장이 뜯겨 있는 것은 용사의 무기 재료로 썼기 때문인가.

그러니 당연히 지대한 위력을 발휘할 수밖에 없겠지.

"최종적인 형태는 너의 마음이 정한다. 나는 그 카타나를 한 단계 이전으로 되돌릴 뿐이다. 하지만 그 일에도 시간이 걸리지. 사흘에서 닷새쯤 걸릴 것이다."

"……알겠습니다. 그럼 잘 부탁드립니다."

카론 씨가 다루는 무기가 용사의 무기와 동등함을 알았으니, 나도 그와 싸우려면 동등한 위치에 서야 할 것이다.

나는 파르가 님에게 소도를 내밀었다.

"음, 확실히 받았다. 노른, 나는 바로 작업에 착수하겠다. 힘들겠지만 너는 결계를 유지해라. 의식이 아득해지면 치유마법사인 우사토를 의지하도록."

"알겠습니다. 반드시 지켜 내겠습니다."

노른 님은 지팡이를 꽉 움켜쥐며 대답하셨다.

그 눈동자에서 범상치 않은 각오가 보였다.

그런 그녀를 자애롭게 바라본 파르가 님은 이어서 레오나 씨에게 시선을 보냈다.

"너는 우사토와 함께 훈련에 힘써라. 너는 실력 있는 기사지만 부족함이 너무 많다."

"……네."

그녀 스스로도 이해하는지 레오나 씨는 무거운 목소리로 그렇게 대답했다.

그 반응에 눈을 가늘게 뜬 파르가 님은 이어서 말을 자아냈다.

"자신의 입장, 상황, 그 모든 것을 납득하지 못한다면 너는 다음 싸움에서 확실히 카론에게 죽는다. 이것은 으름장이 아니다. 네가 바뀌지 않으면 확실한 미래가 될 것이다."

"……하지만, 저는……."

반론하려던 레오나 씨를 눈빛으로 침묵시킨 파르가 님이 위압감과 함께 다음 말을 내뱉었다.

"너는 완고한 자이니 구태여 말하겠다. 용사 레오나, 자신을 긍정하지 못하는 기사여. 네가 자신의 존재를 인정하지 못한다면 꼴사납게 죽을 것임을 알라."

"……! 네."

괴로운 표정으로 고개를 끄덕인 레오나 씨가 힐끗 나를 한번 쳐다보았다.

마치 자신이 용사임을 내게 들려주고 싶지 않았다고 말하는 듯한 얼굴이었다.

"용사인가……."

용사가 될 터였던 용인(龍人), 카론 씨.

용사임을 부정한 기사, 레오나 씨.

레오나 씨에게 용사란 어떤 의미를 가진 말일까.

나는 그런 생각을 하며 파르가 님 앞에 선 레오나 씨를 보았다. 시선 끝에 있는 그녀의 등은 왠지 슬퍼 보였다.

제6화 승부! 미아라크의 용사!

미아라크에 도착하고 다음 날.

익숙하지 않은 넓은 방에서 쉰 나는 메이드가 만들어 준 아침을 먹은 후 아르크 씨와 함께 미아라크 성의 훈련장으로 걸음을 옮겼다.

미아라크의 훈련장은 예상보다 넓게 만들어져 있었고, 그곳에 선 나는 일단 가벼운 준비 운동을 시작했다.

"후우."

항상 입는 단복은 훈련하면서 때가 타지 않도록 벗어 두었다.

"그럼 늘 하던 대로……만 해선 안 되니까 제대로 목표를 정해야겠지."

힘에서 웃도는 카론 씨를 상대하기 위해서는 막무가내로 단련해서는 안 된다. 이번에는 명확한 훈련 방침을 정해야 했다.

하지만 뭐부터 단련하면 좋을지 알 수 없는 것이 현재 상황이었다.

"우사토 님."

"왜 그러세요? 아르크 씨."

고개를 기울이고 생각에 잠긴 내게 목검을 허리에 찬 아르크 씨가 말을 걸어왔다.

그도 훈련하러 왔기 때문인지 옷차림이 가벼웠다.

"고민하시는 것 같아서 한 가지 조언해 드리려고 합니다."

"그럼 감사하죠. 그저 단련하는 거라면 할 수 있지만 싸움이 전제가 되니 뭘 하면 좋을지 알 수 없어서……."

내가 싸우는 방식은 아마추어임을 훤히 드러내는 육탄전과 치유 마법탄을 이용한 기습의 조합일 뿐. 즉, 제대로 된 기술도 없는 근본 없는 막싸움이었다.

"우사토 님은 싸울 힘이 있어서 싸움 기술을 배울 필요가 없었던 것이니 어쩔 수 없죠."

"그런가요?"

"네. 하지만 사룡과의 싸움, 사마리알의 저주, 그리고…… 이번 카론 님과의 싸움 같은 문제가 앞으로 또 일어나지 않으리라는 보장은 없습니다. 우사토 님 자신을 지키기 위해 싸움 기술을 익히셔야 합니다."

우리의 다음 목적지는 수인의 나라.

인간을 싫어하는 아인의 나라다. 그런 나라에 가는 우리에게 아무 일도 일어나지 않으리라고 생각하기는 어려웠다.

지금까지 그랬던 것처럼 신체 능력만을 의지한 전투법으로는 타개할 수 없을지도 모른다.

"아르크 씨, 제게 싸우는 법을 가르쳐 주세요."

내 말에 아르크 씨는 고개를 끄덕였다.

그는 일류 기사다. 나 혼자서 훈련하는 것보다 그에게 가르침을 받는 편이 단연코 좋다.

"그럼 일단 우사토 님의 움직임을 확인하고 싶으니 한번 겨뤄 보죠."

"예? 느닷없이요?"
"네. 봐야 알 수 있으니까요."
……생각해 보면 아르크 씨와 싸우는 것은 이번이 두 번째구나.
첫 번째는 네아에게 조종당했을 때지만, 그때는 아르크 씨의 본래 힘이 발휘되지 않았기에 그의 실력을 가늠할 수는 없었다.
"마법까지 사용해서 되도록 진심으로 겨뤄 주시기 바랍니다. 안 그러면 의미가 없습니다."
"어어, 진심으로 임해도 괜찮나요?"
"만약 다치면 우사토 님이 고쳐 주시면 되죠."
아르크 씨는 농담 섞어 그렇게 말했지만, 마법까지 사용하는 겨루기라면 아르크 씨도 화염마법을 쓸 터였다.
확실한 기술과 경험이 뒷받침되는 그의 실력은 상당하겠지.
방심하지 말고 한 수 배우는 마음가짐으로 임하자.
심호흡을 한 나는 목검의 상태를 확인하는 아르크 씨와 함께 훈련장 중앙으로 이동하려고 했다. 하지만 그때—.
"잠시만 기다려 주겠나."
"응?"
성 쪽에서 달려온 레오나 씨가 우리를 불러 세웠다.
"레오나 씨, 무슨 일이세요?"
"갑자기 불러서 미안하다."
하나로 묶은 금발을 흔들며 이쪽으로 걸어온 레오나 씨는 나를 힐끗 본 후, 아르크 씨에게 말했다.

"아르크 공. 우사토와 싸우는 역할은 내게 맡겨 주지 않겠나?"

"예?"

아르크 씨가 아니라 레오나 씨가 내 상대가 되어 주는 건가?

어째서 그녀가 이런 제안을…… 이라고 생각했지만, 어제 파르가 님이 레오나 씨에게 했던 말을 떠올리고 그것이 이유임을 알아차렸다.

"저야 기사인 당신의 고찰도 들을 수 있으니 바라 마지않는 제안입니다만…… 우사토 님은 어떠십니까?"

"저도 상관없어요."

레오나 씨가 실력자인 것은 나도 아르크 씨도 알고 있다. 카론 씨와 정면으로 싸울 수 있는 그녀가 내 상대로서 부족할 리 없었다.

"이런 무리한 부탁을 해서 미안하다……."

깔끔하게 인사한 그녀는 이미 가지고 있던 목검을 한 손에 들고 훈련장 중앙으로 걸어갔다.

역시 어제 파르가 님이 한 말을 신경 쓰고 있는지 정신적으로 조금 여유가 없는 표정이었다.

"우사토 님, 그녀는 상당한 실력자입니다. 우사토 님보다 경험도 풍부하고 기술도 틀림없이 뛰어날 겁니다. 방심하지 마시고 자신의 방식대로 싸우십시오."

"내 방식으로…… 네, 알겠어요."

레오나 씨를 상대로 내 싸움 방식이 얼마나 통할지 확인할 좋은 기회일지도 모른다.

"그럼 해볼까."

마음을 다잡은 나는 레오나 씨의 뒤를 쫓아 훈련장 중앙으로 향했다.

***

먼 옛날 활약한 용사의 이야기.

어느 집 아이든 자라면서 듣게 되는 흔한 영웅담.

나는 그런 용사를 매우 동경했다.

그 어떤 강대한 적 앞에서도 결코 물러나지 않고 맞서며.

자신의 강함을 믿고 돌진해 나가고.

고상하며, 차별하지 않는 상냥함을 지닌 자.

그것이 내가 머릿속에 그린, 사람들을 구하고 평화를 가져오는 영웅의 모습이었다.

나는 지금 그 『용사』의 이름을 짊어지고 싸우고 있었다.

그토록 동경했던 이름은 무겁고 괴로운 것으로 바뀌었다.

나는 용사에 걸맞지 않다.

용사에 걸맞은 카론이라는 인간이 있는데 내가 용사라니…….

하지만 어쩔 수 없다는 것은 나도 이해하고 있다.

안 그래도 미아라크에서 손꼽히는 실력을 자랑하는 카론이 용의 힘에 눈떴다. 게다가 폭주하여 누구도 감당할 수 없는 상황인 지금, 누군가가 미아라크 백성들의 마음을 지탱해 줄 버팀목이 되어야만 했다.

그리고 그 **누군가**로 내가 뽑히고 말았다.

파르가 님과 노른 님이 인정해 주셨어도 나 자신이 내 입장을 긍정할 수 없었다.

내가 그리던 동경은 자신이 『용사』임을 인정하지 않았다.

링글 왕국에서 온 사자, 우사토.

지금 무기도 없이 나와 마주 선 그는 여전히 어디에나 있는 평범한 소년처럼 보였다.

맨 처음 그를 봤을 때, 나는 카론에게 죽기 직전이었다. 그때는 싸움에 휘말린 소년이라고만 인식해서 당장 도망치라고 경고할 수밖에 없었다.

하지만 그 인식은 그가 카론을 날려 버리면서 곧장 바뀌었다.

용의 힘을 지닌 카론을 날려 버렸다. 그것이 얼마나 비정상적인 일인지는 내가 가장 잘 알았다.

나보다 어린 소년의 행동에 나는 경악과 두려움을 느꼈다.

『녀석과 너는 보고 있는 것이 다르다.』

어제 우사토 일행이 돌아간 뒤에 파르가 님께서 말씀하셨다.

『내 말뜻을 이해할 수 없다면 싸워 봐라. 미혹을 떨칠 계기로 녀석은 더할 나위 없는 상대겠지. 그러나 봐주지 마라. 약화된 상태였다고는 하나 녀석은 나의 반쪽을 타도한 걸출한 아이다. 한순간의 방심으로 의식이 날아가도 이상하지 않다.』

우사토와 싸운다…….

그는 그 주먹에 무엇을 담아 싸우고 있을까.

그것이 알고 싶었던 나는 그와 싸우기로 결심하고 지금 이곳에 서 있었다.

"레오나 공. 규칙을 확인하겠습니다. 괜찮겠습니까?"

"어? 그, 그래."

아르크 공의 말에 정신을 차렸다.

그는 내 대답에 고개를 끄덕이고서 나와 우사토의 중간쯤 되는 위치에 섰다.

"무기는 목검을 사용하고 마법도 사용 가능합니다. 진심으로 싸우는 것이 바람직하지만 크게 다치지는 않게 해주십시오. 우사토 님은 자신이 다치는 것에 무심한 구석이 있습니다."

"알겠어요."

"알겠다."

"그럼 신호는 제가 보내겠습니다. 위험하다고 판단되면 즉시 중지시킬 테니 그때는 두 분 다 공격을 멈춰 주십시오."

진심으로 싸우는 건가.

치유마법사와 싸우는 것은 처음이지만, 평범한 대련에 이토록 긴장하게 될 줄은 몰랐다. 그의 주먹은 평범한 사람이 맞으면 한 방에 의식이 날아갈 정도의 위력이다. 심지어 경이적인 민첩성까지 가지고 있으니 방심하고 싸울 상대가 아님은 명백했다.

"……하지만 대응할 수 없는 건 아니야."

그의 움직임을 잠시나마 가까이서 봤던 나는 그의 약점을 바로 알아차렸다.

아마 말로 설명하기는 어려울 것이다. 그것은 하루아침에 보완할 수 있는 것이 아니라 수련과 실전 끝에 익힐 수 있는 것이기 때문이다.

"그럼 잘 부탁드립니다. 레오나 씨."

"그래. 나야말로 잘 부탁한다."

나를 향해 인사한 후, 우사토가 주먹을 들고 한쪽 발을 반걸음 뒤로 뺐다.

나도 인사를 한 뒤 목검을 양손으로 잡고 칼끝을 그에게 겨누며 수평으로 들었다.

"그럼—."

아르크 공의 목소리가 조용한 훈련장에 울려 퍼졌다.

빈틈없이 나를 주시하는 우사토의 눈동자가 날카로워졌다.

공기가 점점 팽팽해졌다. 서로에게 주먹과 검을 겨눈 우리를 번갈아 본 아르크 공은 서서히 손을 들었고— 그대로 힘차게 내렸다.

"시작!"

그 순간, 내 눈앞에서 우사토가 주먹을 치켜들고 있었다.

"……!"

단숨에 거리를 좁혔어?!

압도적인 속도와 범상치 않은 반사 신경에 등골이 오싹해졌지만 이렇게 나올 것은 예상했던 일이었다.

정확하게 내 몸통을 꿰뚫기 위해 돌진해 오는 주먹을, 미끄러지

듯 대각선으로 걸음을 옮겨 피했다.

"읏, 앞으로?!"

"하앗!"

나는 목검을 든 채 우사토에게 어깨를 부딪쳐 자세를 무너뜨렸다. 숨결이 닿을 만큼 가까워진 우사토의 얼굴이 경악으로 물들었다.

나는 기세를 몰아 그를 밀치고 옆으로 넘어지려는 그를 향해 검을 찔렀다.

"우왓?!"

"역시 피했나."

자세가 무너진 상태에서 가해진 찌르기도 그는 순간적으로 몸을 옆으로 기울여서 피해 버렸다.

평범한 공격으로는 맞히기 어렵다면…… 마법을 쓸 수밖에 없다.

검을 오른손으로 바꿔 잡고, 다시 내 쪽으로 파고들려고 하는 우사토의 발밑에 얼음 마력탄을 쐈다.

"헉! 어느새?!"

우사토의 발밑을 얼리자 겨우 그의 움직임이 멈췄다.

그 한순간의 틈을 노려 나는 그에게 목검을 내리쳤다.

"이 정도는!"

"……?! 얼어붙은 지면까지 통째로 들어 올린 건가?!"

힘으로 뽑아 버리다니!

놀랍게도 얼어서 고정된 지면까지 통째로 발을 들어 올린 우사토는 목검을 피하고 뒤로 굴러 거리를 벌렸다.

"후우, 역시 만만치 않네요……."

"그건 내가 할 말이야. 하마터면 첫 일격에 질 뻔했어."

경이적인 신체 능력과 반사 신경.

가까이에서 본 그의 실력은 무시무시하다는 한마디로 정리되었다. 심지어 그의 힘은 쉽게 손에 넣을 수 있는 것이 아니라 피나는 수련 끝에 얻은 것이었다.

"……아까워."

그의 싸움을 가까이에서 본 나는 무의식중에 그렇게 중얼거리고 말았다.

우사토가 싸우는 방식은 초보적이었다. 접근해서 공격하고, 상대가 공격하면 피한다. 기술 따위 전혀 느껴지지 않는 싸움법은 내 눈에 뻔히 보여 알기 쉬웠다.

내 공격을 피할 때에도 그의 움직임은 조금 과장스러웠다.

검을 주먹으로 튕겨 내는 동체 시력과 반사 신경을 가진 그라면 그렇게까지 크게 움직이지 않아도 최소한의 동작만으로 피할 수 있을 터였다.

"그리고……."

가장 아쉬운 것은 그의 주먹이었다.

신체 능력을 이용한 그의 공격은 확실히 지대한 위력을 가지고 있지만, 그 힘이 전부 주먹에 담겨 있는 것은 아니었다.

아무렇게나 올리는 팔과 다리, 공격 시 흐트러지는 자세 때문에 주먹에 힘이 집중되지 않아서 위력이 떨어졌다.

그럼에도 웬만한 기사를 격침시킬 만한 위력이라는 것이 무시무시했지만, 그런 빈틈투성이인 거동으로는 카론을 쓰러뜨릴 수 없었다.

"……."

내가 상상할 수 있는 최악의 가능성.

앞으로 우사토가 싸울 상대가 나처럼 그의 약점을 간파하고, 더할 나위 없는 타이밍에 치명적인 반격을 가할 수도 있었다.

현재 이성을 잃은 카론도 예외는 아니었다.

그가 이성을 잃은 상태에서도 예전의 통찰력과 기술을 가지고서 싸울 가능성이 없지는 않았다.

"레오나 씨?"

"……아아, 계속하지."

지금은 그와의 대련을 계속하자.

왼손에 마력탄을 여러 개 생성하고 우사토를 보았다.

"너와의 근접전은 간담이 서늘해. 조금 거리를 두지."

"그럼 저는 오기로라도 접근할 뿐이에요."

우사토는 그렇게 말하면서 아까처럼 자세를 잡았다.

나는 왼손을 옆으로 휘둘러 마력탄을 주위에 띄웠다. 허공에 고정된 마력탄은 그대로 형태를 바꿔 얼음 단검이 되었다.

"내 마법은 이렇게도 쓸 수 있어! 날은 뭉툭하게 했지만 맞으면 아플 거다!"

후방으로 물러남과 동시에 우사토를 노리고서 얼음 단검 다섯 자루를 발사했다.

"마법으로 이런 것도 가능한 건가!"

옆으로 도약해 얼음 단검 한 자루를 피한 우사토를 향해 이어서 나머지 단검이 날아들었다.

우사토의 움직임은 빠르지만 파악하기 쉬웠다.

내게 접근할 수 없도록 위치를 바꾸며, 그가 뛸 곳에 먼저 단검을 날려 도망칠 장소를 한정하고 유도해 나갔다.

"이런데도 안 맞다니…… 정말로 대단하군!"

"이쪽은 피하느라 정신이 없다고요!"

미처 피하지 못한 단검을 수도로 쳐 낸 우사토가 맹렬한 기세로 돌격해 왔다.

무시무시하게도 날아드는 얼음 단검을 전부 쳐 내며 접근하려고 했다.

"이대로 단숨에!"

"네가 그렇게 나올 것을 내가 예상하지 못했을 것 같나!"

그 순간, 단검을 쳐 낸 것처럼 보였던 우사토의 오른팔이 얼어붙었다.

"내가 날리는 건 단검뿐만이 아니야!"

단검 속에 마력탄을 섞어서 그의 요격 행동의 허를 찔렀다.

미안하지만 이 틈에 너를 얼음으로 구속하겠어!

"큭! 이런…… 응? 아니, 움직일 만해!"

그러나 우사토는 내 예상을 뛰어넘는 행동에 나섰다.

놀랍게도 얼음에 뒤덮인 오른팔을 가뿐하게 휘두르며 돌격해 온 것이다.

"이게 무슨……?!"

나는 동요하면서도 잇달아 단검과 마력탄을 날렸지만, 그는 그것들을 오른팔로 막으며 돌진했다.

"허?! 그런데도 오는 건가?! 너무 터무니없잖아!"

팔꿈치 아래쪽을 뒤덮는 형태로 고정되어 있을 텐데, 그는 아무렇지도 않게 팔을 붕붕 돌리며 나에게 달려들었다.

이 이상은 마력탄으로 발을 묶을 수 없다고 판단한 나는 검을 들고 그를 요격했다.

"흥!"

우사토는 얼음에 덮인 주먹으로 목검으로 막았다.

"크윽……!"

목검에서 들리는 우지끈 소리에 얼굴을 찌푸리며 어떻게든 그의 주먹을 뒤로 흘렸다.

충격으로 손이 저릿저릿했지만 이미 눈앞에 있는 그는 얼지 않은 왼쪽 주먹을 들어 올리고 있었다.

"갑니다, 레오나 씨!"

"읏!"

똑바로 뻗는 것이 아니라 휘두르는 자세에 불길한 예감을 느끼며, 나 역시 여전히 저릿저릿한 손에 혼신의 힘을 담아 목검을 앞으로 찔러 넣었다.

그러나 그 순간, 그의 시선이 내가 아니라 목검에 집중되어 있음을 깨달았다.
"부러뜨리겠어요!"
"뭐……?"
끝까지 휘둘린 그의 왼쪽 주먹이 조금 전의 공격으로 약해진 목검의 중심 부분을 정확하게 때려 부쉈다.
동체 시력과 검을 두려워하지 않는 정신이 이루어 낸 기술에 경악의 목소리가 흘러나왔다.
"이걸로!"
"아니, 아직 끝나지 않았어! 우사토!"
부러진 목검을 즉시 그를 향해 던지고 깊이 파고들었다.
던져진 목검에 한순간 정신이 팔린 그는 황급히 왼팔로 목검을 쳐 냈다.
"거기다!"
그 왼팔에 마력탄을 날려 몸통과 왼팔을 얼음으로 고정시켰다.
순식간에 풀릴 구속이지만 나한테는 그걸로 충분했다.
"읏, 차가워!"
관성을 거스르지 못하고 앞으로 뻗어지는 그의 오른팔을 잡고 발을 걸었다.
"혼란이 거듭되면 아무리 너라도……!"
우사토의 오른팔을 양팔로 단단히 끌어안고서 지면에 내동댕이치고 몸으로 그의 등을 제압했다.
오른팔이 완전히 고정되어 꼼짝 못 하도록 지면에 눌린 우사토는 자신이 당한 기술에 깜짝 놀라며 말했다.

“과, 관절기?!”

“음? 관절기가 무엇인지는 모르겠지만 이건 검을 잃었을 때 쓰는 대인 격투술 중 하나야.”

“그, 그런가요…….”

설마 검을 잃었을 때의 방위 수단을 쓰게 될 줄은 몰랐다.

“어떻게든 너를 제압하게 돼서 다행이군……. 이렇게라도 하지 않으면 널 막을 수 없었을 테니…….”

자칫 잘못했으면 쓰러져 있는 것은 나였으리라.

냉정함을 가장한 말투와는 달리, 나는 빨라진 고동을 필사적으로 진정시키고 있었다.

목검을 부러뜨린 그의 기술.

아마 그는 진짜 검이었어도 똑같이 했을 것이다. 그렇지 않다면 확신을 가지고서 기술을 쓸 수 없다.

“아뇨, 아직 끝나지 않았어요.”

“뭐?”

내 밑에 구속된 우사토의 말에 얼빠진 목소리를 내고 말았다.

너는 이 상황에서도 계속 싸우려는 건가? 보통은 이 상황에서 계속 싸울 생각을 못 할 텐데 아직도 투지를 불태우고 있어?!

“진심으로 겨루는 거니까 저도 이 정도 상황에 질 수는 없죠. 아르크 씨도 중단시키지 않았고, 승부는 계속되고 있어요.”

“자, 잠깐 기다려. 이 상태로 계속하면 어깨뼈가 빠질 거야!”

"어깨가 빠지는 것쯤은 익숙해서요."

우사토는 구속당한 상태로 왼팔의 얼음을 부수고 지면에 손을 짚었다.

내가 고정하고 있는 어깨가 무지막지하게 아플 텐데도 그것을 표정에 드러내지 않고 조금씩 몸을 일으키는 그를 보며 나는 얼굴을 굳혔다.

그 순간, 파르가 님이 하셨던 말씀이 뇌리를 스쳤다.

『시합이라면 네가 이기겠지. 그러나 승부라면 확실하게 네가 진다.』

그를 제압한 시점에서 『시합』으로는 승리했다.

하지만 이것은 시합이 아니라 그와 내가 진심으로 싸우는 『승부』다. 그를 기술로 제압했어도 그가 이 상황을 어떻게든 타개할 힘이 있다면 승부는 속행된다.

"……읏!"

힘이 들어가지 않을 터인 오른팔이 원래 상태로 돌아갔다.

그의 강점은 신체 능력과 반사 신경뿐만이 아니었다. 진정으로 무서운 것은 어떤 아픔도 버텨 내는 강인한 정신력이었다.

"흥!"

어정쩡하게 일어난 그는 오른팔을 누르고 있는 나를 뿌리치려고 했다.

이 이상은 구속할 수 없겠다고 판단한 나는 오른팔을 놓고 뒤로 크게 물러났다. 자유로워진 오른팔을 돌려 상태를 확인한 우사토는 사납게 웃으며 주먹을 들었다.

"자, 계속하죠."

그 웃음은 어제 파르가 님의 마술로 보았던 로즈라는 여성의 웃음을 연상시키기 충분했다.

***

레오나 씨와의 승부.

현재 나는 그녀의 움직임에 농락당할 뿐이었다.

"그저 때리기만 해서는 명중시킬 수 없겠어."

레오나 씨는 얼음마법과 검술을 이용해 교묘하게 싸웠다.

아마 카론 씨와 싸웠을 때도 지금과 같은 전법으로 그의 공격을 피했을 것이다.

"쉽게 보진 않았지만……."

그녀는 내 예상보다 훨씬 더 강했다.

작게 심호흡하여 마음을 진정시킨 나는 자유로워진 오른손을 펼쳤다.

지금까지 했던 것처럼 때리고 차기만 해서는 이길 수 없는 상대였다.

"레오나 씨. 오늘 레오나 씨와 싸우길 잘한 것 같아요."

"가, 갑자기 무슨 소리야?"

내 뜬금없는 말에 레오나 씨가 당황한 표정을 지었다.

"역시 저는 배울 게 많아요. 훈련도 아직 부족하고 싸움 기술은 전혀 모르죠. 지금까지 저는 그저 단련한 몸을 이용해서 무식한 방식으로 싸울 뿐이었어요."

패배할 위기에 처해도 동료들과 힘을 합쳐 이겨 냈었다.

하지만 앞으로 누구의 도움도 바랄 수 없는 상태에서 혼자 싸울 일이 있을지도 모른다.

"저의 미숙한 부분을 알았어요. 이제 그걸 보완하려고 노력하기만 하면 돼요."

"너는 긍정적이군……."

"그렇지 않다면 여기 없었겠죠."

긍정적으로 생각하지 않았다면 어디선가 마음이 꺾였을 것이다.

구체적으로는 로즈에게 훈련받을 때.

내 말에 레오나 씨는 한순간 복잡한 표정을 지은 것처럼 보였다.

그녀의 그늘진 표정이 신경 쓰였지만 지금은 싸움에 집중하자.

"내 공격이 간파당하고 있다면 섣불리 책략을 부려 봤자 역효과겠지."

즉흥적인 작전만큼 위험한 것은 없다.

그러니 잔재주 부리지 않고 정면 돌파하여 레오나 씨의 기술을 깨부수겠어!

내가 살짝 몸을 낮추자 레오나 씨도 몸을 긴장시켰다. 그 손에는 무기가 없지만 그렇다고 방심할 만큼 나는 멍청하지 않았다.

"갑니다!"

힘껏 땅을 박차 레오나 씨에게 향했다.

어설프게 근접전을 시도하면 그녀에게 이용당할 것이다. 한 방에 해치울 생각으로 행동하겠어!

"나도 힘을 쓰는 데 주저하지 않아!"

"읏!"

주먹을 움켜쥐고 단숨에 코앞까지 접근하자 레오나 씨는 대검 크기의 얼음검을 횡으로 휘둘렀다.

그녀는 가느다란 팔로 서리 같은 것을 날리는 대검을 빠르게 휘두르며 내게 육박했다.

"다시 만들었다면 또 부숴드리죠!"

"할 수 있으면 해봐!"

크기와 재질이 달라졌어도 상관없다.

다가오는 대검에 주먹을 휘둘러 부러뜨리려고 했지만, 주먹이 대검에 닿은 순간, 풍선처럼 검이 터졌다.

"헉! 터졌……."

대검에서 흩뿌려지는 대량의 서리가 내 상체를 뒤덮고 시야를 새하얗게 물들였다.

……읏, 실체가 없는 검! 목적은 공격이 아니라 내 시야를 봉인하는 건가!

거기까지 생각이 이른 순간, 머리 위에서 뭔가를 연속으로 부딪치는 듯한 소리가 들렸다.

"검들이여! 붙잡아라!"

그 목소리와 함께 위에서 뭔가가 쏟아졌다.

흰색밖에 안 보이는 와중에 순간적으로 뒤로 뛰자 눈앞의 지면에 얼음으로 만든 검이 교차하듯 푹푹푹 내리꽂혔다.

내 움직임을 막기 위한 시야 봉인과 구속……!

"쉬고 있을 때가 아닐 텐데! 우사토!"

"알고 있어요!"

레오나 씨가 얼음검을 쥐고 달려들었다.

그에 나도 요격하기 위해 주먹을 들었지만, 그녀를 따르듯 공중에 뜬 상태로 움직이는 얼음검 세 자루를 보고 웃음이 뻣뻣하게 굳었다.

"너한테는 이 정도는 해야겠지!"

"큭!"

그녀의 참격을 피하자 얼음검 세 자루가 추격하듯 내게 날아들었다.

움직임은 단조롭지만 그래도 제각각 달려들어서 의식을 안 할 수가 없었다.

"이래도 대응하는 건가!"

"이쪽은 필사적인데 말이죠!"

주로 공격하는 것은 레오나 씨지만, 시간차를 두고서 날아드는 얼음검이 내게 반격할 틈을 주지 않았다.

어떻게든 공격을 처리하면서 레오나 씨가 내리친 얼음검을 부러뜨렸지만 바로 수복되었다.

역시 그렇겠죠~. 얼음이니까 바로 고칠 수 있겠죠.

"흡!"

힘을 담은 주먹으로 얼음검 하나를 부수고 진짜 목적인 레오나 씨를 친다!

그렇게 생각하고 그 자리에서 뛰어올라 나머지 얼음검 두 자루를 피한 나는, 도약에 맞춰 내게 검을 찌르는 레오나 씨의 공격에 날아차기로 반격했다.

"경솔해!"

하지만 조금 전에 부순 얼음검이 원형으로 변해 내 발차기를 막았다.

"아닛……!"

"힘만으로는 안 돼!"

막힌 것은 아주 짧은 한순간이었다.

하지만 그 한순간의 틈에 바싹 다가온 레오나 씨는 내 무방비한 몸통에 기세를 담아 찌르기를 시도했다.

순간적으로 얼음검의 칼끝을 잡았지만 그 기세를 막지는 못했고, 명치를 찔린 나는 후방으로 크게 날아갔다.

"……윽!"

간신히 방어가 늦지는 않았지만 찌르기의 위력을 죽이지 못해 지면을 한번 구르고 일어났다.

루크비스에서 카즈키가 선보였던 마력탄 조작.

그것을 검 세 자루로 응용하면서, 심지어 그녀 자신도 공격에 가담하고 있었다.

위력은 카즈키 쪽이 더 위지만, 기술은 루크비스에 있을 적의 선배나 카즈키보다도 레오나 씨가 더 뛰어나……!

"위, 위험했…… 읏!"

얼굴을 들자 수많은 얼음검이 쏟아졌다.

즉각 옆으로 굴러 피했지만 얼음검은 쉬지 않고 나를 향해 낙하했다.

"철저히 나를 쓰러뜨리려고 하네……!"

이대로는 끝이 안 나므로 손바닥에 큼직한 치유마법탄을 생성해서 쏟아지는 얼음검을 향해 던져 한꺼번에 처리했다.

"떨어뜨렸어?!"

"저도 아낌없이 던져드리죠!"

치유마법사인 내가 공중에 뜬 얼음검을 부순 것에 동요한 레오나 씨에게 치유마법탄을 투척했다.

레오나 씨라면 간단히 막을 것을 알기에 치유마법탄을 던짐과 동시에 접근을 시도했다.

"마력탄인가!"

치유마법탄을 얼음검으로 막은 레오나 씨는 얼음검을 추가로 만들어서 쐈다.

쏟아지는 얼음검 속에 내 움직임을 멈출 마력탄이 섞여 있을 것은 분명했다.

움직임을 봉쇄당하지 않고 레오나 씨에게 다가가려면—.

"전부 피하면 그만이지!"

내게는 단련된 눈과 몸이 있다.

그렇다면 그것을 믿고 앞으로 나아가면 그만이다!

“우오오!”

비처럼 쏟아지는 얼음검을 눈으로 포착하고 달리면서 피했다.

지면이 파이고 얼음 파편이 공중에서 흩날리는 가운데 앞으로 계속 나아가자, 그 끝에 경악한 표정을 지은 레오나 씨가 있었다.

“읏!”

“잡았다!”

냉기를 손으로 몰아내고서 그녀를 향해 주먹을 휘둘렀다.

공중에 겹겹이 만들어진 얼음 방패가 주먹을 막았지만, 그것에 상관하지 않고 끝까지 주먹을 휘둘러 방패와 함께 레오나 씨에게 직격시켰다.

“크, 윽……!”

“얕은가……!”

뒤로 뛰어서 위력을 흘렸나! 그렇다면 다시 직격시키겠어!

나는 주먹을 치켜들고 재차 돌격을 시도했다.

지면에 착지하며 괴롭게 이쪽을 바라본 레오나 씨는 방어에 사용하여 반으로 부러진 얼음검을 버리고 눈을 감았다.

“쓸 수밖에, 없나…….”

그렇게 작게 중얼거린 그녀는 양쪽 손바닥에 마력을 응축하기 시작했다.

투명한 느낌을 주는 예쁜 하늘색 마력이 주입될수록 그 색소가

질어졌다.

"읏! 그렇게 둘 줄 알고!"

그것만으로도 나는 레오나 씨가 뭘 하려는 것인지 이해했다.

전력으로 저지하기 위해 땅을 박차고 거리를 좁히려고 한 순간, 나와는 비교가 되지 않는 속도로 그녀의 마력 색깔이 농밀하게 바뀌었다.

"흡!"

뭔가 하기 전에 끝장을 보겠다!

그렇게 주먹을 휘두르는 순간, 놀라우리만큼 침착한 동작으로 지면에 양손을 짚은 레오나 씨가 내 귀에 들릴락 말락 한 작은 목소리로 중얼거렸다.

"……계통 강화."

그 순간, 강렬한 냉기를 뿜어내는 벽이 출현해 내 머리 위와 사방을 에워쌌다.

나를 가두듯 나타난 얼음벽에 순간 당황했지만 한번 불붙은 기세는 멈추지 않았다.

그렇다면 이대로 박살 낼 뿐이다!

"으랴아!"

기세를 몰아 눈앞의 벽에 주먹을 힘껏 때려 박았다.

키이잉! 하고 금속이 맞부딪친 듯한 강렬한 소리가 훈련장에 울려 퍼졌다.

얼음벽이 내뿜는 어마어마한 냉기에 하얗게 입김이 나왔고, 주먹에는 얼어붙을 듯한 차가움이 전해졌다.

"이게, 레오나 씨의 계통 강화……."

후려친 얼음벽에는 흠집 하나 나지 않았다.

얼음마법의 계통 강화.

용사인 레오나 씨가 계통 강화로 만들어 낸 것은 건너편이 비쳐 보일 만큼 투명하며 압도적인 강도를 자랑하는 얼음벽이었다.

"나도 아직 훈련이 부족하구나."

다시금 스스로의 미숙함을 자각하며 얼음벽 너머에서 지면에 양손을 짚고 있는 레오나 씨에게 시선을 보냈다.

레오나 씨에게 말을 걸려고 하자 그녀의 몸이 힘없이 휘청거렸고, 동시에 내 사방을 에워싸고 있던 얼음벽이 부서졌다.

"레오나 씨?!"

쓰러지려는 그녀 곁으로 허둥지둥 달려가 부축했다.

그녀는 초점이 맞지 않는 눈으로 미안한 얼굴을 하고서 바르작거렸다.

"레오나 씨, 괜찮아요?!"

"미, 미안…… 마력이, 거의 소진돼서……. 조금 무리한 모양이야……. 조금 있으면, 괜찮아질 거야……."

확실히 그렇게나 마법을 많이 썼으니 마력이 거의 소진됐어도 이상하지 않았다. 게다가 계통 강화는 평범한 마법보다도 많은 마력을 소비한다.

아무튼 나는 피로를 없애기 위해 치유마법을 베풀었다.

"레오나 씨의 계통 강화, 굉장하네요. 제 전력조차 막을 줄은 몰랐어요."

"하하하, 카론도 부수지 못했으니까. 내가 유일하게 자랑할 수 있는 기술이기도 해."

꽤 안색이 좋아진 레오나 씨가 힘없이 웃었다.

"역시 대단해요. 그대로 갇혀 있었다면 나오지 못했을 거예요."

"아니, 어쨌든 내 마력이 버티지 못했으니 네가 이겼어. 너와 싸우면서 생각보다 많은 마력을 소비한 모양이야……."

그렇다고 해도 옴짝달싹할 수 없는 상황에 몰릴 줄은 몰랐다.

마력만 받쳐 준다면 각성 상태의 카론 씨도 막을 수 있지 않을까?

"우사토 님, 레오나 공은……!"

"아아, 가벼운 마력 고갈이야……. 고맙다, 우사토. 이제 괜찮아."

우리를 향해 달려온 아르크 씨에게 그렇게 말한 레오나 씨는 비틀거리면서도 스스로 일어섰다.

나와 레오나 씨가 크게 다치지 않았음을 확인한 아르크 씨는 안심하며 어깨에서 힘을 뺐다.

"언제 말려야 할지 고민했습니다. 우사토 님이 귀신 같은 형상으로 변했을 때부터 언제든 개입할 수 있게 준비하고 있었지만, 그럴 필요는 없었던 것 같군요."

"제가 그렇게 무서운 얼굴을 하고 있었어요?"

귀신 같은 형상이라니…….

나를 표현하는 말이 점점 괴물이 되어 가는데…….

은근히 울적해하는 나를 보며 쓰게 웃은 아르크 씨는 레오나 씨에게 시선을 옮기고 감탄했다.

"방어에 뛰어난 계통 강화인가요……. 제가 보기에 불순물이 일절 존재하지 않는 얼음을 생성한 것 같았는데, 맞습니까?"

"마, 맞아. 용케 알았군……."

"저도 계통 강화에는 조금 일견식이 있어서 말이죠."

아르크 씨가 턱에 손을 대고 그렇게 고찰하자 레오나 씨가 긍정했다.

불순물이 일절 존재하지 않는 얼음인가. 잘은 모르겠지만 마력으로 만들어지기도 해서 내 생각보다 더 강도가 있는 물질인 거겠지.

"우사토 님의 주먹마저 막다니……."

"이야~, 전혀 부서질 기미가 없었어요. 이런 일은 처음이에요."

"역시 미아라크가 자랑하는 기사이십니다."

아르크 씨가 칭찬하자 레오나 씨는 조금 무안한 표정을 지었다.

그 표정을 보고 뭔가를 헤아렸는지 말을 멈춘 아르크 씨는 내 쪽으로 시선을 보냈다.

"그럼 우사토 님. 레오나 공과 겨루면서 뭔가 얻으신 게 있습니까?"

얻은 것이라…….

나는 아르크 씨의 물음에 고개를 끄덕였다.

"저는 힘이 있지만 그걸 제대로 쓰지 못하고 있어요. 레오나 씨와 겨뤄 보고 제가 얼마나 힘과 감각으로만 싸우고 있는지를 통감했어요."

“그걸 자각하셨으면 충분합니다. 무엇을 하든 일단은 자각하는 게 중요하니까요.”

나는 싸움에 관해서는 아마추어다.

하지만 언제까지고 아마추어로 있을 수는 없다.

“훈련할 수 있는 시간은 한없이 적습니다. 우사토 님은 지금부터 싸움의 기본만을 배우실 겁니다. 우사토 님이라면 자세와 마음가짐만 제대로 정립돼도 지금보다 더 강해지실 수 있을 겁니다.”

“자세와 마음가짐…….”

“우사토 님은 힘이 조금 과하게 들어가 있으니까요. 우선은 자신의 힘을 제어해야 합니다.”

힘의 제어.

내가 지금보다 더 강해지기 위해 필요한 것이 그건가.

그렇다면 익힐 수밖에 없겠지. 분명 향후 여행에도 필요할 것이다.

“나도 협력하지. 너에게 부족한 것을 여기 있는 동안 메꿀 수 있도록 진력하겠어.”

“레오나 씨도 힘을 보태 주신다면 아주 든든하죠.”

“그, 그런 말을 들을 만큼 대단하진 않아…….”

얼굴이 조금 빨개진 레오나 씨의 말에 고개를 끄덕인 나는 다시 두 사람에게 몸을 돌렸고, 뺨을 쳐서 기합을 넣은 다음에 머리를 푹 숙여 인사했다.

“잘 부탁드립니다!”

파르가 님에게 맡긴 전용 무구가 완성될 때까지 며칠간…….

나는 이곳에서 새로운 강함을 손에 넣기 위해 다시 단련하기로 했다.

***

레오나 씨와 싸운 날 밤.

나는 여전히 훈련장에서 홀로 훈련에 힘쓰고 있었다.

훈련이라고 해도 그렇게 격렬한 것은 아니었다. 지금까지의 방식과는 다른 조용하고 느릿한 훈련이었다.

"쓸데없는 힘을 넣지 않고, 때린다."

다리를 반걸음 벌리고, 팔은 몸에 붙이고, 주먹은 팔뿐만 아니라 몸 전체를 움직여 내지르도록 의식했다.

『우사토 님, 우선 자신의 힘을 완전히 파악하는 것부터 시작해 주십시오.』

아르크 씨는 내가 힘이 너무 들어가 있다고 했다.

확실히 나는 힘에 휘둘리고 있었다.

지금까지는 순수한 신체 능력만으로 상대를 타도해 왔지만, 레오나 씨처럼 순수한 기술만으로 농락하는 상대에게는 그 방식이 통하지 않는다.

"확실하게 발을 딛고 서라. 절묘한 말이네."

몸을 틀어 힘을 전달하는 이미지로 주먹을 내질렀다.

아르크 씨는 지금까지의 내 주먹을『망치』라고 비유했다.

큼직하고 위력도 있지만 어디까지나 날려 버리는 의미가 강한 공격이라고…….

그리고 앞으로 내가 목표해야 할 것은 상대를 꿰찌르는 『창』 같은 일격이었다.

『그저 날려 버리기만 해서는 안 됩니다. 일격으로 반드시 쓰러뜨리는 것. 우사토 님이 이상으로 삼아야 할 것은 오로지 그것입니다.』

상대의 방어를 무너뜨리고 확실하게 의식을 날려 버린다. 내가 지금 이상적으로 여기는 공격이 그것이었다.

"후우……."

하지만 그건 어려웠다.

지금까지 쓰던 방식을 단기간에 바꾸려면 의식부터 바꿔야 했다.

물론 처음부터 술술 풀릴 것이라고 생각하지는 않았다. 지금까지 그랬듯 착실하게 훈련해 나갈 수밖에 없었다.

"응, 뭐든 도전해 나가야지."

쌓아 올린 훈련은 헛되지 않다.

단련한 근육은 나를 배신하지 않는다.

즉, 우직하게 계속 단련하는 것만이 지금 내가 할 수 있는 일이었다.

한차례 심호흡하고 다시 주먹을 들려고 하자 하늘에서 내 어깨로 뭔가가 떨어졌다.

"응?"

"되게 한가해 보이는 훈련이네."

어깨 위를 보니 검은 올빼미 모습으로 변신한 네아가 거기에 있었다.

날개를 접은 그녀를 곁눈질하고서 한숨 돌린 나는 들었던 주먹을 거두어들였다.

"무슨 일이야? 저녁 먹고 나서 서고에 틀어박힌다고 했잖아……."

"아아, 그게…… 도중에 널 발견해서 보러 온 거야. 혼자 외롭게 훈련 중이길래."

"외톨이라 미안하게 됐네요."

나는 살짝 입술을 삐죽이며 그렇게 대답했다.

"……아무튼 뭐하고 있었어?"

"보다시피 훈련 중이었는데?"

"흐응~ 이런 시간까지 수고가 많네."

가벼운 반응이네.

뭐, 이 아이에게 내 훈련은 그다지 관심 사항이 아니겠지만.

그렇게 생각하자마자 뜻밖의 질문이 날아왔다.

"……있지, 우사토는 최종적으로 얼마나 강해지고 싶어?"

"응? 글쎄."

최종적으로, 인가. 그런 건 생각해 본 적도 없었다. 목표는 로즈에게 인정받을 수 있을 만큼 성장하는 것이지만, 역시 지금 훈련과 조합하면…….

"상황에 맞게 무식한 공격과 이론적인 공격을 전환해 적용하며 싸우고 싶어."

힘으로 돌파할 수 없다면 상대의 공격을 확인하고서 최적의 일격을 먹이고, 이론이 통하지 않는다면 힘으로 찍어 누른다.

즉, 상황에 따라 분별해서 싸울 줄 알게 되면 된다.

내 말에 네아가 질색하며 날개로 입을 가렸다.

"그건 양립할 수 없을 텐데……."

"불가능한 일은 아니잖아?"

내 말을 듣고 네아가 쓰게 웃었다.

"하긴, 카론이라는 용인이랑 싸우려면 그 정도는 해야 할지도 몰라."

"하지만 나 혼자서는 이길 수 없을 거야."

자만하고 있지는 않았다.

나는 어디까지나 신체 능력이 뛰어날 뿐인 인간에 불과했다.

그래서 혼자서 어떻게든 할 수 있는 일은 얼마 없었다.

"내게는 믿음직한 동료들이 있으니까."

"거기에 나도 포함돼?"

"뭐? 무슨 소리야. 되게 새삼스러운 질문이네."

그렇게 말하고서 맹렬하게 후회했다.

네아를 상대로 꽤 부끄러운 말을 했다고 자각했기 때문이다.

어째서 내 입은 이렇게 반사적으로 움직이고 마는 걸까.

"……."

"……네, 네아?"

내 말에 살짝 고개를 숙인 네아는 어깨에서 내려가더니 빛과 함께 흑발 적안의 소녀 모습이 되어 나를 똑바로 바라보았다.

"어? 왜 그래?"

"역시 말해야 한다는 생각이 들어서……."

"뭘……?"

이렇게 정색하고 무슨 말을 하려는 걸까. 나는 짐작 가는 바가 전혀 없는데…….

설마 네아는 나를 동료라고 생각하지 않는다든가, 그런 건 아니겠지? 그렇다면 상당히 충격이다.

"……고마워."

하지만 내 상상과 달리 그녀가 중얼거리듯 말한 것은 나에 대한 감사였다.

"어?"

나는 그녀의 말뜻을 이해하지 못하고 얼빠진 목소리를 내고 말았다.

"내가 이번 소동의 원인인데, 감싸 줘서……."

…….

네아의 말을 머릿속으로 반추한 나는 말없이 그녀에게 다가가 그 머리에 손을 얹었다.

"우, 우사토……?"

네아가 당황했지만 나는 아랑곳하지 않고 치유마법으로 그녀의 머리를 감쌌다.

그러자 희미하게 뺨을 붉히고 있던 네아의 눈이 치켜 올라갔다.

"뭐야! 딱히 열은 없거든?! 넌 진짜 무례해!"

"뭐?!"

"놀라지 마! 모, 모처럼 용기를 내서 말했는데, 너란 인간은……!"

내 손을 뿌리친 네아가 씩씩거리며 화냈다.

"아니, 네가 순순히 고마워하는 게 놀라워서…… 혹시 어디 아픈가 했지……."

"그렇게 걱정하는 거, 진짜 짜증 나!"

"미안, 미안."

부루퉁해진 그녀에게 사과하자 어느 정도 기분이 풀린 듯했다.

그나저나 네아에게 감사받는 날이 오다니…….

솔직하지 못한 아이라서 이런 말은 하지 않을 줄 알았는데, 이 아이도 여행하면서 성장했구나.

"그보다 나를 아무렇지도 않게 동료를 버리는 녀석이라고 생각했던 거야? 그건 꽤 섭섭한데."

"그런 게 아니야. 하지만 우사토한테는 중요한 여행이 있고, 아마코한테는 엄마를 살린다는 목적이 있으니까……. 나를 버리는 편이 그 자리에서는 최선이었다고 생각하고……."

"그거야말로 안 되지. 동료를 버리면서까지 여행을 계속하자는 생각은 안 해."

그 자리에서 네아를 버렸다면 나는 반드시 후회했을 것이다.

아마 평생 죄책감에 시달렸겠지.

그런 건 싫다. 게다가 나는 이미 그녀를 동료라고 생각하고 있었다.

"그리고 파르가 님은 전부 알고 계셨을걸?"

"그건 나도 알아. 그 앞에서 뭘 숨겨 봤자 무의미하다는 생각이 들었어……."

파르가 님은 내가 선택하도록 했다.

그것에 어떤 의도가 있었는지는 알 수 없지만, 그분이 우리의 적이 아니라는 것은 확실히 말할 수 있었다.

"뭐, 독을 먹었다면 접시까지 핥으라고 하잖아. 너를 동료로 삼은 이상, 너의 주인인 내가 책임져야지."

"그게 뭐야…… 내가 독이라는 거야?"

"문제까지 전부 통틀어서 널 받아들이겠다는 뜻이야."

그렇게 말하자 네아는 말문이 막혔는지 침묵했다.

어라? 애초에 의미가 달랐나?

……뭐, 뉘앙스는 전해졌을 테니까 상관없겠지.

나는 제자리에서 기지개를 켜고 팔의 힘을 뺐다. 중간에 저녁 식사 시간이 있긴 했지만, 낮부터 똑같은 훈련을 계속하는 것은 역시 피곤했다.

"음~ 슬슬 끝낼까. 성으로 돌아가자."

"……으, 응."

"……?"

어째선지 시원찮은 대답에 고개를 갸웃하며 성으로 향했다.

그러자 돌연 올빼미로 변신한 네아가 어깨에 앉았다.

"우왓! 갑자기 앉지 마. 깜짝 놀라잖아."

"흐흥. 뭐 어때."

올빼미가 의기양양하게 가슴을 쭉 폈다.

표정은 알기 어려웠지만 기뻐 보였다.

뭐, 이 녀석이 내 어깨에 앉는 거야 일상이지. 그렇게 생각하고 다시 성을 향해 걷기 시작하자 네아가 작은 목소리로 말을 이었다.

"왜냐하면 여기가 내 자리잖아?"

"……하하. 그래, 맞아."

그 말을 긍정하자 네아는 만족스럽게 고개를 끄덕였다.

그녀의 심경은 알 수 없지만, 나쁘지 않은 것은 확실한 듯했다.

제7화 레오나의 고뇌와 결의!

훈련을 시작한 지 사흘째…… 나는 지금 레오나 씨와 모의전 중이다.

"집중해서 봐! 우사토!"

"네!"

현재 하고 있는 훈련은 일련의 동작으로 회피와 공격을 하는 훈련이었다.

레오나 씨가 휘두르는 검을 내가 최소한의 움직임으로 피하고 반격한다.

그저 회피만 의식하는 것이 아니라, 다음 공격으로 전환하기 위한 최소한의 회피를 실전을 통해 직접 몸에 주입하는 느낌이었다.

"—윽!"

하지만 이게 꽤 어려웠다.

다음 공격을 생각한 순간, 횡으로 휘둘린 목검이 관자놀이를 스쳤다.

크게 피할 필요는 없다. 검의 움직임뿐만 아니라 레오나 씨의 움직임 전체를 보고 다음 행동을 예측하여 최소한의 동작으로 피하는 거다.

"칫!"

이 훈련 중에 내게는 두 가지 제약이 설정되었다.

하나는 레오나 씨의 검을 주먹으로 튕겨 내면 안 된다는 것. 다른 하나는 발밑에 그려진 지름 2미터의 원에서 나가면 안 된다는 것.

첫 번째 제약은 그렇게 어렵지 않았지만, 좁은 공간에서 레오나 씨의 공격을 피하는 것은 상상 이상으로 힘들었다.

실제로 익숙해질 때까지 목검으로 엄청나게 두들겨 맞아서 셀 수 없이 많은 혹이 생겼고 치유마법으로 고쳤다.

"하앗!"

레오나 씨의 검을 몇 번 피하고 가볍게 발을 내디딘 나는 최소한의 움직임으로 그녀에게 접근하여 복부 바로 앞에서 주먹을 멈췄다.

몇 초간의 침묵 후, 자세를 푼 우리는 몸에서 힘을 뺐다.

"훌륭해."

"……아뇨, 형편없어요."

내 말에 레오나 씨는 곤란한 표정을 지었다.

"이 정도로는 만족할 수 없는 건가? 나는 너의 높은 신체 능력에 다시금 경악할 뿐인데. 페인트로 속이려고 해도 너는 전부 거기에 걸리면서도 대응해서 내심 무서웠어."

"예?"

이, 이 사람, 페인트를 걸었던 건가?

저, 전혀 눈치 못 챘어. 뭔가 뜸들이듯 움직인다고 생각하긴 했지만 무의식중에 대응했을 줄은 몰랐다.

"너의 눈은 정말로 대단해. 내가 상당히 무리한 훈련을 시키고 있을 텐데……. 너는 이미 회피를 충분히 익혔어."

"하하하, 그건 제 스승님 덕분이에요."

스파르타 병사도 질겁할 훈련을 받았으니 당연히 회피도 능숙해지겠지.

서신 전달 여행을 떠나기 전에 로즈에게 끝없이 얻어맞으며 회피를 익혔던 지옥훈련의 나날이 떠올랐다.

그때는 이런 터무니없는 훈련이 효과가 있겠냐며 투덜거렸지만, 여행을 시작하고 나서 로즈의 훈련이 나를 얼마나 살리고 있는지 자각하게 되었다.

……진짜 엄청 얻어맞았지.

"우사토, 괜찮나? 혹시 다친 건가? 의무실에 갈까?"

"……예? 아, 전혀 문제없어요. 스승님과 훈련하던 날들을 잠깐 떠올렸을 뿐이에요."

"그, 그래? 스승과 훈련하던 날들이 대체 얼마나 장절했길래……. 아니, 그때 본 그 여성이라면 분명 내 상상을 아득히 뛰어넘는 훈련이었겠지."

내 얼굴을 보고 레오나 씨가 슬쩍 뒤로 물러났다.

이 반응에 익숙해져 버렸다는 사실이 슬프다.

"훈련은 잘 따라오고 있어. 토대가 만들어져 있는 만큼 배움이 빨라."

"다음은 뭘 하나요?"

"아까와 똑같아. 오늘의 움직임을 몸이 기억하게 하는 거야. 그것만으로도 너의 동작은 더욱 빨라지고 군더더기가 없어질 거야."

군더더기를 없애는 훈련인가.

회피에 허비하는 동작이 줄어들면 마력과 체력도 쓸데없이 낭비하지 않게 된다. 그런 면에서도 이건 유효한 훈련일지도 모른다.

"그 전에 잠깐 쉬지."

"예? 전 괜찮은데요."

아직 점심시간까지 한 시간쯤 남았고, 체력적으로도 아주 여유로웠다.

그리고 오후부터는 아르크 씨에게도 훈련받으니 할 수 있는 일은 지금 해 두고 싶은데…….

하지만 레오나 씨는 고개를 가로저었다.

"어제도 너는 아침부터 밤까지 계속 훈련했잖아. 아무리 뛰어난 체력과 치유마법이 있다고는 하지만 무리는 금물이야. 과하게 부담을 가지면 할 수 있는 것도 못 하게 돼."

마지막에 작게 중얼거린 레오나 씨의 말을 막연하게 헤아리며 고개를 끄덕였다.

그녀의 말도 일리가 있다.

나는 어깨에서 힘을 빼고 레오나 씨를 보았다.

"그럼 잠깐 거리를 둘러보고 와도 될까요?"

"상관없지만 왜? 지금 거리에는 사람이 없을 텐데……."

"블루링…… 블루 그리즐리랑 같이 산책하러 갈까 싶어서요."

"블루 그리즐리와……."

현재 마구간에서 늘어지게 자고 있을 블루링의 모습을 떠올렸는지 레오나 씨가 곤혹과 호기심이 섞인 표정을 지었다.

그녀도 블루 그리즐리가 어떤 마물인지 알기에 야생성을 잊고 게을러진 블루링이 흥미로운 것 같았다.

“우사토, 나도 동행해도 될까? 네가 싫지 않다면 길 안내 정도는 할 수 있는데…….”

“상관없어요. 오히려 길 잃을 염려가 없으니 안심이죠.”

그리고 사람은 없지만 미아라크라는 도시에 관해서도 알 수 있을 것이다.

레오나 씨의 제안을 받아들인 나는 그녀와 함께 블루링이 있는 마구간으로 향했다.

***

“어~이, 블루링. 일어났어?”

마구간 안에서 마리모처럼 둥글게 몸을 말고 자던 블루링은 내가 근처에 있음을 알아차리고서 졸린 눈으로 이쪽을 보며 크게 하품했다.

“산책하러 가자. 자, 일어나.”

“크웅…….”

“야…….”

너무 게을러 빠졌잖아…….

오기로라도 밖에 데리고 나가야겠어.

파란 거구를 흔들어 억지로 깨우자 블루링은 실눈을 뜨고서 비틀거리며 내 등 뒤로 돌아가더니 덥석 업혔다.

"우왓?! 너, 무거워졌어!"

나중에 다이어트라도 시켜야 하나?

모든 체중을 내게 맡긴 블루링이 크게 하품하며 내 어깨를 앞발로 탁탁 때렸다.

뭐지? 날 데리고 나가고 싶다면 업고 가라는 건가?

"크웅……."

"어쩔 수 없네, 진짜……. 잠 깨면 내릴 테니까 그리 알아. 읏샤!"

잠에 취해 고개를 끄덕인 블루링을 업고 마구간에서 나왔다.

마구간 밖에서 기다리던 레오나 씨는 나와 블루링을 보고 작게 비명을 질렀다.

"힉?! 우, 우사토…… 어째서 블루 그리…… 블루링을 업고 있는 거야?!"

"아직 졸린 것 같아서요."

"대답이 된 것처럼 보이지만 대답이 되지 않았어! 그보다 무겁지 않아?!"

"익숙해서 괜찮아요. 자, 가죠."

"어? 그, 그래……."

나는 블루링과 나를 번갈아 보며 다양한 표정을 짓는 레오나 씨와 함께 걷기 시작했다.

미아라크의 거리는 사람이 없어 한산했다.

"조용하네요."

"그러게."

조금 진정됐는지 레오나 씨가 미아라크의 거리를 보며 신묘하게 고개를 끄덕였다.

"이곳은 많은 사람들로 북적이던 곳이었지만 지금은 한산해져 버렸어. 여기 사는 자로서 네게 미아라크의 진짜 거리 풍경을 보여 주고 싶었는데……."

"가능하다면 저도 보고 싶었어요……. 그리고 미아라크의 명물이라는 생선 요리도 먹어 보고 싶었어요."

"크르릉."

생선이라는 단어에 반응하여 등에 업힌 블루링이 울었다.

"하하하, 블루링도 미아라크의 생선이 먹고 싶었나 봐요."

내가 쓴웃음을 짓자 레오나 씨가 재미있다는 듯이 웃었다.

"후후, 미안. 네가 블루링을 업고 있는 모습이 왠지 자연스러워 보여서."

"자연스러워…… 뭐, 그렇겠죠. 링글 왕국과 루크비스에서도 블루링을 업고 뛰어다녔으니까요."

"그, 그랬어? 오늘 처음 업은 게 아니었나……."

처음에는 로즈가 사람을 업고 달리는 데 익숙해지라고 했던 것이 계기였지.

블루링도 내게 업히는 데 저항감이 없는 모양이고, 나도 복슬복슬한 털이 등 전체를 감싸서 그다지 나쁘지 않았다.

"나도 나름 오랫동안 기사 생활을 했지만 너만큼 마물과 마음이 통하는 인간은 처음 봤어. 듣자 하니 사역마 계약도 하지 않았다던데."

"사역마는 네아 쪽이에요. 그것도 네아가 억지로 계약한 거지만요."

"네아인가. 흡혈귀와 네크로맨서의 혼혈이라고 파르가 님께 들었지만…… 인간형 마물이 스스로 인간과 사역마 계약을 맺다니…… 여전히 믿을 수 없어."

파르가 님은 네아의 종족도 알고 있었구나.

그런데 레오나 씨에게 새삼 듣고 보니 정말로 이상한 여행길을 걸어왔다는 생각이 들었다. 마물인 블루링과는 사역마 계약을 맺지 않고, 네아와는 거의 강제적으로 계약을 맺었다.

"처음 만났을 때부터 너에게 몇 번이나 놀라고 있어. 처음에는 평범한 아이인 줄 알았는데, 뚜껑을 열어 보니 상식을 벗어난 일의 연속이었지……."

나한테는 평범한 일이지만 레오나 씨나 노른 님에게는 놀라움의 연속일 것이다.

애초에 나는 다른 세계에서 온 사람이라 상식 자체가 다르기도 하고, 내가 지금까지 이세계에서 보낸 생활이 다른 사람들보다 조금 어긋나 있기도 했다.

"그중에서도 제일 놀란 건 파르가 님과 똑같은 용을 쓰러뜨렸다는 점이야."

"사룡 말인가요?"

"그래, 너와 만나기 전까지는 존재조차 몰랐지만, 파르가 님에게 사룡에 관한 자세한 이야기를 듣고 정말 무서운 존재임을 알았어."

사룡을 떠올릴 때마다 다시는 싸우고 싶지 않다는 생각이 들었다.

그만큼 사악한 괴물이었다.

"분명 나는 사룡 앞에 섰다면 싸우지 못했을 거야."

그렇게 중얼거린 레오나 씨의 말에 의문이 떠올랐다.

그게 무슨 말일까. 그녀의 실력이라면 사룡에게 결정타는 먹이지 못해도 충분히 붙잡아 둘 수 있을 터다.

"그럴 리가요. 카론 씨와 싸울 수 있는 레오나 씨라면……."

"싸울 수 있느냐 없느냐의 문제가 아니야. 나는 네가 생각하는 만큼 강하지 않아. 다른 사람들이 내게 바라고 나를 흠모해도…… 아무리 기대해도 나는 살얼음처럼 무르고 약해……."

솔직히 레오나 씨가 고민을 품고 있다는 것은 대충 알고 있었다.

하지만 그래도 말하고 싶다.

무거워, 무거워요. 레오나 씨…….

그건 제가 아니라 노른 님이나 파르가 님에게 할 이야기예요……!

"내가 싸우고 있는 건 싸울 수 있는 자가 나밖에 없기 때문이야. 용사라는 칭호도, 카론이라는 최고의 기사가 폭주해 버렸기에 어쩌다 보니 내가 뽑히고 말았어……."

"노른 님은 그런 엉성한 이유로 레오나 씨를 용사로 뽑지 않으셨을 거예요."

"그래, 나도 알아…… 알고 있어."

레오나 씨는 자신을 타이르듯 그렇게 말했다.

나는 옆에서 나란히 걷는 그녀를 바라볼 수 없었다. 이 사람에게 무슨 말을 건네면 좋을지 알 수 없었기 때문이다.

"……잠시 어디 좀 들렀다 가도 될까?"

한동안 침묵이 흐른 후, 그렇게 묻는 레오나 씨에게 고개를 끄덕였다.

"상관없지만, 어디 가시려고요?"

행선지를 바꾼 그녀가 향한 곳은 우리가 이 도시에 왔을 때 통과한 문이었다. 레오나 씨는 말없이 문을 지나 도시 밖으로 나갔다.

그녀를 따라가자 노른 님이 만든 결계와 새하얀 은빛 세계가 펼쳐졌다.

"……아직 얼어 있군."

얼어붙은 미아라크 주위의 호수.

햇빛을 반사하여 환상적인 광경을 만들어 내고 있지만, 그 중심에 선 채 움직이지 않는 카론 씨가 범상치 않은 존재감을 뿜어내고 있었다.

내 등에 업힌 블루링이 경계하듯 작게 울었으나 멀리 있는 카론 씨는 움직일 기미가 없었다.

"블루링, 내려올래?"

"크릉……."

으르렁거리는 블루링을 내리고 다시 얼음 위에 선 카론 씨를 보았다.

"저 사람은 지금 뭐하고 있는 거죠?"

"자고 있는 거야."

그는 눈을 감은 채 미동조차 하지 않았다.

며칠 전에 만났을 때의 흉포함이 느껴지지 않는 평온한 표정이었다.

"그는 전투할 때가 아니면 저렇게 자면서 힘을 억제하고 있어. 저 상태의 카론은 주위 얼음에 자신의 마력을 흘려서 얼음의 힘이 완전하게 발휘되는 공간을 유지하고 있지."

얼음이 녹지 않는 것에 그런 비밀이 있었던 건가…….

언젠가는 녹을 것이라고 멋대로 추측했었지만, 카론 씨를 쓰러뜨리지 않는 한 미아라크는 배조차 움직일 수 없다는 뜻이었다.

"지금 들키면 어떻게 되죠?"

"달려들겠지. 그는 자신의 얼음 영역에 들어오는 자만을 공격해. 그건 이곳 미아라크도 예외가 아니야. 노른 님의 결계가 없었다면 지금쯤 이곳은 멸망했을 거야."

"……."

노른 님이 쓰러지면 카론 씨는 바로 이곳을 공격하는 건가.

하지만 이곳을 공격하는 이유가 그저 여기에 사람이 있기 때문인 걸까? 미아라크를 벗어나 다른 곳에서 날뛸 수도 있을 텐데 고집스럽게 이곳을 떠나지 않았다.

마치 그를 끌어당기는 무언가가 미아라크에 있는 것처럼…….

"아냐……."

괜히 억측하지 말자.

어쨌든 미아라크 사람들을 위해 카론 씨를 막아야 하는 것은 결정된 일이었다.

생각을 멈추고 말없이 선 카론 씨를 바라보고 있으니 옆에 있던 레오나 씨가 중얼거리듯 입을 열었다.

"카론은, 나와 동기야."

"예? 그랬어요?"

"그래. 그래서 얼굴을 마주하는 일이 많았어."

같은 기사니까 서로 아는 사이일 거라고 생각했지만 동기였구나.

"그는 사람을 위해 선(善)을 이루고 백성들을 위해 강하게 있고자 한 최고의 기사였어."

"굉장한 사람이었네요."

"성격도 이상할 정도로 좋았지. 누구나 좋아하는 멋진 청년이었어. 나답지 않은 말이지만…… 그는 모두가 생각하는 이상적인 기사였어."

카즈키와 비슷한 성격이려나.

카론 씨에 관해 이야기한 레오나 씨는 씁쓸한 표정으로 난처하게 웃었다.

"심지어 동기면서 이미 결혼도 했지."

"엇, 레오나 씨와 동기라면…… 스무 살 정도인 거죠?"

이 세계의 기준은 모르지만, 스물이면 드문 일도 아닌 걸까?

"그럼 카론 씨의 아내분은……?"

"그녀는 무사히 이웃 나라로 피난 갔어. 하지만 남편인 카론이 저런 상태이니 안심할 순 없겠지."

레오나 씨와도 아는 사이인 걸까. 말투를 보면 그런 것 같지만 너무 캐묻지 않는 편이 좋으려나.

카론 씨의 아내분도 분명 그가 무사하길 기도하고 있을 것이다.

지금은 폭주해서 예전 모습 따위 찾아볼 수 없지만, 그가 나쁜 사람이 아니라는 것은 레오나 씨의 이야기로 알 수 있었다.

"그럼 카론 씨의 아내분을 위해서도 그를 구해야겠네요."

"……하하."

"응? 왜 웃으세요?"

"아니, 미안. 뭐랄까, 너의 올곧은 말이…… 무척 마음에 든다는 생각이 들었을 뿐이야."

레오나 씨는 힘없이 웃었다.

그 말에 얼마나 많은 감정이 담겨 있는지 나는 알 수 없었다.

하지만 레오나 씨가 보여 준 고뇌의 단면과 카론 씨가 돌아오길 기다리는 사람이 있다는 사실을 고려하면, 미아라크를 구하는 용사로서의 사명과 카론 씨를 구해야 하는 현재 상황은 틀림없이 그녀를 괴롭히고 있을 것이다.

"슬슬 돌아갈까."

"……네."

레오나 씨의 말에 고개를 끄덕이고, 블루링과 함께 왔던 길을 다시 걸었다.

"……."

돌아가기 전에 다시 한 번 카론 씨가 있는 곳으로 시선을 옮겼다.

광대한 얼음 위에 홀로 선 카론 씨의 모습에서는 나와 싸웠을 때 같은 난폭함이 조금도 느껴지지 않았다.

"크앙~."

"응? 아아, 갈까."

블루링의 재촉에 앞을 보고 성으로 향했다.

나는 카론 씨를 막을 수 있을까?

나쁜 상상을 떨쳐 낸 나는 왠지 외로워 보이는 레오나 씨의 뒷모습을 쫓아갔다.

제8화 완성! 우사토의 무구!

블루링을 업고 미아라크의 거리를 산책한 날 밤.

아르크 씨와 오후 훈련을 마친 나는 내 방 중앙에 놓인 소파에서 쉬며 오늘 했던 훈련을 생각했다.

훈련은 일단 순조롭게 진행 중이었다.

레오나 씨와 훈련했던 회피는 토대가 만들어져 있어서 그다지 어렵지 않았다. 하지만 전투 중의 자세 교정과 싸움법 습득은 상당한 시간이 필요하니 하루아침에 익힐 수는 없을 것이다.

익히지 못한 채로 카론 씨와 싸우게 될 것은 확실했다.

장기적으로 보면 순조롭게 진행 중이지만 단기 습득은 불가능했다.

안달하지 말고 훈련해 나갈 수밖에 없겠지.

"남은 건 계통 강화네."

레오나 씨의 계통 강화를 본 이후로 나는 내 계통 강화를 재검토하고 있었다.

링글 왕국을 출발한 뒤로 계속 연습해 왔던 계통 강화는 최근 몇 달 동안 상당히 안정된 상태로 접어들었다.

마력을 짙게 유지할 수 있게 됐고, 손이 상처투성이가 되는 일도 없어졌다.

"거의 완성됐다고 할 수 있겠지만……."

하지만 나는 이것을 치유마법의 계통 강화라고 의식할 수 없었다.

"뭔가 달라."

내 치유마법은 링글 왕국의 진료소에서 올가 씨가 사용했던 예쁜 초록색이 아니었다. 색깔은 제법 비슷해졌지만 뭔가가 부족했다.

오늘 레오나 씨에게 계통 강화에 관해 물어봤지만 답은 나오지 않았다.

내 미숙한 계통 강화를 본 레오나 씨는 「자신감을 잃어버릴 것 같아……」라면서 침울해했지만, 내가 어떻게 계통 강화를 연습했는지 이야기하자 「너의 방식은 조심스럽게 말해서 상식을 벗어난 행위야!」라며 얼굴이 새파래졌었다.

레오나 씨의 직설적인 말에 조금 의기소침해졌던 것은 어찌 되든 좋은 일이겠지.

뭐, 내 계통 강화 연습법이 잘못됐다는 것쯤은 새삼스럽다.

아무튼 레오나 씨가 내 계통 강화를 봐 줬지만 무엇이 부족한지는 알 수 없었다. 오히려 그녀가 보기에 내 계통 강화는 잘 되고 있다는 듯했다.

하지만 나는 납득할 수 없었다.

"……한 사람 몫을 하려면 아직 멀었네."

링글 왕국에 있는 스승님이 머릿속에 떠올랐다.

나는 아직 로즈가 이상적으로 여기는 치유마법사가 되지 못했다.

그 사실을 다시금 인식한 나는 소파에서 몸을 일으키고 뺨을 세게 때렸다.

"더 열심히 해야지!"

심약해지는 것은 나답지 않다.

구명단에서 배운 것은 긍정적으로 생각하는 것이다.

지옥 끝에 안녕이 있다는 역설적인 생각으로 훈련을 극복해 온 나에게 이 정도 역경은 우스웠다.

"좋아. 내일에 대비해 슬슬 자자."

그렇게 생각하고 침대로 가려고 했을 때, 누군가가 방문을 다소 세게 두드렸다.

응? 이런 시간에 누구지…… 아마코인가?

"우사토 님!"

메이드의 목소리였다.

늘 온화한 분위기의 그녀답지 않은 다급한 목소리에 놀라며 나는 문을 열었다.

"무슨 일인가요?"

"크, 큰일 났습니다!"

문 너머에는 숨을 몰아쉬는 메이드가 있었다.

내가 당황하든 말든, 숨을 가다듬은 그녀는 내 손을 잡고 바싹 다가왔다.

"노른 님께서 쓰러지셨습니다!"

"네?! 쓰러지셨다고요?!"

노른 님이 쓰러지면 그녀가 유지하는 미아라크의 결계가 사라져서 카론 씨가 이곳으로 오게 된다.

그렇게 되면 우리는 준비하지 못한 상태로 싸울 수밖에 없다.

나는 메이드에게 노른 님이 계신 곳까지 안내해 달라고 초조하게 부탁했다.

***

나는 메이드와 함께 급히 노른 님이 쓰러졌다는 알현실로 향했다.

하지만—.

"하여간, 넘어진 것 가지고 유난스럽게……."

알현실에 도착한 우리의 눈앞에는 어이없다는 표정으로 이마를 누르고 있는 노른 님이 있었다.

쓰러졌다고 들었던 나는 노른 님이 태연한 얼굴로 옥좌에 앉아 있는 것에 얼떨떨해지고 말았다.

"걱정해 주는 건 기쁘지만 적어도 이야기는 들어 주면 안 될까……? 그냥 살짝 넘어진 정도인데 얼굴이 새파래져서 도움을 구하러 가고 말이야……."

"죄, 죄송합니다……."

노른 님에게서 내게로 몸을 돌린 메이드가 깊이 머리를 숙였다.

"우사토 님, 소란을 피워서 죄송합니다."

"아니에요. 그보다 노른 님이 무사하셔서 안심했어요."

만일의 사태가 일어났을 수도 있고, 헛수고라는 생각은 들지 않았다.

그리고 발이 걸려 넘어진 것이라지만 노른 님은 며칠이나 제대로 쉬지 못한 채 결계를 유지하고 있었다. 정말 단순한 부주의로 넘어진 것이 아닐지도 모른다.

실제로 노른 님의 안색은 나빴다.

치유마법으로 몸의 이상은 고쳤을 텐데 야위어 보였다. 몸에 이상이 있는 것이 아니라 정신적으로 피폐하기에 그렇게 보이는 거겠지.

"노른 님, 치유마법을 걸어 드릴까요? 육체적 피로라면 치유할 수 있는데……."

"……그러네. 부탁해도 될까?"

고민하는 듯한 모습으로 그렇게 말한 노른 님은 느릿한 동작으로 내게 손을 내밀었다.

나는 되도록 무례하지 않게 그 손을 잡고 노른 님에게 치유마법을 베풀었다.

치유마법으로 어느 정도 표정이 좋아진 노른 님은 여전히 걱정하는 메이드를 보고서 어색하게 입을 열었다.

"너도 자기 업무로 돌아가도 돼. 나는 괜찮으니까. 그…… 걱정을 끼쳤구나."

"……! 네!"

웃으며 대답한 메이드는 정중하게 인사하고 알현실에서 나갔다.

그 뒷모습을 조용히 지켜보던 노른 님이 옆에 있는 나에게 말했다.

"저 아이는 이 성의 일을 대부분 맡고 있어."

"……대부분이요?"

"물론 전부는 아니지만, 이 성을 유지하는 데 필요한 최소한의 일을 해주고 있다는 건 분명해. ……저 아이 말고도 성에 남아 준 사람들은 다들 혼자서 나라를 지키려고 했던 나를 위해 여기 있는 거야."

혼자서 나라를 지키려고 했다.

그것이 얼마나 큰 각오인지 나는 상상도 할 수 없었다.

노른 님은 자는 시간조차 아끼며 지금도 나라를 계속 지키고 있었다. 웬만한 정신력으로는 할 수 없는 일이었다.

"사실은 다른 사람들이 성에 남지 않길 원했어. 솔직히 말하자면 레오나도……."

"혼자서 싸우려고 하셨던 건가요?"

"그게 무리라는 건 내가 제일 잘 알지만 말이지. 파르가 님께 받은 마도구를 다룰 수 있다고는 하지만 내게 싸울 힘은 없어. 검도, 창도 쥐지 못하는 나는 이곳에서 그저 결계를 만들고 현상 유지를 이어갈 수밖에 없었지."

노른 님은 손에 든 지팡이를 보고 자조적으로 웃었다.

어깨를 떨군 그녀는 「아아~」 하고 김빠지는 한숨을 쉬고서 옥좌에 몸을 축 기댔다.

그 모습은 여왕이라기보다는 어디서나 볼 수 있는 평범한 여성 같았다.

"이렇게 될 줄 알았으면 좀 더 공부하고 검도 연습했을 텐데……. 이제 와서 성의 귀찮은 교육을 성실하게 받지 않은 걸 후회하게 될 줄은 몰랐어."

"어, 으음……."

그렇게 시험 치기 전의 학생처럼 말씀하셔도 뭐라고 대답하면 좋을지 모르겠는데요.

현역 고등학생으로서 공감된다는 것이 더욱 곤란하다.

"그때는 나도 여왕이 어떤 자리인지 잘 몰랐지만…… 막상 돼 보니까 이해가 돼."

"뭐가요?"

"나는 모두를 지켜야만 해. 입장이 바뀌면 의식도 바뀐다고 하지. 어중간한 마음으로 여왕이 되어 버린 나는 성에서 미아라크의 거리를 보고 마침내 여왕이라는 역할의 무게를 자각했어."

"역할의 무게……."

입장은 다르지만 나도 비슷한 경험이 있었다.

구명단으로서 전장을 달렸을 때, 전장에서 싸우는 전사들의 목숨이 내게 달렸다는 사실이 어깨를 무겁게 짓눌렀었다.

분명 지금 노른 님도 비슷한 상황에 놓여 있을 것이다.

"파르가 님에 관해서도 여왕이 되고 나서 알았어."

"어? 그런가요?"

"그래. 파르가 님의 존재는 왕족과 특별한 자들만이 알고 있어. 본래 타국 사람인 너희가 그분과 만나는 건 있을 수 없는 일이야."

하긴, 사룡과 동등한 힘을 지닌 용을 몰래 숨기는 것은 당연하겠지.

"처음 파르가 님의 목소리를 들었을 때, 내가 미친 건가 싶었어. 지금처럼 옥좌에서 쉬고 있는데『거기 있는 미숙자, 한가로움을 주체 못하는 것은 좋으나 여왕답게 행동해라』라고 어디선가 목소리가 들렸거든."

"하하하, 깜짝 놀라셨겠네요."

갑자기 머릿속에 목소리가 울리는 느낌이었을까?

지하에서 들었던 그 목소리가 느닷없이 들린다면 누구든 깜짝 놀라겠지.

"하지만 내가 지금까지 노력할 수 있었던 건 파르가 님께서 도와주신 덕분이야. 결계를 유지하다 마음이 꺾일 것 같으면 꼭 파르가 님께서 말을 걸어 주셨고, 내게 하시는 엄격한 말씀도 나중에 생각해 보면 전부 나를 위한 말이었거든."

……조금 납득했다.

내가 이곳에 올 때까지 노른 님은 어떻게 결계를 계속 유지할 수 있었는가.

포션의 효과도 한계가 있다. 그래도 그녀가 버틸 수 있었던 것은 파르가 님이 노른 님을 도와주셨기 때문이리라.

"우사토, 이제 됐어. 고마워."

"네. 몸 상태는 어떠세요?"

"덕분에 상당히 좋아졌어."

희미하게 미소를 지은 노른 님의 말에 고개를 끄덕이고 그녀의 손을 놓았다.

어디까지나 육체적 피로를 고쳤을 뿐이지만 그녀의 표정이 약간 밝아져 있었다.

"조금 푸념하고 말았네."

"아니에요. 저도 이것저것 생각되는 바가 있었고, 오히려 저 같은 사람이 노른 님의 이야기 상대로서 적합했는지 걱정되는데요."

"그런 걱정 안 해도 돼. 너의 치유마법도 그렇지만, 이렇게 이야기를 들어 주는 것만으로도 충분히 나를 도와주는 거야."

결계 유지를 위해 힘쓰고 있는 노른 님에게 내가 해 줄 수 있는 일은 치유마법을 걸거나 이야기 상대가 되는 것 정도였다.

그게 도움이 된다면 다행이었다.

"그럼 저는 방으로 돌아갈게요."

"그래. 어두우니까 조심해서…… 읏!"

갑자기 노른 님이 관자놀이를 짚었다.

"노른 님?"

"우사토. 잠깐만 기다려 줘."

"앗, 네."

눈을 감고 입을 다문 그녀는 누군가의 이야기에 맞장구를 치듯 고개를 끄덕였다. 이건…… 파르가 님에게 뭔가 이야기를 듣고 있는 걸까?

막연하게 알아차리고서 지켜보고 있자, 눈을 뜬 노른 님이 진지한 표정으로 나를 보고 입을 열었다.

"……우사토, 다른 사람들을 불러와줘. 파르가 님께서 너의 무구를 완성하셨대."

"예?!"

목소리를 낮춘 노른 님의 말에 깜짝 놀랐다.

파르가 님에게 건넸던 용사의 소도가 내 전용 무구가 되어 돌아온다.

내 무구는 어떤 힘을 간직하고 있을까.

그렇게 생각하자 기대보다도 불안감이 마음속을 차지했다.

***

무구가 완성됐다는 소식을 들은 나는 일단 각자 방에서 쉬고 있는 동료들을 부르러 갔다. 아르크 씨와 아마코는 바로 일어났지만 네아는 방문을 두드려도 나오지 않았다.

문이 잠겨 있지 않았기에 들어가 보니 그녀는 침대에 벌러덩 누워 곯아떨어져 있었다.

그 부주의함에 어이가 없었지만 이 상태의 네아를 깨우기는 어렵겠다고 판단하고, 그녀에게 이불을 덮어 주고서 방을 뒤로했다.

결국 나, 아마코, 아르크 씨, 이렇게 셋이서 다시 알현실에 가게 되었다.

알현실에서는 노른 님이 혼자 기다리고 있었다. 레오나 씨는 먼저 파르가 님 곁으로 향한 것 같았다.

우리도 알현실 중앙에 섰고, 지난번과 마찬가지로 엘리베이터처럼 지하로 내려갔다. 몇 분 후 지하에 도착하자 파르가 님의 커다란 몸과 그 앞에 선 레오나 씨의 모습이 보였다.

지하에 내려온 우리를 힐끗 본 파르가 님은 그닥지 않게 깊은 한숨을 쉬고서 약간 고개를 숙이고 있는 레오나 씨에게 말했다.

"하지 말라고 해도 그만두지 않겠지?"

"……."

"……레오나. 방금 한 이야기를 절대 잊지 마라. 너의 그 행동은 틀림없이 영웅적이고 고귀하다. 그러나 그와 동시에 너를 아끼는 사람들에 대한 배신임을 알라."

"……네."

이야기는 거기서 끝났는지 레오나 씨는 말없이 인사했다. 이쪽으로 몸을 돌린 그녀는 조금 무리하고 있는 것처럼 보였다.

나와 비슷한 생각을 했는지 노른 님이 걱정스러운 표정으로 레오나 씨에게 말했다.

"레오나, 파르가 님과 무슨 얘기를 했어?"

"카론과의 전투에 관해 이야기했습니다. 조금 전에는…… 과분한 말을 하여 질책을 받고 말았습니다. 지금부터 할 이야기에 영향을 주진 않을 테니 걱정하지 않으셔도 됩니다."

"……그래."

카론 씨와의 전투에 관해서라…….

거짓말은 아니겠지만 뭔가 마음에 걸리는데……?

노른 님도 어딘가 석연치 않아 보이고…….

"기다리고 있었다, 우사토."

그때, 나를 본 파르가 님이 말을 걸어왔다.

"지금 도착했습니다. 제 무구가 완성됐다고 들었는데……."

"정확히는 완성된 것이 아니라 완성 직전이다. 완성시키는 것은 너다."

엇, 내가?

설마 뭔가 기술이 필요한 걸까?

깜짝 놀라는 내게 파르가 님이 이어서 말을 자아냈다.

"걱정하지 않아도 네가 할 일은 그리 어렵지 않다. 중요한 것은 명확한 의지다. 어떠한 힘을 바라며 그것을 어떻게 다룰 것인가. 그 생각을 핵으로 무구는 형태를 이룬다."

파르가 님의 입에서 은색 구체가 튀어나와 그의 주변을 부유했다.

아마도 저것이 용사의 소도였던 것이리라.

구체는 파르가 님 앞에서 정지하더니 내 앞으로 둥실둥실 날아왔고, 나는 그것을 오른쪽 손바닥으로 받았다. 형태가 확정되지 않은 구체의 감각은 신기했다.

"내 무구는 어떤 형태가 될까……. 아마코는 어떨 것 같아?"

"몽둥이, 대형 해머, 철구."

"왜 전부 둔기인지 가르쳐 주지 않을래? 응?"

아마코가 내게 어떤 이미지를 가지고 있는지 아주 잘 알았어.

확실히 내가 생각하기에도 둔기가 확 와 닿긴 하지만, 그런 걸 상상할 만큼 나는 야만스럽지 않다고.

"하하하, 우사토 님은 방패도 잘 어울리실 것 같습니다."

"그의 준족을 살린 무구도 생각해 볼 수 있어……. 으음, 우사토는 떠오르는 무구의 후보가 많아서 어떤 것이 될지 예상할 수 없군……."

한편 레오나 씨와 아르크 씨는 진지하게 내 무구를 예상했다.

실제로 내가 어떤 무구를 바라고 있는지는 나 스스로도 잘 알 수 없었다.

"파르가 님, 이제 어떡하면 되죠?"

"그저 생각해라. 너의 삶의 자세를, 네가 지금까지 걸어온 길을. 그리하면 무구는 저절로 너에게 가장 적합한 형태로 바뀔 것이다."

"내가 지금까지 걸어온 길……."

나는 손바닥 위에 있는 구체의 존재를 느끼며 눈을 감았다.

내가 지금까지 걸어온 길— 그것은 이누카미 선배와 카즈키의 용사 소환에 휘말린 날부터 시작됐다.

이 세계에 온 그날, 구명단에 들어갔다.

로즈에게 단련받고, 링글 왕국을 위해 싸우는 사람들을 살리며 전장을 뛰어다녔다. 구명단원으로서 나의 밑바탕에는 다친 사람을 돕고 싶다, 누군가가 죽어서 슬퍼하는 사람이 없도록 하고 싶다, 로즈에게 인정받고 싶다…… 그리고 이누카미 선배와 카즈키를 돕고 싶다는 생각이 있었다.

루크비스에서는 나크와 만났다.

미나에게 괴롭힘을 당해 힘들어하던 그에게, 나는 구명단으로 가는 길을 보여 주었다. 그것은 로즈가 나에게 이 세계에서 해야 할 일을 가르쳐 줬던 것과 같았다.

사마리알로 가는 도중에 싸웠던 사룡.

이번 일의 원인이기도 한 사악한 용의 부활은 한때 수많은 생명이 위험에 처하는 엄청난 사건이 될 뻔했다. 하지만 최종적으로 아마코, 아르크 씨, 블루링과 힘을 합쳐 사룡을 쓰러뜨리면서 아무도 목숨을 잃지 않고 해결할 수 있었다.

그리고 사마리알.

사마리알의 공주, 에바의 몸을 좀먹던 저주를 파괴하기 위해 분투했다. 전부 용사라는 존재에 홀려 버린 마술사가 원인이었지만, 최후에는 저주에 사로잡혀 있던 사마리알 백성들과 왕족의 영혼을 해방하고 에바의 빼앗겼던 육체를 되찾으며 해결했다.

긴 것 같으면서도 짧은 여정이었다.

크게 다치기도 했고, 정신이 망가질 뻔하기도 했고, 원래 세계에서는 생각도 못 했을 만큼 떠들썩한 이세계 생활이지만 신기하게도 고달프다는 생각은 들지 않았다.

왜냐하면 이 세계에서 나는 많은 사람들과 만났기 때문이다.

머릿속에 떠오르는 사람만 해도 셀 수 없을 정도인 이 인연들은 내가 지금까지 걸어온 길이 헛되지 않았다는 증거였다.

그렇기에 나는 인연을 소중히 여기고 싶다.

누군가를 상처 입히는 힘이나 쓰러뜨리는 힘을 가지고 싶은 것이 아니었다.

나는, 지키기 위한 힘을 가지고 싶다.

내 손이 닿는 한, 어떤 위협도 물리칠 수 있는 그런 힘을…….

"우사토가 든 구체의 형태가 바뀌고 있어……."

아마코의 목소리에 나는 감고 있던 눈을 떴다.

시선을 내리니 손바닥 위에 놓여 있던 구체가 팔꿈치 아래쪽을 덮듯이 형태가 변하면서 빛이 나고 있었다. 보통은 놀랄 만한 광경이지만 나는 신기하게도 침착했다.

10초쯤 걸려 팔꿈치 아래를 빈틈없이 덮은 빛은 무지갯빛과 함께 팍 터지며 허공으로 흩어졌다.

내 팔에는 은색 건틀릿이 남아 있었다.

파르가 님의 비늘 같은 무늬 외에 화려한 장식은 없었고, 움직이기 불편한 느낌은 전혀 들지 않았다.

"이게, 나의……."

무구라기보다는 갑옷 같지만, 이 형태는 어떤 의미로는 예상대로였다.

시험 삼아 손목을 빙글빙글 돌려 보자, 역시 보기보다 더 움직이기 편했다.

"……역시 너는 그 애송이와 다르군."

"파르가 님?"

"어디, 그 팔을 보여 봐라."

"앗, 네."

어딘가 감개무량한 시선을 보내는 파르가 님에게 오른팔을 뒤덮은 건틀릿을 보여 주었다.

그의 눈동자에 마술 문양 같은 것이 떠오르더니 건틀릿을 밝게 비추었다.

잠시 건틀릿을 응시하던 파르가 님의 표정이 살짝 일그러졌다.

뭐, 뭔가 문제라도 있나?

내심 불안해하고 있으니 눈동자의 마술을 지운 파르가 님이 입을 크게 벌려 웃기 시작했다.

"후, 하하, 하하하하!"

"……?!"

"말도 안 돼! 파르가 님께서 웃으셨어!"

지하에 울려 퍼질 만큼 큰 목소리로 웃는 파르가 님의 모습에 우리는 물론이고 레오나 씨와 노른 님까지 경악했다.

한바탕 웃고서 겨우 웃음을 그친 파르가 님은 우리를 내려다보며 유쾌하게 말했다.

"미안하다. 너무 예상외라 참을 수가 없었다. 이렇게 크게 웃는 건 정말 오랜만이야. 이것 참, 오래 사니 별일이 다 있군."

"저, 저기, 뭔가 문제라도……?"

어쩌지? 신룡을 폭소시키고 말았다!

이거 혹시 꽤 좋지 못한 일인 건 아닐까?

내가 불안해하자 파르가 님은 조금 즐거운 모습으로 내 건틀릿을 가리켰다.

"네가 창조한 건틀릿은 그 무엇도 통과시키지 않는 극상의 단단함을 자랑한다. 고열, 냉기, 마법, 마술…… 그것은 너를 해하려는

모든 것을 막는다. 간단히 말하자면 터무니없이 단단할 뿐인 건틀릿이다."

"엄청 간단하게 말씀하시네요?!"

"보통은 실패작 낙인이 찍힐 무구다. 당연한 일이지. 그저 단단하기만 한 건틀릿의 용도는 매우 한정적이니 말이다. 그러나 다루는 자가 너라면 이야기가 다르다. 레오나여, 우사토와 싸워 본 너라면 알겠지?"

파르가 님의 말에 레오나 씨가 신묘하게 고개를 끄덕였다.

"이것은 그야말로 너를 위한 건틀릿이다. 탁월한 동체 시력과 반사 신경으로 위협을 알아차리고, 강력한 힘도 자신의 힘으로 튕겨 낼 수 있는 너라면 이것을 완전하게 다룰 수 있을 것이다."

……마침내 나의 싸움 방식을 알게 된 기분이 들었다.

이 건틀릿은 공격에 쓰는 무기가 아니라 상대의 공격을 튕겨 내는 방패였다.

무엇도 통과시키지 않는다면 카론 씨의 냉기를 휘감은 도끼날도 잡을 수 있다.

무엇보다 최근 며칠간의 훈련을 문제없이 적용할 수 있다는 점이 좋았다.

"견고함이 다가 아니다. 우사토여, 건틀릿에 마력을 주입해 봐라."

"……음? 네. ……이건?!"

파르가 님의 말을 따라 건틀릿에 치유마법의 마력을 주입하고 바로 차이를 이해했다.

"예전보다 마력 조작이 원활해……?"

치유마법탄을 만들어 보니 1초도 안 걸려서 생성되었고, 상당량의 치유마법도 손바닥에 담을 수 있었다.

어라? 이거 마력 조작을 궁리하면 이것저것 할 수 있지 않을까?

"내가 너를 위한 건틀릿이라고 하지 않았나."

"하지만 수수하지 않나요……? 이거."

"불만이 있는 건 아닐 텐데?"

뭐, 그렇긴 하지만.

마력 조작을 보조해 주는 그저 단단할 뿐인 건틀릿인가.

뭐랄까…… 나답네.

"지금까지 내 육체의 일부를 받은 자들은 모두 강력한 무구를 창조했다. 애송이는 온갖 것을 봉인하고 해방하는 칼 한 쌍을, 폭주한 카론이 들어 형태를 바꾼 것은 모든 것을 동결시키는 도끼였지. 그런데 너는 공격력조차 전혀 없는 그저 단단할 뿐인 건틀릿을 만들어 냈다. 어찌 웃지 않을 수 있을까."

"어, 으음……."

"너를 헐뜯는 것이 아니다. 오히려 너의 자세를 칭찬하고 싶다. 용이 된 카론과의 싸움을 앞뒀으면서도 상처 입히는 것이 아니라 지키기 위한 무구를 만들어 낸 너는 나의 무구를 가질 자격을 확실히 갖추고 있다."

그, 그렇게 거창하게 칭찬받을 만한 생각은 가지고 있지 않은데요…….

"제가 대단한 무기를 들어 봤자 돼지 목에 진주 목걸이가 될 뿐이고, 아마…… 사용하길 주저할 거예요. 그렇다면 역시 저답게 주먹으로 때리는 편이 단연코 좋을 것 같아서……."

"응. 확실히 그편이 우사토다워."

이런, 아마코에게 허점을 찔리고 말았다.

심지어 그녀는 말을 흐린 나를 보며 이상하다는 듯 고개를 갸웃하고 있었다.

"나의 일부를 맡기겠다. 원래는 용사의 물건이지만 이제 너의 것이다."

"네."

"너의 여행길에 나의 일부를 가져가라. 내가 인정한 인간의 앞길을 지켜보는 것도 재미있겠지."

다시 한 번 건틀릿을 본 나는 파르가 님을 향해 분명하게 고개를 끄덕였다.

파르가 님도 만족스럽게 눈을 감고 조용한 목소리로 우리에게 입을 열었다.

"그럼 이야기는 끝이다. 오늘은 이만 쉬어라."

그 말을 마지막으로 파르가 님이 이야기를 끝냈다.

우리는 그의 말대로 지상으로 돌아가기 위해 움직였다. 그러다 오른팔을 감싼 건틀릿을 본 나는 잠시 굳었다.

내가 건틀릿을 보고 침묵하자 아마코가 고개를 갸웃했다.

"우사토, 왜 그래?"

"미안, 잠깐 돌아가야겠어."

"뭐?!"

나는 샘 안으로 돌아가려는 파르가 님 곁으로 잔달음질 쳤다.

나를 걱정한 다른 사람들이 뒤에서 쫓아왔지만 상관하지 않고, 이쪽을 돌아본 파르가 님에게 오른팔의 건틀릿을 보였다.

"저기…… 죄송합니다. 이거 어떻게 벗는 건가요? 평범하게 힘을 줘도 벗겨질 것 같지 않은데요……."

"맥 빠지는 녀석이구나……."

"우사토, 그건 좀……."

팔과 거의 일체화된 건틀릿을 보고, 계속 이대로면 어쩌나 싶어서 불안해진 내게 파르가 님과 아마코가 어이없다는 시선을 보냈다.

제9화 신룡과의 대담!

파르가 님에게 건틀릿을 받은 다음 날, 나는 건틀릿을 이용해 아르크 씨와 모의전을 펼쳤다.

화염을 다루는 아르크 씨와의 모의전.

심지어 이번에는 목검이 아니라 날을 뭉툭하게 한 검을 사용했다.

화염을 휘감은 검으로 테크니컬한 전법을 쓰는 아르크 씨는 레오나 씨와 마찬가지로 나에게 천적과 같은 상대였다.

"흡!"

아르크 씨가 휘두르는 화염검을 눈으로 포착하고 최소한의 움직임으로 피했다.

큼직한 동작을 최대한 없애서 움직임을 최적화하는 레오나 씨와의 훈련 성과를 내 것으로 만들어 나갔다.

"안 맞아……?! 그렇다면!"

"읏!"

검에서 더 센 불길을 분출하여 한순간 내 시야를 교란한 아르크 씨는 그 틈을 노려 검을 횡으로 휘둘렀다.

검이 다가오기 직전에 회피하는 건 무리라고 판단한 나는 건틀릿을 전개시킨 오른손을 수도 형태로 들고 화염검을 비스듬히 흘리듯 튕긴 다음, 그대로 자세가 무너진 아르크 씨를 향해 몸을 틀며 왼쪽 주먹을 날렸다.

"큭……!"

아르크 씨는 황급히 검을 되돌려 주먹을 막고 그 자리에서 벗어났지만 놀란 표정을 짓고 있었다.

화염검을 튕긴 건틀릿은 외부의 감촉은 느껴져도 통증이나 열기는 전달되지 않았다. 이거라면 네아에게 조종당한 아르크 씨와 싸웠을 때처럼 건틀릿이 뜨거워져 쓸 수 없게 되는 사태는 일어나지 않을 것이다.

"이것이 나의 새로운 싸움법……!"

피할 수 있는 공격은 최소한의 동작으로 피하고 다음 공격으로 연결한다.

피하기 어려운 공격은 오른팔을 앞으로 내밀어 건틀릿으로 방어한다.

그리고 회피와 방어로 생긴 상대의 빈틈을 최단 거리에서 주먹으로 꿰뚫는다.

그것이 이 모의전을 통해 배운 나의 새로운 싸움법이 되고 있었다.

"역시 굉장하십니다! 우사토 님!"

"아르크 씨야말로 대단해요!"

아르크 씨도 예전에 싸웠을 때와 달리 누군가에게 조종당하지 않아 본래 실력을 발휘할 수 있는 상태로 싸우고 있었다.

공격을 건틀릿으로 튕기고, 피할 수 있는 공격을 확인하고서 깊이 파고들려고 하자 그 전에 아르크 씨가 간단히 뒤로 물러나 다시

검을 휘둘렀다.

필요 이상으로 다가오지 않는 아르크 씨의 능숙한 싸움법이 놀라웠다.

"이것도 피하실 수 있을까요?!"

"읏!"

손바닥에 마력탄 여러 개를 생성한 아르크 씨가 그것들을 일제히 나에게 던졌다.

루크비스에서 미나가 썼던 광범위형 마력탄?! 아르크 씨가 쓰더라도 이상하진 않지만 이렇게 가까운 거리에서 쓰는 건가요?!

"하지만! 내게는 이 녀석이 있어!"

이건 그저 단단하기만 한 건틀릿이 아니었다.

마력 조작을 보조해 주는 이 건틀릿 덕분에 내 치유마법에 새로운 기술이 더해졌다.

나는 오른손에 마력을 담고 육박하는 마력탄을 향해 손을 들었다.

"터져라!"

"아니……?!"

손바닥에서 압축된 마력이 폭발하며 아르크 씨가 쏜 마력탄을 전부 유폭시켰다.

이것이 바로 새로운 기술, 치유마법 파열장(破裂掌).

미숙한 계통 강화의 결점인 마력 폭발을 어떻게 이용할 수 없을까 시행착오를 거친 결과, 근거리에서의 회피와 방어를 겸비한 기술이 되었다.

여러 문제가 있어서 지금까지 쓸 수 없었지만 건틀릿 덕분에 마침내 실전에서 쓸 수 있게 되었다.

"갑니다, 아르크 씨!"

"뭐, 뭐뭐뭐, 뭐하는 거야?! 우사토!"

모의전을 계속하려고 오른손으로 모래 먼지를 몰아내자 옆에서 튀어나온 레오나 씨가 다급하게 내 양쪽 어깨를 붙잡았다.

아르크 씨도 검을 든 채 멍하니 있었는데, 레오나 씨는 내 오른팔을 들고서 상처가 없는지 확인했다.

"너는 왜 이렇게 마력을 위험한 방식으로 쓰는 거야! 계통 강화는 그런 식으로 쓰는 게 아니야!"

"아, 네. 괜찮아요. 건틀릿이 있어서 오른팔은 멀쩡해요."

"그런 문제가 아니야!"

아아, 계통 강화를 다룰 줄 아는 레오나 씨는 내 치유마법 파열장의 원리를 눈치챈 건가…….

내 말에 화내는 레오나 씨에게 검을 집어넣은 아르크 씨가 다가왔다.

"저기, 레오나 공. 우사토 님은 조금 전에 뭘 하신 겁니까? 저한테는 그가 손바닥에서 무시무시한 기세로 마력을 방출한 것처럼 보였는데……."

"우사토는 일부러 마력을 폭발시켰어. 계통 강화의 결점인 마력 폭발을 의도적으로 일으키다니…… 계통 강화 사용자 입장에서 보면 정신 나간 행위야."

그랬다. 마력을 일부러 폭발시키는 기술이기 때문에 지금까지 치유마법 파열장을 쓸 수 없었다.

예전에는 손바닥이 피투성이가 돼서 큰일이었고, 마력을 주입하는 데도 시간이 걸려서 실전에서는 쓸 수 없겠다고 생각했지만, 건틀릿이 생기면서 문제는 해결됐다.

하지만 레오나 씨는 어깨를 더 세게 붙잡으며 얼굴을 가까이 댔다.

"그런데 너는 어째서 그런 위험한 일을 태연하게 저지르는 거야! 아무리 건틀릿이 있다지만 혹시 모를 사태가 벌어지면 어쩌려고 그래! 파르가 님의 무구도 완벽하지 않을지도 몰라. 갈 곳을 잃은 마력이 역류하는 일이 벌어질지도 모른다고!"

필사적인 레오나 씨의 말에 압도되어 나는 고개를 끄덕였다.

이에 진정이 됐는지 레오나 씨는 조금 지친 표정을 지었다.

"우사토, 다음에 이런 일을 벌일 때는 우리에게 말해줘……. 너뿐만 아니라 내 심장에도 좋지 않아. 계통 강화는 정말로 위험한 기술이야."

"죄, 죄송합니다. 조심할게요."

……혼나고 말았지만, 아무튼 이 기술은 쓸 만하다는 것을 알았다.

손바닥 위에 압축한 마력을 단순히 폭발시키기만 하면 됐다. 위력도 사람을 가볍게 날려 버릴 정도밖에 안 되고, 그 범위도 1~2미터 정도였다.

하지만 지면에 쏴서 내 몸을 띄우거나, 몸을 움직일 수 없는 상태에서 쓰거나 상대에게 쏘는 등 여러 가지로 응용할 수 있었다.

내가 고개를 끄덕인 것을 확인한 레오나 씨는 어깨에서 손을 뗐다.

"우사토, 아르크 공. 모의전을 방해해서 미안하군."

"괜찮습니다. 저도 우사토 님과 싸우면서 열이 오르던 차라 말려 주셔서 다행입니다."

산뜻한 얼굴로 무서운 말을 하네.

뭐, 나도 건틀릿을 사용하는 첫 실전에 들떠 있었고, 그대로 계속했다면 진심으로 싸웠을지도 모른다.

"우사토 님, 건틀릿을 사용해 본 소감은 어떠십니까?"

"놀라우리만큼 저한테 딱 맞아요."

아르크 씨의 물음에 나는 만족스럽게 고개를 끄덕였다.

건틀릿을 사용하는 첫 전투라서 잘 다룰 수 있을지 불안했는데, 이 건틀릿은 마치 원래부터 존재했던 것처럼 내 싸움법에 적용되었다.

역시 내 전용 건틀릿이었다.

"길들여야 할 줄 알았는데 그럴 필요는 없을지도 모르겠네요."

회피와 방어로 상대의 공격을 처리하고 한순간의 빈틈을 노려 최대의 일격을 때려 박는 근접 격투.

그것이 건틀릿을 손에 넣은 나의 새로운 싸움법이었다.

확실한 진보를 실감하고 있으니 대화를 들은 레오나 씨가 턱에 손을 올리며 입을 열었다.

"이로써 카론과 싸울 준비가 갖춰졌나."

"네."

레오나 씨의 말에 나와 아르크 씨가 고개를 끄덕였다.

움직임의 군더더기를 없앤 회피술.

건틀릿을 이용한 방어.

그리고 네아의 내성 주술를 이용한 냉기 내성 부여.

이 세 가지로 마침내 카론 씨와 정면으로 싸울 수 있는 조건이 갖춰졌다.

"결계를 유지 중인 노른 님도 한계가 가까워. 오늘 밤, 카론과 싸우기 위한 작전을 생각하지."

"알겠어요."

카론 씨와의 싸움이 다가왔다.

그것을 의식하자 건틀릿을 낀 손에 자연스럽게 힘이 들어갔다.

***

얼추 훈련을 끝낸 나는 건틀릿을 바라보며 훈련장을 뒤로했다.

성에 들어가려고 했을 때, 내 어깨에 올빼미 모습의 네아가 내려앉았다.

"응? 네아구나. 지금까지 보고 있었던 거야?"

"……응. 지루했지만 보고 있었어."

어딘가 볼멘 모습으로 그렇게 말한 네아를 보고 쓰게 웃은 나는 파르가 님께 배운 대로 건틀릿을 향해 『돌아가라』라고 염원하여 팔찌 형태로 바꿨다.

내 마음대로 언제든 건틀릿을 되돌릴 수 있는 것은 상당히 편리

했다. 마음만 먹으면 왼팔에도 장비할 수 있고, 굳이 건틀릿 상태로 들고 다닐 필요가 없는 것도 좋았다.

링글 왕국으로 돌아가면 이누카미 선배에게 장착 장면을 보여 주면서 자랑해야지.

"내 새로운 건틀릿은 어때? 네아."

"너한테 딱 어울리는 것 같네."

선배의 반응을 상상하며 네아에게 물어보자 무뚝뚝한 대답이 돌아왔다.

"그 자리에 없었던 나는 잘 모르겠지만 말이야!"

쌀쌀맞게 말하며 나를 노려보는 네아의 모습에 기가 막혀서 한숨이 나왔다.

네아는 어젯밤 내 건틀릿이 완성된 순간을 함께하지 못해서 화내고 있었다.

「나만 따돌렸어!」, 「나도 우사토의 건틀릿이 만들어지는 순간을 보고 싶었는데!」라면서 나에게 씩씩거린 후, 여태 토라져 있었다.

"안 깨워서 미안하다고 사과했잖아."

"마음이 전~혀 담겨 있지 않았어! 그보다 나만 따돌리다니 어떻게 그럴 수가 있어?"

"네가 안 일어났잖아."

"좀 더 기합을 넣어서 깨우란 말이야! 나도 용사의 칼이 건틀릿으로 바뀌는 모습을 보고 싶었는데!"

기합을 넣어서 깨우는 건 어떻게 깨우는 거야.

딱밤이라도 먹일 걸 그랬나?

"따지자면 네가 일찍 잠들었기 때문이잖아. 항상 생각하는데 넌 인간적으로 보면 건강한 생활을 하고 있지만 밤의 마물로서는 건강하지 못한 생활이야."

"윽! 그, 그건…… 밤에는 이야기 상대가 아무도 없으니까……."

"뭐?"

"아무것도 아니야!"

나직이 중얼거리다가 새빨개져서 화내고 참 바쁜 아이네.

하지만 그렇게 기대하고 있었다면 깨우지 않은 내가 잘못했으니 한 번 더 사과하자.

"정말로 미안."

"……알면 됐어."

"근데 네가 일찍 자는 이유가 혼자는 외로워서일 줄은 몰랐어."

"읏!"

귓가에서 소곤소곤 중얼거리면 듣고 싶지 않아도 다 들린다. 네아한테도 의외로 어린아이 같은 구석이 있구나.

날개로 내 머리를 찰싹찰싹 때리는 네아를 보고 흐뭇한 기분을 느끼며 성안을 나아갔다.

하지만 갑자기 들려오는 이명에 나도 모르게 발을 멈췄다.

"읏?!"

『너에게 할 이야기가 있다.』

이명과 함께 들린 목소리는 파르가 님의 목소리였다.

내가 머리를 짚고 멈춰 선 것을 보고 네아가 말을 걸어왔다.

"우사토, 지금 뭔가 당했지? 한순간 너의 마력이 흐트러졌어."

"응. 파르가 님의 목소리가 직접 머릿속에 들렸어. ……나한테 뭔가 할 이야기가 있는 모양이야."

오늘 있을 작전 회의에 관한 이야기일까?

그렇다면 내가 아니라 노른 님을 불렀을 텐데…….

나를 직접 부른 것을 보면 누구에게도 들려주고 싶지 않은 이야기를 하려는 걸까?

"네아, 나는 파르가 님한테 갈 테니까……."

"나도 갈래. 어제는 못 갔으니까 오늘이야말로 따라갈 거야."

꿍하게 간직하고 있구나.

이대로 방에 돌려보내도 억지로 따라오려나. 뭐, 네아가 같이 가도 파르가 님은 허락해 주겠지.

네아의 고집에 쓴웃음을 지으며 몸을 돌린 나는 파르가 님이 계신 곳으로 갈 수 있는 알현실로 향했다.

***

평소라면 노른 님이 있을 터인 알현실에는 아무도 없었다.

파르가 님이 있는 지하까지 어떻게 가야 하나 생각하면서 알현실 중심으로 이동하자 바닥이 저절로 가라앉으며 지하로 내려갔다.

아마 파르가 님이 원격으로 움직인 거겠지만, 아무래도 정말 나만 불렀다고 봐야 할 것 같았다.

"다른 사람한테 들려주고 싶지 않은 이야기라도 하려는 건가? 파르가 님만큼은 그런 일이 없을 것 같은데."

"모르는 일이야~. 신룡이라고 해도 사룡과 동족인 마물. 속으로 무슨 생각을 하고 있을지 몰라. 나이 먹은 마물은 교활하고 심술궂은 주제에 머리는 좋아서 진짜 귀찮다고."

"네가 말하니까 설득력이 있네."

확실히 파르가 님은 충분히 나이를 먹은 존재지만 인간인 내가 보기에는 삼백 살인 네아도 오래 산 축에 속했다.

실없는 대화를 하는 사이에 지하에 도착한 우리는 샘에서 모습을 드러내고 있는 파르가 님을 발견했다.

그는 내가 도착했음을 알고 천천히 머리를 들었다.

"너를 부른 것은 어떤 목적 때문이다."

"목적이요?"

내 말에 파르가 님이 고개를 끄덕였다.

건틀릿을 받은 게 바로 어제인데, 그새 무슨 목적이 생긴 걸까? 굳이 내 머릿속에 직접 말을 거는 수고까지 하면서.

"카론과의 싸움이 가깝다. 나의 일부와 함께 싸움에 임하는 너는 싫어도 녀석과 정면으로 맞붙을 수밖에 없을 것이다."

"그렇겠죠……."

오늘 있을 작전 회의에서 방침이 어떻게 정해지든 카론 씨를 제압하는 것은 내 역할이 될 것이다.

하지만 그게 어쨌다는 걸까?

"나는 너와 카론이 공멸할 가능성을 염려하고 있다."

"공멸……?"

"근거리 전투에서 지금의 너와 카론에게는 명확한 역량 차이가 없다. 무서운 이야기지만, 이성을 잃었다고는 하나 용으로 각성하고 있는 자에게 평범한 인간이 육체와 건틀릿만으로 대항하려는 것이다."

넌지시 나를 괴물 취급하고 있는 것 같았다.

하지만, 공멸인가…….

나야 그런 결말은 사양이지만, 파르가 님은 그 가능성을 걱정하고 있는 듯했다.

"이 생존 능력 특화형 괴물이 죽는다니 말도 안 돼."

"네아…… 지금 중요한 얘기 중이야. 농담할 때가 아니라고."

"농담한 거 아닌데……. 그 어이없다는 표정, 무진장 짜증 나거든?!"

정말이지, 중요한 얘기에 찬물을 끼얹지 말았으면 좋겠다.

납득할 수 없다는 듯 어깨 위에서 투덜거리는 네아를 무시하고 다시 파르가 님을 보았다.

"그래서 충고하기 위해 절 부르신 건 아니죠?"

"그래. 조금 전에 내가 한 말은 마음에 담아 두기만 해도 충분하다. 널 이곳에 부른 또 다른 이유는 너의 기억을 엿보기 위해서다."

"제 기억을요?"

그게 무슨 도움이 되길래?

혹시 네아처럼 다른 세계를 알고 싶은 걸까?

고개를 갸우뚱하는 나에게 파르가 님이 이어서 말을 자아냈다.

“보려는 것은 네가 아는 용사의 기억이다.”

“이누카미 선배와 카즈키…… 링글 왕국의 용사를 말씀하시는 건가요?”

“그렇다. 내가 링글 왕국의 용사와 직접 만날 일은 아마도 없을 것이다. 네가 싸우러 가기 전에, 네가 아는 용사의 모습을 알아 두고 싶다.”

이누카미 선배와 카즈키.

나도 두 사람의 모든 것을 알지는 못하지만, 파르가 님은 두 사람에 관해 알아서 어쩌려는 걸까.

애초에 파르가 님이라면 멀리 있는 선배와 카즈키를 파악할 수 있지 않을까?

“내가 용사를 알고자 하는 것은 내가 무구를 만들 가치가 있는 자인지 확인하기 위해서다.”

“예? 그거 상당히 중대한 일이잖아요. 제 기억을 보고 정해도 괜찮은 건가요?”

파르가 님이 두 사람을 위해 무구를 만든다면 그것은 진정한 『용사의 무기』가 될 것이다.

“네가 아니면 의미가 없다. 용사가 가장 신뢰하고 있을 너보다 나은 적임자는 존재하지 않는다.”

“……알겠습니다.”

이렇게까지 말하는데 수락하지 않을 수는 없었다.

내 기억 속의 선배와 카즈키라…….

카즈키는 친구라는 인상이지만, 선배는…… 잔뜩 들뜬 모습이라든가 욕망에 따라 폭주하는 모습이 먼저 떠오르는데…….

"파르가 님, 미리 말씀드리는데 용사 한 명은 굉장히 별난 사람이에요. 하지만 좋은 사람이기도 해요! 그걸 아시고 제 기억을 봐주세요!"

"으, 음?"

"괴로운 표정으로 그런 말을 하면 불길한 예감밖에 안 들 것 같은데……. 그보다 우사토가 아는 용사는 그렇게 괴짜야……?"

파르가 님과 네아가 살짝 질색했다.

선배는 이상한 부분이 눈에 띄는 사람이지만 나쁜 사람은 아니다. 오히려 매우 좋은 사람이다.

선배가 나를 좋아한다는 허무맹랑한 사실을 대륙 전체에 퍼뜨린 전과가 있긴 하지만, 그렇다고 선배를 싫어할 만큼 나는 그 사람을 가볍게 보고 있지 않았다.

……돌아가면 보복은 할 거지만!

"……그럼 너의 기억을 엿보겠다."

"저는 뭘 하면 되죠?"

"떠올리기만 하면 된다. 『용사』로서의 모습이 아니라 네 『친구』의 모습을."

그렇게 말한 파르가 님의 눈동자에 마술 문양이 떠올랐다.

나는 눈을 감고 파르가 님의 말을 따라 두 사람을 생각했다.

맨 처음은…… 그래.

비 오던 날, 평범한 고등학생이었던 내가 처음으로 두 사람과 이야기했을 때부터 떠올리자.

파르가 님이 내 기억을 본 시간은 30분쯤이었다.

나는 백일몽을 꾸는 듯한 신기한 감각 속에 있었기에 체감 시간은 더 길었다. 눈을 뜨자 네아는 어깨 위에서 한가롭게 하품을 했고, 파르가 님은 깊은 한숨을 내쉬었다.

"너는 좋은 인연을 만난 것 같군."

"네, 저한테는 아까울 정도예요."

"말할 것도 없이 네가 아는 용사는 내 일부를 맡길 만한 소질을 가지고 있다."

카즈키와 선배가 파르가 님에게 인정받아 다행이었다.

선배가 일반적인 용사와는 달라서 무구를 맡길 수 없다는 말이 나오지 않아서 정말 다행이야…….

"남은 것은 내가 핵을 만들고 맡기는 일뿐이다."

만들고, 맡긴다.

용사의 칼을 내 무구로 다시 만들 때 노른 님이 당황했던 모습을 나는 지금도 기억한다.

강력한 무구를 만드는 데에는 파르가 님의 육체 일부를 사용한다. 내 무구는 예외였지만, 다른 무구의 성능을 보면 단순히 육체를 잘라 내는 것이 아닌 듯했다.

카론 씨와 선대 용사의 강력한 무기를 보건대 힘 자체를 떼어 내는 것일지도 모른다.

그것이 파르가 님의 육체에 다대한 영향을 준다면…….

"……아냐."

내가 무슨 말을 해도 파르가 님을 막을 수는 없을 것이다.

이분은 그걸 알고서도 두 사람에게 무구를 맡기려 하고 있었다. 홀로 결계를 유지하는 노른 님을 보이지 않는 곳에서 지탱해 준 것도 파르가 님이었다.

생각은 읽을 수 없지만, 틀림없이 파르가 님은 인간 편이다.

"……파르가 님은 인간을 좋아하시는군요."

실례라고 생각했지만 무심코 그런 말을 하고 말았다.

내 말에 파르가 님은 눈을 크게 떴다. 잠시 침묵이 흐른 후, 그가 무겁게 입을 열었다.

"너에게는 말해야겠지."

"예?"

"카론 안에 잠든 용의 인자가 어디에서 왔는지."

카론 씨가 가진 용의 힘의 출처……?!

의문스럽게 여기기는 했지만 설마 파르가 님 본인이 그것을 밝힐 줄은 몰랐다.

"결론부터 말하자면 카론은 나의 자손과 같다."

"뭐?!"

어깨 위에서 네아가 경악했다.

네아의 그 반응에 파르가 님이 유쾌하게 웃었다.

"그렇게 따지면 너와 비슷하군. 인간과 용 사이에서 태어난 자. 용의 피는 한없이 옅어졌으나 그 잠재 능력은 퇴색되지 않고 계승되었다."

확실히 흡혈귀와 네크로맨서의 혼혈인 네아와 비슷한 면이 있었다.

하지만 의외라는 생각은 들지 않았다.

용의 인자를 가졌으니 어떤 피가 그에게 섞였으리라고 예상은 하고 있었다. ……그게 파르가 님의 피일 줄은 몰랐지만.

"어째서 카론의 몸에 당신의 힘이……?"

네아가 의아해하며 질문하자 파르가 님이 조금 목소리를 낮췄다.

"그 이유는 선대 용사가 마왕을 타도하고 봉인했을 때까지 거슬러 올라간다."

"마왕이 봉인됐을 때라면 몇백 년 전 이야기라는 거야?"

"그렇다."

그렇게나 거슬러 올라가는 건가?

이건 내가 생각하는 것보다 어려운 문제일지도 모르겠다.

"마왕이 봉인당한 후, 나는 인간이라는 존재의 가치를 알 수 없어졌다. 조화와 평화, 그것을 관장하는 내가, 분쟁을 반복하고, 동족을 배신하고, 이종족을 핍박하고, 무의미하게 파괴를 초래하는 인간이라는 존재에게 힘을 빌려준 것은 잘못된 일이었을지도 모른다고 내 행동에 의문을 품고 말았다."

"당신께서……."

"그 정도로 일찍이 마왕군과 인간의 싸움은 장절했다."

신룡인 파르가 님이 인간의 존재 가치를 의문스럽게 여길 만큼 장절한 싸움이라니…… 상상하고 싶지 않다.

"그래서 어떻게 됐죠?"

"자신의 존재 의의조차 알 수 없게 된 나는 다시금 인간의 가치를 확인하기 위해 사람 모습으로 변신하여 한 도시에 들어갔다. 『신룡』이 아니라 평범한 한 명의 『인간』으로서."

인간을 알기 위해 인간이 된 건가.

그보다 네아처럼 인간 모습이 될 수 있었구나. 네아의 변신 능력은 흡혈귀 특유의 능력인 줄 알았는데, 파르가 님은 마술로 변신한 걸까?

"마왕과의 싸움이 남긴 흉터가 깊이 남은 그 도시는 지독한 모습이었다. 다친 인간이 넘쳐 났고 먹을 것도 부족했다. 하지만 그럼에도 거기 존재하는 인간들은 절망에 빠지는 것이 아니라 포기하지 않고 하루하루를 살아가고 있었다."

절망에 지지 않고 살아가는 사람들.

자기 자신을 잃어 가던 파르가 님에게 그 광경은 충격적이었을지도 모른다.

"그런 인간들의 모습을 보던 내게 한 인간이 말을 걸어왔다. 그것이 그녀와의 만남이었다."

"그녀? 혹시 그 사람이 카론 씨의……?"

"그래."

그녀라고 말했을 때 파르가 님의 어조는 상냥했다.

아득한 옛 기억을 떠올리고 있는지 희미하게 입가를 허문 파르가 님은 이어서 말을 자아냈다.

"그녀와의 만남을 통해 나는 인간이라는 존재를 더 깊이 알게 되었다. 그것은 오랜 시간을 사는 나에게 무척 즐거운 일이었다. 인간의 삶은 놀라움의 연속이었으니까."

"……."

파르가 님이 얼마나 오랜 세월을 살았는지는 모르지만, 그런 그가 자애롭게 이야기하는 인간의 삶이라는 말에서 무게가 느껴졌다.

"그녀에게 반한 나는 신룡으로서의 책무를 잊고 인간의 삶을 구가했다. 자식을 가져 인간의 부모가 되어 수십 년을 보낸 나는 그녀의 임종을 지켜본 후…… 그녀의 고향, 미아라크를 지키는 신룡이 되었다."

"……나랑, 닮았네."

"응?"

파르가 님의 이야기를 듣고 어깨 위에서 네아가 작게 그런 말을 중얼거렸다.

그녀는 곧장 얼버무리듯 고개를 홱 돌렸지만 「닮았다」라고 한 말은 들렸다.

그 말에 네아가 있던 마을이 생각났다.

그 마을에서 네아는 200년 넘게 마을 주민을 연기했다. 그 이유를 자세히 듣지는 못했지만, 조금 전의 중얼거림으로 그녀의 심정을 헤아릴 수는 있었다.

인간이 사는 장소를 신룡으로서 지켜본 파르가 님.

인간이 사는 마을에서 자신의 모습을 속이며 함께 지냈을 네아.

확실히, 닮았다.

"……본래 카론은 폭주하기 전에 막을 수 있었다."

"읏?!"

생각에 잠겨 있던 나는 나직이 흘러나온 파르가 님의 예상외의 말에 동요하고 말았다.

폭주하기 전에 막을 수 있었다면 미아라크가 이런 상황에 빠지지 않아도 됐다는 건가?

"용의 힘이 눈뜨기 시작했어도 원래 인간이라는 점은 변함없다. 각성한 지 얼마 되지 않았을 때는 나의 마술로 숨통을 끊을 수 있었다. ……하지만 그러지 못했다."

"파르가 님……."

"카론은 마왕을 상대할 비장의 패가 될 수 있는 존재다. 녀석이 나의 힘, 내가 만든 무구를 완전히 자기 것으로 삼는다면 그 힘은 비할 데 없이 강해진다. 그리고 다른 세계에서 소환된 용사도 두 명 있지. 그들과 협력하여 맞선다면 마왕을 쓰러뜨릴 수 있다."

마왕을 쓰러뜨릴 수 있는 힘.

신룡인 파르가 님의 힘을 이어받은 그라면 그 힘은 용사인 카즈키나 선배와 동등…… 아니, 어쩌면 그 이상일지도 모른다.

실제로 육체적 힘에서도 카론 씨는 나를 웃돌았다.

"하지만 그것은 어디까지나 명분에 불과하다."

"예?"

명분……?

"아무리 이유를 꾸민들 카론을 죽이지 못했다는 것은 변함없다. 나는 내 자손인 카론을 죽이자고 결의하지 못한 것이다."

"그건……!"

그건, 어쩔 수 없는 일이지 않나……!

자기 아들이나 다름없는 존재를 죽여야만 하는 상황에서 결의하라는 건 무리한 이야기다.

"언젠가 나의 혈족이 이렇게 될 것을 알고 있었다. 녀석이 하려는 것이 내가 생각하는 대로라면 이번 일은 피할 수 없다. ……알고 있지만 나는 비정해지지 못했다. 많은 세대가 지났어도 카론에게는 그녀의 모습이 남아 있으니까. 그것만으로도 나의 결의는 수없이 흔들리고 만다."

눈을 내리뜨고 애석해하며 그렇게 말한 파르가 님에게, 나는 아무 말도 할 수 없었다.

"카론이 여기 머무는 이유는 나를 죽이기 위해서겠지."

"읏, 파르가 님을요……?!"

"자신의 힘의 근원을 죽여 이성으로부터 해방되려는 것이다. 그렇게 되면 녀석은 제2의 사룡으로 화하여 눈에 보이는 모든 것을 파괴할지도 모른다."

즉, 파르가 님이 죽으면 폭주한 카론 씨가 미아라크에서 풀려나는 건가……?! 그런 상태의 카론 씨가 날뛰면 단순한 큰일 수준이 아니게 돼!

나와 네아의 초조함을 본 파르가 님이 눈을 내리떴다.

"용은 인간인 네가 상상하는 것보다 더 나약한 생물이다. 아무리 강하고 지혜가 뛰어나도 그 정신까지 우수한 것은 아니야. 힘에 잡아먹히면 나의 반쪽처럼 파괴와 살육만을 최고로 여기는 괴물로 바뀌어 버리지. ……그런 마음 약한 생물이다."

"파르가 님도 그런가요?"

"그래. 나는 감정에 사로잡혀 잘못된 판단을 내렸다. 인간의 미래를 생각한다면 그때 카론을 죽였어야 했다."

"그건 틀렸어."

그때, 네아가 파르가 님의 말을 막았다.

놀라서 어깨 위를 보자 그녀는 강한 뜻이 느껴지는 눈으로 파르가 님을 바라보고 있었다.

"분명 그랬다면 당신은 살아갈 의욕을 잃었을 거야. 죽이고 싶지 않아서 죽이지 않았는데 그걸 후회하면 안 되지."

"네아……?"

"원인 제공자 중 하나인 내가 할 말이 아니라는 건 알고 있어. 하지만 후회하기에는 이르잖아. 아직 카론은 살아 있고, 미아라크도 멸망하지 않았어. 우리도 아직 살아 있어."

네아의 말에 파르가 님은 입을 다물었다.

무슨 생각을 하는지 표정으로 엿볼 수는 없었다.

"자신이 한 일을 후회하고 죽고 싶어지는 기분은 아프도록 잘 알아. 나도 바보짓을 해서 소중한 걸 잃어버릴 뻔했어. 하지만 이 착해 빠진 녀석 덕분에 그렇게 되지 않았지. ……그러니까 아직 희망은 있어."

……네아도 여행하면서 바뀐 건가.

짧은 시간이었지만 그 변화는 결코 작지 않았다.

"네아 말이 맞아요."

나도 그녀처럼 파르가 님을 올려다보았다.

그랬다. 아직 카론 씨를 살릴 가능성이 남아 있는 동안에는 포기할 수 없었다.

처음부터 그도 구할 생각이었지만, 레오나 씨와 파르가 님의 이야기를 듣고 나니 그 마음은 더욱 확고해졌다.

"저희가 카론 씨도 구하겠어요."

"……어려운 일이라고 해도 너는 할 텐가?"

"저는 구명단원이에요. 그 정도 무모함은 밀어붙이겠어요."

무모한 일은 몇 번이나 해 왔다. 이번에도 다르지 않다.

카론 씨가 돌아오길 기다리는 사람이 있고, 카론 씨가 죽지 않기를 바라는 사람도 있다.

내가 그를 살리고 싶은 이유는 그것만으로도 충분했다.

"……역시 너는 강한 인간이다. 그렇기에 우직하게 앞으로 나아갈 수 있는 거겠지."

그렇게 중얼거린 파르가 님은 온화한 표정으로 나와 네아를 내려다보았다.

"너는 용사의 소질이 있지만 역시 다르다. 용사는 싸워서 승리하는 자이나 너는 타인을 위해 싸워서 구하는 자. 그렇기에 용사가 아니라 네가 찾아온 것은 우리에게 행운일지도 모른다."

"아, 아뇨, 그 정도는……."

가, 갑자기 칭찬받아서 낯간지러워지고 말았다.

쑥스러워서 괜히 볼을 긁적이고 있으니 파르가 님이 고민하듯 눈을 감았다가 다시 입을 열었다.

"이제 숨기는 것은 아무것도 없다. 이 상태에서 네게 부탁하고 싶은 것이 있다."

"예? 부탁하고 싶은 것이요?"

"네가 어떤 이를 구해 줬으면 좋겠다."

"카론 씨를 말씀하시는 건가요?"

"카론이 아니다. 조금 전의 말을 통해 새삼 부탁할 필요가 없다는 건 알았으니까."

그의 말에 나는 고개를 갸웃했다.

확실히 카론 씨를 살리는 건 내 마음속에서 확정된 사항이다.

그렇다면 파르가 님은 누구를……?

"그자는 사명을 짊어지고 전부 혼자서 해결하려 하고 있다. 자신을 괴롭히는 미혹조차 끝내 뿌리치지 못한 그녀는 최악의 수단을 결의하고 말았다."

"최악의 수단?"

"금단의 샘물 한 모금을 들고서 이 나라를 위험에 빠뜨리는 자와 공멸할 생각이다."

그 말을 듣고 파르가 님의 발밑에 있는 샘을 보았다.

힘을 원하는 자에게 파멸을 주는 샘물을, 파르가 님이 말하는 『그녀』는 손에 넣었다.

"설마……!"

어제 그녀가 그런 모습이었던 건 그래서였나!

마침내 그녀에게 품었던 위화감의 정체를 알아차렸다. ……아니, 알아차리고 말았다.

조금만 생각하면 그녀가 얼마나 정신적으로 궁지에 몰려 있는지 바로 알았을 텐데!

"사명에 사로잡혀 혼자서 감당하기로 한 그녀에게는 나의 말도, 노른의 말도 닿지 않는다. 하지만 너의 말이라면 아직 닿을 것이다."

오늘, 나를 걱정해 줬었다.

무모한 짓을 하는 나를 걱정하며 다정하게 대해 줬는데, 정작 가장 무모한 짓을 하려는 사람이 다름 아닌 그녀라니 상상도 못 했다.

"우사토. 레오나를 구해 다오. 이건 용사가 되기를 원치 않은 너만이 할 수 있는 일이다."

그녀는 죽을 생각이다.

자신의 목숨을 내던져 카론 씨를 막으려는 것이다.

제10화 이상과 현실 사이에서!

레오나 씨가 크레하 샘에서 샘물을 가져갔다.

한번 마시면 지대한 힘을 손에 넣을 수 있는 대신에 육체가 망가지는 독.

『욕망과 업에 사로잡혀 힘을 바란다면, 마음은 찢어지고 몸은 고통 끝에 썩어 문드러질 것이다.』

노른 님에게 들은 말이었다.

욕망과 업. 그녀가 그런 악의를 가지고 크레하 샘을 이용하려는 것이 아님은 알고 있다.

레오나 씨는 각오하고서 파르가 님에게 부탁했을 터였다.

어쩌면 좋을지 알 수 없는 채로 시간은 흘러갔고, 눈 깜짝할 사이에 카론 씨와 싸우기 위한 작전 회의 시간이 찾아오고 말았다.

"내일 낮에 카론과의 싸움을 개시하겠어."

모인 것은 나, 아마코, 아르크 씨, 네아, 노른 님, 레오나 씨까지 총 여섯 명이었다.

대략적인 작전 내용은 나와 네아가 중심이 되어 카론 씨를 제압하고 레오나 씨와 아르크 씨가 나를 원호하는 형태로 전투를 진행하는 것이었다.

카론 씨를 상대하면서 제일 먼저 해야 하는 일은 파르가 님이 만든 도끼를 그에게서 떼어 놓는 것.

그를 위협적인 존재로 만드는 요소 중 하나인 무시무시한 얼음마법을 봉쇄하기 위한 대책이었다.

도끼를 떼어 놓은 후에는 그를 전투 불능 상태로 만든다. 카론 씨를 전투 불능 상태로 만드는 것은 매우 어렵겠지만, 우리가 힘을 합치면 불가능한 이야기는 아니었다.

그리고 우리의 전투를 보조하는 것이 노른 님과 아마코, 그리고 블루링이었다.

카론 씨가 도망치지 못하도록 노른 님이 결계를 치고, 아마코는 결계 밖에서 카론 씨의 움직임을 예지하여 그것을 우리에게 전달하는 역할을 맡았다.

블루링은 아마코의 호위였다.

나와 블루링이 둘이서 연계한다면 몰라도, 아르크 씨와 레오나 씨까지 함께하면 오히려 블루링이 방해될 것 같았기 때문이다.

작전 회의를 끝내고 각자 자기 방으로 돌아가는 가운데, 내 시선을 알아차린 레오나 씨가 고개를 갸웃했다.

"무슨 일 있어? 우사토."

평소와 다름없이 나를 걱정하는 그녀를 보고 무의식중에 얼굴을 찡그리고 만 나는 그녀를 향해 어색하게 웃었다.

"아, 아무것도 아니에요."

"……그래? 그럼 됐고."

"레오나, 조금 물어볼 게 있는데……."

"무슨 일이십니까? 노른 님."

노른 님이 있는 이곳에서는 레오나 씨와 이야기할 수 없다.

어떻게든 그녀에게 둘러댄 나는 도망치듯 회의실을 뒤로할 수밖에 없었다.

***

회의실을 나온 나는 내 방이 아니라 훈련장 쪽으로 발걸음을 옮겼다.

어두워진 훈련장에는 성에서 흘러나오는 마도구 빛과 달빛만이 비치고 있었다. 나는 쌀쌀한 밤바람을 맞으며 훈련장 가장자리에 앉았다.

"하아……."

파르가 님은 내게 레오나 씨를 구해 달라고 부탁했다.

하지만 레오나 씨를 막으려면 어떻게 해야 할지 알 수 없었다.

레오나 씨가 가져간 크레하 샘물을 단순히 몰수한다고 해서 해결되는 문제가 아니었다. 만약 그런다면 그녀는 자포자기 상태가 될 것이다.

그렇다고 이대로 카론 씨와 싸우게 되면 레오나 씨는 주저 없이 샘물을 마실 것이다.

"어렵네."

본심을 말하자면「왜 의지해 주지 않는 거야!」라고 말하고 싶지만, 이 지경이 될 때까지 눈치채지 못한 내게도 잘못이 있었다.

"……읏!"

스스로가 한심해서 주먹을 세게 움켜쥐었다.

그렇게나 함께 훈련하고 레오나 씨의 고민을 알았으면서도 그녀가 품고 있는 고뇌를 완벽히 이해하지 못한 나 자신을 용서할 수 없었다.

"우사토, 괜찮나?"

"……!"

그때, 뒤에서 들려온 목소리에 돌아보자 레오나 씨가 있었다.

그녀는 뒤돌아본 내 얼굴을 찬찬히 내려다보았다.

"레오나 씨, 어떻게……."

"모습이 조금 이상했으니까. 걱정돼서 보러 왔어."

레오나 씨가 쑥스럽게 웃었다.

그 모습은 죽음을 각오한 사람처럼은 보이지 않았다.

"정말 무슨 일 있었어? 설마 내일 싸움에 관해 뭔가 신경 쓰이는 점이라도—."

"레오나 씨가 크레하 샘물을 가져갔다고 파르가 님에게 들었어요."

"……읏!"

그렇게 말을 꺼내며 일어선 나는 뒤에 있는 레오나 씨에게 다가갔다.

어색하게 시선을 내린 그녀에게 손을 뻗으면 닿을 만한 곳까지

다가간 나는 이어서 말을 계속했다.

"레오나 씨. 카론 씨와 공멸할 생각인가요?"

"……노른 님이 나를 말릴 줄 알았는데……. 파르가 님이 택한 건 너인가."

레오나 씨가 자조적으로 웃었다.

……내 질문에 대답하진 않았지만, 그녀의 태도를 봤을 때 파르가 님의 말은 사실인 듯했다.

"그분은 정말 잘 아시는군. 내가 가장 들키고 싶지 않았던 인물을 맞히셨어."

"가장 들키고 싶지 않았다고요……?"

"내가 아는 그 누구보다 올곧아서 망설임 없이 옳은 일을 행하고자 하는 너는 내게 너무 눈부셨어. 너와 함께 있으면 나는 마음 한편으로 너를 질투하면서 너처럼 올곧게 있고 싶다고 생각하게 돼. 너를 볼 때마다 이 샘물을 버리고 싶다는 충동에 사로잡혀……."

그녀가 주머니에서 꺼낸 것은 작은 병에 든 투명한 액체였다.

크레하 샘에서 뜬 물. 양은 상당히 적지만 그 작은 병은 이상한 존재감을 뿜어내고 있었다.

"나는 어리석은 자야. 무슨 이유가 있었든 간에 금지된 샘에 손을 뻗고 말았어. 나는 힘에 홀리고 만 거야."

그건 틀렸다.

그렇게 말하고 싶었지만 그 말은 나오지 않았다.

그녀의 말대로 어떤 이유가 있든 간에 샘에 손을 뻗은 것은 다름 아닌 레오나 씨 자신이었다. 자신의 뜻으로 선택하고 결단하고 말았다.

위로의 말로 그 사실을 비틀 수는 없었다.

"레오나 씨, 다시 생각해 주세요. 당신이 목숨을 내던질 필요는 없어요. 내일을 위해 지금까지 훈련했잖아요."

"……."

"그런데 레오나 씨가 자기 목숨을 내던져 카론 씨를 쓰러뜨리겠다니……. 오늘까지 저와 아르크 씨랑 함께했던 훈련은 당신에게 쓸데없는 일이었던 건가요?"

책망하는 말투가 되어 버렸지만 지금은 어쩔 수 없었다.

다소 강하게 나가게 되더라도 레오나 씨가 어떤 생각으로 공멸할 각오를 했는지 알아야 했다.

내 말에 레오나 씨는 조용히 고개를 숙였지만 이내 포기한 듯 웃었다.

"너와 훈련한 나날은 쓸데없지 않았어. 실제로 너는 놀라우리만큼 빠르게 강해져서 카론과 싸울 수 있을 정도로 성장했지. 분명 지금의 너와 내가 진심으로 싸운다면 네가 확실히 이길 거야."

"그렇다면—."

"하지만 그래도 부족해. 아무리 네가 카론과 싸울 수 있게 됐어도, 그가 싸우는 와중에 더욱 각성한다면 강해진 너도 그를 쓰러뜨리기는 어려워."

그럴 일은 없다고 단언할 수는 없었다.

실제로 내가 처음 카론 씨와 싸웠을 때, 아직 유예가 남아 있었음에도 불구하고 그는 각성했고, 용의 힘의 편린을 보여 나와 레오나 씨를 압도했다.

그와 비슷한 일이 내일 일어나지 않으리라는 보증은 없었다.

"그리고 카론과 싸울 수 있게 되긴 했지만 쓰러뜨릴 가능성은 여전히 낮아. 내일 작전에서 그에게 결정타가 통하지 않으면 우리는 손쓸 방도가 없어져 버려……."

"그래서 레오나 씨가 크레하 샘의 힘으로 승부를 내겠다는 건가요……?"

"그래."

레오나 씨의 추측은 틀리지 않았다.

확실히 내게는 카론 씨와 싸울 전투력이 있지만 그를 타도할 결정타가 없었다.

"사실 희망이 없진 않았어. 너희와 함께라면 카론을 쓰러뜨릴 수 있을지도 모른다고 생각하기도 했어. 하지만 최악의 가능성을 고려하니…… 내 발은 자연스럽게 샘으로 향하고 말았어."

"레오나 씨, 당신은……."

"우사토, 너는 여기서 죽으면 안 되는 사람이야. 마왕이라는 위협이 있는 이상, 큰 싸움은 피할 수 없어. 그 싸움에서 많은 사람을 구할 수 있는 존재인 네가 이런 곳에서 죽어선 안 돼."

나는 그저 앞만 보고 달리는 무모한 애송이일 뿐이다.

그러나 레오나 씨는 그렇게 생각하지 않았다.

그녀의 확고한 뜻 앞에서 내 말은 그녀에게 닿지 않았다.

"하지만……."

"우사토, 이해해줘. 나는…… 용사야……!"

레오나 씨를 다시 말리려고 한 순간, 그녀가 내 멱살을 잡아 자신에게 끌어당겼다.

놀란 나머지 입을 다문 나와 레오나 씨의 시선이 교차했다.

조금 전까지 앞머리에 가려져 있던 그녀의 두 눈에는 눈물이 차올라 있었다.

"이 이상 만류하지 마! 너의 말을 들을 때마다 모처럼 한 결심이 흔들려!"

"어째서, 그렇게까지……."

"나는 이 나라의 용사로서 지켜야만 해! 미아라크를…… 모두가 돌아올 장소를! 그러려면 카론을 죽여야 해!"

"읏, 당신은 혼자 싸우고 있는 게 아니잖아요!"

그녀의 말에 나도 무심코 반론하고 말았다.

"그래. 그렇지만…… 혼자가 아니니까 이길 수 있을 거란 보증은 어디에도 없어! 아무리 몸이 튼튼해도 너 또한 인간이야! 목이 잘리면 죽어 버린다고!"

"그러면 목이 잘리지 않도록 하면 되잖아요!"

"그런 문제가 아니야!"

"그럼 어떤 문제인데요! 용사라는 이유만으로 목숨을 내던져도 될 리가 없어!"

내가 생각하기에도 열이 오른 상태였다.

감정적으로 굴면 안 된다는 것을 아는데도 멈출 수가 없었다.

“나는 용사야! 모두가 돌아올 장소를 지켜야만 해! 노른 님도, 파르가 님도…… 우사토 너도 죽길 바라지 않아!”

“저도 똑같은 마음이에요! 레오나 씨가 말하는『모두가 돌아올 장소』에 당신만 안 들어가 있잖아! 그런 건 너무 슬프잖아요!”

가슴 주머니에 넣어 둔 이누카미 선배에게 받은 부적을 무의식적으로 움켜잡았다.

내가 아는 용사는 완벽한 인간이 아니었다.

싸움에 겁먹고 죽음을 두려워하면서도 자신들의 소중한 것을 지키고 살아 돌아가기 위해 싸웠다.

결단코 자기희생을 소망하지 않았다.

“레오나 씨. 당신은 자기 목숨과 맞바꿔 카론 씨를 쓰러뜨릴 수 있다면 그걸로 좋다는 건가요?”

“그렇더라도, 상관없어.”

“카론 씨가 돌아오길 기다리는 사람이 있는데도요?”

어제 이야기해 줬던 카론 씨의 부인.

레오나 씨가 그립게 이야기했던 것이 지금도 기억난다. 분명 레오나 씨에게도 소중한 추억일 터다.

하지만 레오나 씨는 괴로운 표정을 짓고서 작게 고개를 끄덕였다.

“……그래.”

그 대답을 들은 순간, 내 얼굴에서 표정이 사라졌다.

한순간 텅 비어 버렸던 내 마음을 가득 채운 것은 분노였다.

"그래도 될 리가 없잖아!"

"……!"

감정을 억누르지 못하고 그녀에게 고함치고 말았다.

내 생각을 강요해선 안 된다는 건 알고 있다.

알고 있지만…….

이런 얼굴로 말하는데 어떻게 입 다물고 있을 수 있겠어……!

이 표정을 나는 알고 있다.

사마리알에서 저주에 좀먹히던 소녀가 똑같은 표정을 나에게 보여 줬었다.

자신의 감정을 억누르고서 사라지는 운명을 억지로 받아들이려고 했던 에바와 완전히 똑같은 표정을 레오나 씨가 짓고 있었다.

"사실은 참을 수 없이 무서우면서! 그런데 당신이란 사람은……! 카론 씨를 죽이고 자신도 죽어서 편해지려는 거야!"

"아, 아니야. 그렇지 않아!"

"카론 씨를 죽이고 자신도 죽으면 그걸로 끝이니까! 그를 죽인 책임은 자신이 지고 사라지니까! 그러면 미아라크에 평화가 돌아온다는 거잖아!"

이 사람은 전부 자신이 짊어지고 그것에 압사당하려 하고 있었다.

전부 자신에게 부과된 사명이니까 아무도 끌어들이고 싶지 않다. 그런 다정한 결의를 하고서 홀로 행동하려 하고 있었다.

그렇기에 나는 이 사람에게 전해야만 했다.

심호흡하여 마음을 진정시킨 나는 그녀를 타이르듯 말을 자아냈다.

"레오나 씨……. 저 혼자서는 미아라크까지 오지 못했을 거예요."

"뭐……?"

"제가 처음 전장을 달렸을 때도, 사룡과 싸웠을 때도, 사마리알에서 저주를 풀기 위해 뛰어다녔을 때도 그랬어요. 다른 사람들의 도움과 지지를 받아 앞으로 나아왔어요."

많은 사람들의 도움을 받아 나아올 수 있었다.

"혼자 할 수 있는 일은 한정되어 있어요. 그러니까 혼자 전부 짊어지지 말고 주위에 있는 누군가에게 도움을 구해도 돼요."

나는 힘없이 주저앉아 버린 레오나 씨에게 손을 내밀었다.

"여기에는 노른 님도, 파르가 님도, 성 사람들도…… 물론 저희도 있어요. 당신이 도움을 구하면 다들 손을 내밀어 줄 거예요. 그러니까 레오나 씨도 손을 내밀어 주세요."

"……손, 을?"

나를 올려다본 그녀는 멍하니 내 손을 바라보았다.

자신이 이 손을 잡아도 될지 망설이듯 어깨높이까지 들어 올린 손을 떨었다.

"나는, 너한테…… 도움을 구해도…… 되는 건가?"

"네. 이런 저라도 괜찮다면 몇 번이든 돕겠어요."

나는 떨리는 레오나 씨의 손을 잡았다.

차가운 손의 감촉에 조금 놀라며 그녀를 보자, 레오나 씨는 내 손을 지그시 바라보며 눈물을 흘리고 있었다.

"레오나 씨, 일어설 수 있겠어요?"

눈가를 훔치고 말없이 고개를 끄덕인 그녀를 일으켜 세운 나는 그녀가 쥐고 있는 작은 병을 힐끗 보았다.

사실은 지금 여기서 병을 몰수하거나 깨뜨려야겠지만, 레오나 씨가 다시 샘에서 물을 떠 오면 의미가 없다.

"그 물은 가지고 계셔도 상관없어요. 하지만 제가 싸우고 있는 한은 절대 쓰지 말아 주세요. 설령 사지가 부러지더라도 저는 카론 씨를 막고, 살릴 거예요."

"어째서 너는…… 그렇게까지……."

레오나 씨는 무척 상냥하고 서툰 사람이다.

다른 면도 많지만, 그런 부분이 비슷한 사람을 나는 알고 있다. 폭력적이고 불합리하고 악마처럼 무서운 사람이지만, 확실한 상냥함을 지닌 사람…….

"제가 하고 싶은 말은 이게 전부예요. 이 이상 레오나 씨에게 할 말은 없어요. 여기서부터는…… 스스로 생각하고 답을 내 주세요."

질문에는 대답하지 않고 그렇게 말한 나는 당황해서 이쪽을 보는 레오나 씨에게 등을 돌리고서 그 자리를 벗어났다.

오늘 밤의 대화가 내일 어떤 영향을 줄지는 알 수 없다.

내 말이 마음을 두드리지 못했다면 레오나 씨는 내일 샘물을 마시고 말 것이다. 그러면 그녀는 자신의 힘에 휘둘릴 뿐인 괴물이 되어 버린다.

하지만 만약 생각을 고쳤다면 샘물을 마시지 않고 카론 씨와 싸워 줄 것이다. 레오나 씨가 우리를 의지하고 싸우게 된다면 무척 든든한 아군이 될 터다.

결국 내가 할 수 있었던 일은 그녀를 구하는 것이 아니라 그녀가 선택하게 하는 것이었다.

***

"좀 더 잘 말할 수 있었다면 좋았을 텐데……."

훈련장을 나와 성 입구에 도착했을 즈음에 이마를 짚으며 나약한 소리를 내뱉었다.

결국 감정적으로 말을 쏟아 냈고, 그 결과, 레오나 씨를 울리기만 했다.

그렇게 생각하자 감정적인 자신에게 넌더리가 났다.

"괜히 좋은 말을 하지 않는 게 너다워."

"……응?"

자기혐오에 빠져 있으니 입구 근처에서 사람 실루엣이 나타났다.

자세히 보니 그 실루엣은 올빼미 네아를 머리에 얹은 아마코였다.

"마음에 안 들지만 네아 말이 맞아."

"잠깐, 마음에 안 든다니? 나랑 같은 의견인 게 싫다는 거야? 나도 싫거든?"

"시끄러워, 털 뭉치."

"터, 털 뭉치?! 이 귀여운 올빼미 모습을 어떻게 털 뭉치로 취급

할 수가 있어?!"

왜 아마코가 네아를 머리에 얹고 있는지는 모르겠지만, 두 사람이 여기 있는 이유는 대충 짐작이 갔다.

또 걱정 끼치고 말았구나.

쓰게 웃은 나는 말다툼을 시작한 두 사람에게 물었다.

"아르크 씨는?"

"조금 전까지 여기 있었지만 레오나 씨랑 우사토가 대화하는 걸 본 후에 방으로 돌아갔어."

"아마 눈치 있게 돌아간 거 아닐까? 우사토, 굉장히 고민하는 얼굴이었으니까."

"아르크 씨한테는 매번 배려받기만 하네……."

정말로 내게는 아까운 여행 동료다.

……혼자가 아니다, 인가.

내가 한 말이지만 확실히 그 말대로였다.

제11화 그 싸움은 구하기 위해!

카론 씨와 싸우는 날.

우리는 미아라크의 성문 앞에서 싸움을 준비했다.

"이런 걸 마련해 주시다니……."

"노른 님이 준비해 주셨다고 들었습니다만, 이 짧은 기간에 이 정도 물건을 만들다니 놀랍습니다."

나는 신발에 달린 미끄럼 방지 스파이크 같은 것을 보고 감탄했다.

빙판에서 싸우는 우리를 위해 노른 님이 준비해 주신 신발이었다.

언제 우리의 발 사이즈를 조사했는지 각자의 발에 딱 맞았다.

"이거라면 안정적으로 카론 씨와 싸울 수 있겠어."

얼음 위에서 싸운다는 불안감은 있지만 이 신발이 있다면 괜찮겠지.

하지만 신경 쓰이는 점이 또 하나 있었다.

"레오나 씨, 아직도 안 오네……."

레오나 씨만이 아직 모습을 보이지 않고 있었다.

조금 늦게 올 거라고 메이드가 말했지만……. 혹시 어젯밤에 내가 억지를 부린 탓에 레오나 씨가 오지 않게 된 것은 아닐지 걱정돼서 기분이 말이 아니었다.

"왜 싸우기 전부터 우중충한 얼굴이야? 너답지 않아."

어깨 위에 있는 네아가 표정이 어두워진 내게 그렇게 말했다.

"아니, 만약 레오나 씨가 안 오면 어쩌나 싶어서."

"그럴 일은 없을걸. 자기 목숨을 내던지면서까지 싸우려고 했던 레오나가 새삼 겁낼 리 없잖아. 늦는 이유는 모르겠지만."

확실히 레오나 씨라면 싸움을 내팽개치진 않겠지.

"걱정이 과했던 것 같아……."

카론 씨와의 싸움을 앞두고 나도 조금 마음이 약해진 걸지도 모른다.

일단 긴장을 달래기 위해 화제를 바꾸자.

"그러고 보니, 어제 내 건틀릿에 관해 생각해 봤는데……."

"생각? 상처 입히지 않고 상대에게 고통만을 주는 방법 같은 거?"

"그거 재밌네. 지금 너한테 실천해 봐도 될까?"

"노, 농담이야! 그러니까 내 귓가에서 건틀릿을 잘그락거리지 마!"

부들부들 몸서리친 네아가 전력으로 사과했기에 그녀의 귓가까지 들어 올렸던 오른팔을 내렸다.

그렇게까지 겁먹을 건 없잖아. 정색한 게 문제였나?

"이 건틀릿의 이름을 생각했어."

"흐응~."

네아의 시원찮은 반응이 조금 마음에 들지 않았지만, 뭐, 상관없겠지.

역시 내 전용 무구라면 이름이 필요하다는 생각이 들었다. 계속

은색 건틀릿이라고 부를 수도 없는 노릇이라 제대로 된 이름을 생각해 봤다.

그건 바로—.

“힐 건틀릿이야!”

“우와, 촌스러워.”

이토록 가슴 아픈 말이 있을까.

카론 씨와 싸우기도 전인데 오늘 받을 대미지 중에서 가장 큰 대미지를 입은 기분이었다.

“그보다 그것 자체가 평범한 건틀릿이나 마찬가지니까 이름은 필요 없지 않아?”

“윽!”

타당한 소리에 말문이 막혔다.

네아에게 아무런 대꾸도 못 하고 있으니 우리 이야기를 들었는지 아마코가 블루링과 함께 다가왔다.

아마코, 너라면 이 이름의 직설적인 멋짐을 알겠지?!

“힐 건틀릿은 솔직히 아니라고 생각해.”

아마코의 말에 더욱 충격받았다. 일말의 희망을 품고서 아르크 씨를 바라보자, 그도 쓴웃음을 지었다. 그 반응에 건틀릿의 이름이 미묘하다는 것을 통감한 나는 어깨를 떨궜다.

그렇게 우울해하고 있다가 미아라크의 성문에 사람이 나타났음을 알아차렸다.

나타난 이는 처음 만났을 때처럼 갑옷을 입은 레오나 씨였다.

"……."

무슨 생각을 했는지 진지한 표정으로 걸어온 그녀는 내 눈앞에서서 허리를 푹 숙였다.

그녀의 갑작스러운 행동에 나는 어안이 벙벙해졌다.

"엇, 저기, 레오나 씨?"

"그 뒤로 내 각오와 너의 말을 계속 생각했어."

얼굴을 든 그녀는 갑옷에 달린 삼베 주머니에서 샘물이 든 작은 병을 꺼내 그것을 바라보며 입을 열었다.

"이 물을 쓰는 건 간단해. 하지만 잃는 두려움도, 싸우는 두려움도 극복하고 싸우는 건 무엇보다도 어려워. ……마음이 약한 내게는 무리야. 분명 도중에 마음이 꺾이고 말 거야. 그러니까……."

레오나 씨의 시선이 아르크 씨, 아마코, 블루링, 네아에게 순서대로 향했고, 마지막으로 내게 돌아왔다.

"나와 함께 싸워 줬으면 좋겠어. 너희에게 숨긴 채 카론과의 공멸 계획을 세웠던 내가 이런 말을 하는 건 비겁한 짓이겠지. 그래도 나는 이곳을 지키기 위해 싸우고 싶어."

레오나 씨가 아까보다 더 깊이 머리를 숙였다.

그에 생각할 것도 없었고, 동료들에게 확인할 필요도 없었다.

"싸우죠. 레오나 씨를 포함해서 다 함께요."

"우사토……!"

"그리고 의지해 달라고 제가 말했잖아요."

당신이 손을 뻗는다면 우리는 언제든 손을 내밀 것이다.

레오나 씨는 혼자 싸우는 것이 아니라 우리와 함께 싸우기로 했다.
이제 힘을 합쳐 카론 씨를 구하기만 하면 된다.

***

레오나 씨가 오고 준비를 마친 우리는 성문을 나가 얼음에 뒤덮인 호수에 발을 내디뎠다.

노른 님의 결계가 덮인 도시 바깥에서는 눈을 감고서 힘을 빼고 서 있는 카론 씨가 있었다.

아마 조금이라도 주위의 이변을 느끼면 그는 곧장 눈을 뜨고 임전 태세에 들어갈 것이다.

"노른 님께서 결계를 다시 만들면 작전 결행이다."

무방비해진 도시를 공격하려는 카론 씨를 우리가 막고, 그사이에 노른 님이 카론 씨와 우리를 덮는 결계를 만들어 낸다.

여기까지가 작전의 제1단계였다.

"그럼……."

건틀릿에 감싸인 오른팔의 상태를 확인한 나는 어깨 위의 네아에게 내성 주술을 써 달라고 부탁했다.

"네아, 냉기 내성을 부여해 줘."

"응, 알겠어."

어깨 위부터 몸 전체로 냉기 내성이 부여되었다.

이로써 카론 씨의 도끼에서 뿜어져 나오는 냉기를 무효화할 수 있다.

“우사토, 나한테 공격이 오지 않게 조심해 줘. 난 너와 달리 튼튼하지 않으니까.”

“알고 있어. 절대 너한테 공격이 가지 않도록 할게.”

카론 씨와 적극적으로 싸우게 되는 것은 나다.

그의 공격을 정면에서 받는 것은 상당히 위험하지만, 나도 오늘까지 놀고만 있지는 않았다.

군더더기 없이 움직이는 훈련.

단순하지만 그것은 내 움직임에 큰 변화를 미쳤을 터다.

『준비가 다 된 모양이다.』

“……! 이 목소리는…….”

파르가 님의 목소리가 머릿속에 울렸다.

주위를 보니 다른 사람들에게도 들린 것 같았다.

『너희의 싸움은 보고 있다. 도시 밖으로는 나의 힘이 미치지 않지만 목소리는 전달할 수 있다. 카론은 강하다. 인간이라는 종으로 보면 그 힘은 규격을 벗어났다고 할 수 있을 것이다. 하지만 그렇다고 너희가 뒤떨어지는 것은 아니다.』

파르가 님의 말이 마음속에 중후하게 울렸다. 그의 목소리는 무척 믿음직스럽게 느껴졌다.

『힘을 합쳐라. 그것이 인간이 가진 강점이다.』

“네!”

머릿속에 울리는 목소리에 힘 있게 대답했다.

용사의 무기를 만든 신룡이 보증했다. 이런 말까지 들었는데 힘이 안 날 리가 있나!

『노른이 일시적으로 결계를 해제한다.』

눈앞에서 미아라크와 외부를 가로막던 결계에 파문이 일며 흔들렸다.

그것을 알아차렸는지 지금까지 움직이지 않았던 카론 씨가 얼굴을 번쩍 들고 우리에게 날카로운 눈길을 보냈다.

"우사토."

레오나 씨의 부름에 그쪽을 보았다.

"이 틈에 말해 둘게. 어떤 결과가 되더라도 너에 대한 고마움은 변함없어. 너의 말이 나를 구했기에 나는 여기 있어."

"『어떤 결과가 되더라도』라니 그게 뭐예요. 불길한 소리 하지 말아 주세요."

"후후, 확실히 그렇군. 또 마음이 조금 약해졌던 모양이야."

부드럽게 미소를 지은 레오나 씨는 옆구리에 끼고 있던 투구를 썼다.

나도 앞을 보고 카론 씨에게 의식을 집중했다.

흔들리던 결계가 위쪽부터 입자가 되어 사라졌다.

"……."

생각해 보면 지금까지 여행하면서 사룡과 관련된 일이 많았다.

네아가 살던 마을에서 싸웠을 때부터 시작해서, 사마리알의 저주가 만들어진 원인이 된 용사와 사룡의 싸움. 그리고 이번에는 사룡의 영향을 받아 신룡 파르가 님의 용의 인자가 강제로 각성하게 되어 폭주해 버린 카론 씨.

“결판을 내야겠지.”

사룡과의 인연을 끊는다.

그리고 카론 씨도 미아라크도 구한다!

“으아아아아!”

결계가 소실됨과 동시에 도끼를 치켜든 카론 씨가 크게 외치며 튀어나왔다.

그의 움직임에 제일 먼저 반응한 나는 주먹을 세게 움켜쥐고 빙판을 박찼다.

작전 제1단계, 그와 우리가 싸울 장소를 만든다!

“일단은 당신을 제압하겠어!”

빙판을 달리는 내게 도끼를 휘두른 카론 씨가 처음 싸웠을 때 보여 줬던 커다란 고드름을 날렸다.

그때는 피할 수밖에 없었던 공격이지만 지금은 달라!

“아르크 씨!”

“네!”

나를 직격하려던 고드름은 후방에서 날아온 부채꼴 화염에 녹아 수증기가 되어 사라졌다.

“얼음마법은 제가 없애겠습니다!”

화염마법을 다루는 아르크 씨라면 얼음마법을 상쇄할 수 있다.

그것을 확신했던 나는 10미터 앞까지 다가온 카론 씨를 노려보았다.

도끼를 내리찍으려는 그의 모습에 오른쪽 주먹을 뒤로 크게 뺐다.

용으로 각성하고 있는 카론 씨의 힘은 나보다 위다. 정면으로 공격받으면 아무리 건틀릿이 단단해도 몸이 짜부라지겠지만 방법은 있다!

"으아아!"

"여기다!"

카론 씨의 코앞에서 발을 멈춘 나는 위에서 떨어지는 도끼를 확인하고 도끼날의 측면에 주먹을 날려 대각선으로 튕겼다.

측면에서 가해진 충격에 오른팔이 크게 벌어진 카론 씨의 몸통에 다시 한 번 왼쪽 주먹을 때려 박아 등이 뒤로 젖혀지게 했다.

"으으으으!"

화난 카론 씨가 재차 달려들었지만 나는 냉정하게 도끼를 건틀릿으로 튕기고 이번에도 왼쪽 주먹으로 똑같이 반격했다.

하지만 조금 전의 공격으로 학습했는지 카론 씨는 아슬아슬하게 뒤로 넘어가지 않았고, 도끼를 들지 않은 팔로 때리려 들었다.

"그것도 나한테는 보여!"

카론 씨 쪽으로 깊이 파고들어 주먹을 피한 나는 카론 씨의 무방비한 턱에 왼쪽 주먹을 쳐올렸다.

카론 씨의 몸이 비틀거린 순간, 건틀릿을 낀 오른손을 그의 복부에 댔다.

"치유마법 파열장!"

오른손에서 마력 충격파를 방출해 이번에야말로 카론 씨의 몸을 날렸다.

낙법을 취하지 못한 카론 씨는 빙판을 데굴데굴 굴러갔다.

그 순간, 나와 그가 있는 곳을 중심으로 반경 100미터에 노른 님이 새로 만든 투명한 정사각형 결계가 쳐졌다.

"후우……. 우리와 당신이 싸울 장소를 만든다. 일단 작전 제1단계는 클리어야."

이로써 카론 씨가 도망칠 걱정은 없어졌다.

"……카론 씨와, 싸울 수 있어."

그리고 내가 카론 씨를 상대로 싸울 수 있다는 것이 증명되었다.

레오나 씨와 했던 훈련은 헛되지 않았다.

"우사토, 방심하지 마."

"그래, 알고 있어."

어깨에 있는 네아의 말에 다시금 정신을 바짝 차렸다.

가능하면 조금 전의 공방으로 카론 씨가 도끼를 놓치게 하고 싶었는데…….

카론 씨에게 반격할 수는 있었지만 힘은 그가 압도적으로 뛰어났다. 욕심을 부리면 만회할 수 없는 일격을 받을지도 모른다.

머리를 짚으며 천천히 일어난 카론 씨를 경계하고 있으니 아르크 씨와 레오나 씨가 뒤쪽에 도착했다.

"우사토 님, 괜찮으십니까?"

"네. 어떻게든 싸우고 있어요."

지금부터가 진짜 싸움이다.

조금 전의 공방을 나 혼자 계속 반복하게 되겠지만, 아르크 씨와 레오나 씨가 엄호해 준다면 전황은 이쪽으로 기울 것이다.

"우사토, 예상대로 저 도끼에서 엄청난 냉기가 방출되고 있어. 아마 레오나와 아르크는 다가갈 수 없을 거야."

"그 정도인가……."

"마술 없이 접근하면 제대로 움직일 수 없게 될 거야."

내성 주술 덕분에 눈치채지 못했지만 내가 상정했던 것보다 더한 수준의 냉기가 도끼에서 뿜어져 나오고 있는 듯했다.

현재 카론 씨에게 다가갈 수 있는 사람은 네아의 마술로 보호받고 있는 나뿐이었다.

"아르크 씨, 레오나 씨. 역시 작전대로 카론 씨에게서 도끼를 떼어 놓을 수밖에 없을 것 같아요."

"그래야 할 것 같습니다."

"이 거리에서 이 정도 한기라면 내 갑옷으로 막는 건 무리겠어."

슬슬 카론 씨가 움직이기 시작할 것이다.

나는 주먹을 들고 뒤에 있는 두 사람에게 말했다.

"아르크 씨는 냉기와 얼음마법에 대응해 주세요. 레오나 씨는 카론 씨의 움직임을 제한해 주시고요. 저는 그가 도끼를 놓치게 할게요."

"알겠습니다!"

"맡겨 줘! 너도 무모한 짓은 하지 말고."

내 말에 두 사람이 대답했다.

그 목소리를 확실하게 들은 뒤, 이번에는 내가 먼저 카론 씨에게 공격을 가했다.

"흥!"

내 건틀릿과 카론 씨가 휘두른 도끼가 격돌하며 날카로운 금속음이 결계 내에 울려 퍼졌다.

"으아!"

"이크!"

몸을 옆으로 기울여 내 목깃을 잡으려는 카론 씨의 팔을 피했다.

전부 막는 것이 아니라 피할 수 있는 공격은 최소한의 동작으로 피하고, 빈틈이 생기면 거기에 주먹을 때려 박아 카론 씨의 페이스를 무너뜨린다!

"아직이야!"

이만큼 싸울 수 있는 것은 훈련 덕분이지만, 파르가 님이 만들어 준 건틀릿의 존재도 컸다.

카론 씨의 도끼를 받아넘기는 형태로 튕기고 있지만 끄떡없었다.

"히익?! 지금 도끼에 스칠 뻔했어! 더는 싫어, 돌아가고 싶어! 왜 나는 이런 데 있는 거야?!"

"네가 없으면 싸울 수조차 없으니까!"

네아가 귓가에서 울며 떼를 썼지만 그래도 마술을 제대로 유지해 주고 있는 것은 무척 고마웠다.

건틀릿을 왼손으로 받쳐 도끼를 막았을 때, 카론 씨의 등 뒤에 여러 개의 얼음 뭉치가 생성되었음을 알아차렸다.

"으으으!"

"우, 우사토! 이 녀석, 마법으로 얼음 뭉치를 만들었어!"

"……읏, 이 거리에서도 만들 수 있는 건가!"

예비 동작도 없이 이 정도 마법을 행사할 수 있다니, 진짜 너무 터무니없잖아……!

하지만 다음 순간, 후방에 있는 아르크 씨가 쏜 불길이 모든 얼음 뭉치를 없앴다.

"어림없습니다!"

"으아아아!"

"당신의 상대는 나야!"

화염검을 양손으로 든 아르크 씨를 목표로 정한 카론 씨에게 수도를 내리쳤다.

불시의 일격에 비틀거린 그에게 추격타를 날리기 위해 명치에 주먹을 내질렀다.

"레오나 씨!"

"그래!"

카론 씨가 신음한 순간, 레오나 씨가 그의 두 발을 얼음마법으로 덮어 움직임을 봉쇄했다.

"우사토, 지금이다!"

그녀의 말에 고개를 끄덕이고서 주먹을 때려 박으려고 하자 카론 씨가 불완전한 자세로 도끼를 내리찍었다.

"으아아!"

"윽?!"

즉각 그의 동작에 반응한 나는 망설이지 않고 도끼날을 건틀릿으로 받아 냈다.

팔부터 어깨까지 뼈가 삐걱거렸지만 그래도 도끼는 막았다.

"……읏! 그런 조잡한 공격으로 날 뭉갤 수 있을 것 같아?!"

"그렇다고 받아 낼 필요는 없지 않아?!"

당장에라도 울음을 터뜨릴 듯한 네아의 목소리를 듣고 내심 사과하며 도끼날을 건틀릿으로 단단히 붙잡고 왼쪽 주먹을 세게 움켜쥐었다.

마법 대책은 아르크 씨, 발밑 구속은 레오나 씨, 그리고 도끼를 든 그의 팔은 내가 막았다!

"네아! 구속 주술 쓸 수 있어?!"

"충분하고 넘칠 만큼 준비되어 있어!"

"좋아! 간다!"

"그래!"

지금까지 구속 주술은 일부러 쓰지 않았다.

여러 번 때리면 구속 주술도 카론 씨에게 통하겠지만, 그래서는 카론 씨의 움직임을 일시적으로 봉쇄할 뿐이다.

그래서 나와 네아는 사고방식을 바꿨다.

구속 주술을 **움직임을 막기 위해서**가 아니라 **움직임을 제한하기 위해서** 쓰면 된다고.

"목표는 어깨!"

구속 주술을 휘감은 주먹을, 도끼를 든 어깨에 때려 박았다.

용으로 바뀐 그의 육체는 몹시 단단했지만 그래도 몸의 구조는 인간이었다. 관절에 충격이 가해지면 힘이 빠지고, 구속 주술로 어깨의 움직임을 제한할 수도 있었다.

"지금이야!"

그의 손에서 힘이 빠짐과 동시에 도끼를 든 손을 아래쪽에서 차올렸다.

발차기는 정확히 카론 씨의 손을 직격했고, 도끼가 손에서 떨어졌다.

"이제 파르가 님이 만든 무구의 힘은 쓸 수 없어!"

카론 씨의 손에서 벗어나 회전하며 날아간 도끼는 빛에 휩싸이더니 도끼날 부분이 사라지며 손잡이만 남은 형태로 바뀌었다.

아마 저것이 파르가 님이 만든 『지팡이』로서의 본래 형태겠지.

"으, 아아아아아아아!"

"읏, 미안하다! 이 이상은 붙잡을 수 없어!"

카론 씨가 더욱 거세게 날뛰자 레오나 씨가 지면을 짚었던 손을 뗐다.

발의 구속이 완전히 부서지기 전에, 도끼가 날아간 방향과는 반대쪽으로 카론 씨를 걷어찼다. 더는 그가 저 무기를 쓰게 두지 않을 것이다.

"아르크 씨! 시야를 차단해 주세요!"

"네!"

검에 불길을 휘감은 아르크 씨가 카론 씨와 우리 사이의 빙판에 불을 내뿜어 대량의 수증기를 발생시켜서 그의 시야를 차단했다.

안개 너머로 어렴풋하게 보이는 카론 씨를 보고 나는 심호흡하여 마음을 진정시켰다.

"카론 씨를 제압할 힘을 익혔고, 싸울 장소도 만들었고, 그가 가진 무기도 놓치게 했어……."

이제 그는 타인이 접근하지 못하게 하는 강렬한 냉기를 발산할 수 없다.

무기를 잃은 그에게 남은 전투 수단은 육탄전뿐이다.

"지금 그를 지키는 건 없어요! 작전대로 단숨에 밀어붙이면 이길 수 있어요!"

내 외침에 어깨 위에 있는 네아와 바로 뒤쪽까지 다가온 레오나 씨와 아르크 씨가 고개를 끄덕였다.

작전 제2단계까지는 잘 풀렸다.

마지막 제3단계, 카론 씨의 의식을 완전히 빼앗는 것.

성공할 수 있을지 알 수 없는 위험한 작전이지만, 여기까지 온 이상은 완수할 수밖에 없다!

한 번 더 심호흡한 나는 크게 숨을 들이쉬고 안개 너머에 있는 카론 씨가 들을 수 있게 목소리를 높였다.

"나는 여기 있다! 얼마든지 상대해 줄 테니 덤벼!"

안개 너머에 있는 카론 씨에게 큰소리쳤다.

화를 내듯 흉포하게 으르렁거려 나를 위협한 카론 씨는 본능이 이끄는 대로 내게 달려들었다.

이토록 본능에 충실하면 아무리 강한 힘을 가지고 있어도 다루기 쉽다.

"마치 얼마 전까지의 나 같네……!"

마음에 안 들지만, 사룡이 비슷한 전술을 사용한 이유를 알겠다.

그저 돌격해서 때린다. 자신의 약점을 이해하지 못했던 나는 정말로 빈틈투성이였을 것이다.

"하지만 지금은 달라!"

때리려 드는 그를 냉정하게 옆으로 피하고서 뒤로 돌아든 나는 혼신의 발차기를 그에게 먹였다.

"으, 아아아아아아!"

걷어차인 카론 씨는 빙판에 팔을 박아 강제로 이쪽을 향해 방향을 전환하려고 했다.

내 발차기가 별 효과가 없을 것은 알고 있었다.

애초에 내가 카론 씨를 꾀어낸 것은 그를 이곳으로 유인하기 위해서였다.

"—계통 강화."

레오나 씨의 고아한 목소리가 들린 그때, 카론 씨의 정면에 계통 강화로 만들어 낸 얼음벽이 출현했다.

카론 씨는 갑자기 나타난 얼음벽에 미처 반응하지 못하고 얼굴부터 격돌했다.

제법 속도가 붙은 상태였기에 매우 아파 보였다.

"으, 아, 윽……!"

"우사토!"
"네!"
나는 비틀거리면서도 일어나려고 하는 카론 씨를 뒤에서 제압하고 구속 주술을 흘려 넣어 움직임을 막았다.
"으아?!"
"미안하지만 당신을 쓰러뜨리는 건 내가 아니야."
지금의 나에게 카론 씨와 싸울 힘은 있어도 쓰러뜨릴 힘은 없었다.
레오나 씨의 계통 강화도 공격에 쓸 수 있는 종류는 아니었다.
네아의 구속 주술도 그를 몇 초간 막을 수 있을 뿐이다.
하지만 그는 다르다.
사마리알의 종조차 쉽게 양단한 그의 화염검이라면 용으로 완전히 각성하지 않은 카론 씨의 몸에 상처를 입힐 수 있다!
"상처는 제가 고칠게요! 해주세요! 아르크 씨!"
레오나 씨가 만들어 낸 계통 강화 얼음벽이 무너지자 눈부시도록 붉게 빛나는 검을 든 아르크 씨가 나타났다.
모든 것은 최고의 일격을 가하기 위한 포석.
강한 의지가 느껴지는 아르크 씨는 상단자세로 든 화염검을 힘차게 내리쳤다.
"하아아앗!"
빨간 궤도를 그린 화염검은 확실하게 카론 씨의 몸을 갈랐다.
"으윽!"
눈앞의 공기를 가르며 강렬한 열기가 카론 씨를 제압하고 있는 나를 덮쳤다.

그래도 붙잡은 팔을 놓지 않고 있으니 갑자기 카론 씨의 몸에서 힘이 빠졌다.

나는 황급히 그를 부축했다.

"읏, 카론 씨!"

눈을 감은 그의 몸을 살펴보자 어깨부터 허벅지 부근까지 베인 자국이 새겨져 있었다.

피가 별로 나지 않는 것은 화염검에 베였기 때문이겠지만, 의외로 상처는 얕았다.

"……! 뿔과 꼬리가!"

카론 씨의 머리에 났던 뿔과 꼬리에 점차 금이 가고 있었다.

이건…… 그가 가진 용의 힘이 사라지고 있는 건가?

마치 설탕 공예처럼 부스러지는 용의 흔적을 본 나는 네아에게 확인했다.

"네아, 카론 씨는 괜찮은 거야?"

"……응. 목숨에 지장은 없어. 숨도 쉬고 있고 심장도 뛰고 있으니까 분명히 살아 있어. 그리고 그의 마력도 점점 정상으로 돌아오고 있어."

카론 씨의 몸을 살펴본 네아의 말에 안도했다.

"우사토, 카론은 괜찮나?!"

그를 부축하고 있는 내게 레오나 씨와 아르크 씨가 달려왔다.

나는 그의 상처에 치유마법을 걸며 레오나 씨를 올려다보았다.

"괜찮아요. 살아 있어요."

"그런가. 정말…… 정말 다행이야."

카론 씨가 살아 있음을 알고 레오나 씨가 가슴을 쓸어내렸다.

나도 안심하며, 검을 집어넣은 아르크 씨에게 시선을 보냈다.

"아르크 씨가 힘을 잘 조절해 주신 덕분에 상처도 그렇게 심하지 않아요. 이 정도라면 금방 고칠 수 있을 것 같아요."

"저도 조절이 잘 돼서 놀랐습니다. 역시 동료가 믿어 주면 자신이 생각하는 것 이상의 힘이 나오는군요."

산뜻하게 웃는 그를 따라 나도 미소를 지었다.

긴장이 풀리면서 피로가 한꺼번에 몰려들었지만, 어느 정도 체력이 남은 상태로 카론 씨와의 싸움을 끝내게 된 것은 다행이었다.

"……이걸로 한 건 해결이네."

짧은 시간이었지만 엄청난 싸움이었다.

이제 그의 상처를 완전히 고치고—.

"잠, 깐……."

"읏?!"

팔로 부축하고 있던 카론 씨가 내 단복의 목깃을 잡았다.

그의 갑작스러운 행동에 주먹을 들 뻔했지만, 나를 올려다보는 그의 눈동자에서 명확한 의사를 느끼고 주먹을 내렸다.

그는 고통스러운 표정으로 나에게 말했다.

"도망……쳐. 내 안의, 괴물은…… 아직……."

"카론 씨, 의식이……!"

"우사토!"

"……아마코? 무슨 일이야? 그렇게 허둥지둥—."

카론 씨에게서 아마코에게로 시선을 옮기자 블루링의 등에 탄 그녀가 크게 외쳤다.

"그에게서 떨어져!"

"뭐?"

"아직, 아직 안 끝났어! 그의 안에 있는 용은, 아직 깨어나 있어!"

"……설마!"

"읏, 우사토! 카론의 마력이 팽창했어!"

당황한 네아의 목소리가 들린 순간, 카론 씨에게 붙잡혀 있던 목깃이 범상치 않은 힘으로 확 잡아당겨졌다.

곧바로 카론 씨에게 시선을 돌리자 눈이 벌겋게 충혈된 카론 씨가 내 안면에 주먹을 날리고 있었다.

위험……!

"크읏!"

"꺄악!"

순간적으로 어깨에 있는 네아와 안면을 지키기 위해 양팔을 들어 주먹을 막았지만, 위력을 완전히 막지는 못해서 뒤로 크게 날아가 지면에 내동댕이쳐졌다.

"윽, 이 위력은 뭐야……! 아까와는 비교가 안 돼!"

건틀릿으로 막았는데도 주먹을 끝까지 휘두르다니……?!

확연하게 그의 힘이 세진 것에 혼란스러워하며 일어서니 나를 날려 버린 카론 씨가 몸을 마구 쥐어뜯으며 괴로워하고 있었다.

"으……아아아아아아아아아아!"

아픔에 몸부림치는 듯한 비통한 외침에, 나를 도우려던 레오나 씨와 아르크 씨가 경직되었다.

나도 지금까지와는 다른 그의 이상한 모습에 당혹스러움을 감출 수 없었다.

그런 내 머릿속에 파르가 님의 목소리가 울렸다.

『이건, 설마…….』

"파르가 님?! 대체 무슨 일이 일어나고 있는 건가요!"

『……녀석은 다음 단계로 각성하려는 것이다. 외부로 방출해야 하는 힘을 안쪽에 모아서 강제로 증폭시키고 있다.』

강제로……?! 그런 짓을 해도 카론 씨의 몸은 버틸 수 있는 건가?

그가 몸을 쥐어뜯을 때마다 몸 전체에 균열이 생겼다. 반대로 부스러지던 뿔과 꼬리는 더욱 강인한 형태로 변화했다.

"외부로 방출할 힘을 안쪽에 모은다는 건…… 각성할 때 카론이 뿜어냈던 마력을 말하는 거지?! 그렇게 많은 마력을 강제로 몸 안에 욱여넣으면 인간의 몸은 버틸 수 없어!"

"몸이 버틸 수 없다고……?!"

황급히 카론 씨에게 시선을 되돌리자 그의 모습은 크게 달라져 있었다.

그는 더욱 용에 가까워져 있었다.

몸 이곳저곳에 유리가 깨진 듯한 애처로운 균열이 생겨나 있었다.

뿔은 더 길고 구부러진 형태로 바뀌었고, 더 길어진 꼬리도 힘 있게 움직였으며, 무엇보다 눈길을 끄는 것은 몸을 덮을 만큼 커다란 두 날개였다.

"드래곤……."

그의 모습은 그렇게 표현할 수밖에 없을 정도로 바뀌어 버린 상태였다.

파르가 님은 멍하니 있는 나와 네아에게 불쌍한 것을 보는 듯한 음색으로 머릿속에 말했다.

『순수한 용의 힘은 인간이 받아들이기에 너무나 강력하다. 그래서 카론은 천천히 각성하여 그 힘을 길들이고 있었다. 하지만 이것은…… 너무 난폭한 각성이다.』

"카론 씨는 어떻게 되는 거죠……?"

『카론의 육체는 자신의 몸을 변모시키는 용의 인자를 감당하지 못하고…….』

파르가 님은 순간 주저했다.

그러나 이내 감정을 억누르고 말했다.

『붕괴한다.』

카론 씨와 미아라크를 구하기 위한 싸움.

그 와중에 카론 씨에게 일어난 이상 사태는 그의 생존을 절망적으로 만들었다.

"……파르가 님, 카론 씨를 살릴 방법이 아직 있나요?"

『지금 상태라면 의식을 완전히 잃게 해서 용의 힘을 억제할 수 있을 터다. 지금 녀석은 용으로 화하여 힘은 크게 강해졌으나 몸은 붕괴와 함께 약해졌다. 너의 주먹도 충분히 통할 것이다.』

몸은 약해졌다, 라…….

내 치유 펀치로 대미지를 상쇄하여 충격만 가해진다면 좋겠지만, 나와 파르가 님이 생각하는 것 이상으로 카론 씨의 육체가 붕괴된 상태라면…….

"……계통 강화인가."

미완성 기술을 의지할 수밖에 없다.

마력 조작을 보조하는 건틀릿을 이용해도 계통 강화는 완성되지 않았다.

싸우면서 계통 강화를 쓸 일은 없을 거라고 생각해 뒤로 미뤘지만…… 여기서 중요해질 줄 알았다면 더 연습했을 텐데…….

"후회해도 소용없어. 지금 할 수 있는 일을 하자."

손바닥을 바라보다가 주먹을 움켜쥔 나는 다시 카론 씨에게 시선을 되돌렸다.

한층 더 용으로 변모한 카론 씨는 정말 괴물이 된 것처럼 낮게 울었다.

"샤아……."

"……응?"

카론 씨의 날개가 천천히 움직였다.

설마 날아오르려는 건가? 아니, 날개가 자라긴 했지만 그렇게 금방 날 수 있는 거야?

어쨌든 느긋하게 있을 때가 아니야!

날개를 움직이며 발에 힘을 준 카론 씨를 본 나는 크게 외쳤다.

"날지 못하게 해주세요!"

만약 그가 하늘로 날아오르면 우리는 손댈 수 없게 되어 버린다.

그것만큼은 어떻게든 피해야 했다.

"내가 지면에 고정하겠어!"

레오나 씨가 얼음 단검 세 자루를 손안에 생성해 카론 씨의 발밑으로 날렸다.

날아간 단검이 카론 씨의 오른쪽 다리를 직격하자 얼음덩어리가 되어 지면과 발을 고정시켰다.

그대로 연속해서 단검을 날려 날개와 왼쪽 발, 그리고 양팔까지 얼음으로 구속한 레오나 씨는 나와 아르크 씨가 들을 수 있게 목소리를 높였다.

"지금 카론은 얼음을 만들어 내는 도끼를 가지고 있지 않아! 이대로 몰아붙인다!"

"네!"

"맡겨 주십시오!"

아르크 씨는 불길을 휘감은 검을, 나는 힘껏 움켜쥔 주먹을 들고서 구속되어 가는 카론 씨에게 향했다.

방식은 아까와 다르지 않다!

그의 의식을 뺏는다! 그리고 그 과정에서 생긴 상처는 내가 전부 고친다!

"네아, 마음 단단히 먹어!"

"싫다고 해도 갈 거잖아! 그럼 할 수밖에 없잖아!"

카론 씨의 몸을 고려하여 치유 펀치로 타격을 가하기로 했다.

하지만 내 주먹과 아르크 씨의 검이 카론 씨를 직격하려던 순간, 그의 몸을 구속하던 얼음이 일제히 부서졌다.

"뭐야?!"

이렇게 간단히 부서지다니?!

얼음 구속에서 해방된 그는 칼날처럼 뾰족한 날개를 크게 휘둘렀다. 마치 면도칼처럼 예리한 날개가 날아와 허둥지둥 오른팔을 들어 방어했다.

키잉, 금속끼리 부딪치는 듯한 소리가 두 번 울렸다.

하나는 내 건틀릿이 날개를 튕긴 소리였고, 다른 하나는 아르크 씨가 검으로 막은 소리였다.

"큭, 이 정도일 줄이야……!"

"아르크 씨!"

하지만 방어에 사용한 아르크 씨의 검은 견고한 날개의 강도를 버티지 못하고 반으로 부러져 버렸다.

카론 씨가 단단히 움켜쥔 주먹을 아르크 씨에게 날렸다.

"으아아아!"

"그렇게 둘 줄 알고!"

아르크 씨에게 가하는 공격을 저지하기 위해 그의 팔을 붙잡았다.

그러나 카론 씨는 팔을 붙잡은 내 몸까지 완력만으로 휘둘러서 아르크 씨에게 주먹을 때려 박았다.

"으윽!"

"아르크 씨!"

내리꽂힌 주먹은 아르크 씨가 방어하기 위해 들어 올린 칼자루를 부수고 그의 몸통을 크게 날려 버렸다.

빙판에 내동댕이쳐진 아르크 씨는 완전히 정신을 잃고 말았다.

여기서는 그가 얼마나 다쳤는지 알 수 없었다. 얼른 도와주러 가야 하지만—.

"그렇게는 안 되겠지……!"

눈앞에는 으르렁거리는 카론 씨가 있었다.

아르크 씨에게서 나로 표적을 바꿨는지 무시무시한 형상으로 공격을 가해 왔다.

"으아아아!"

"아까처럼 대처해 주겠어!"

속도와 힘은 올라갔지만 움직임은 똑같았다. 눈으로 좇을 수 있다는 점은 변함없었다.

카론 씨가 휘두른 주먹을 비스듬하게 튕겼다.

그대로 빈틈을 노려 혼신의 일격을 때려 박으려고 했지만 카론 씨의 등 뒤에서 예리한 무언가가 날아왔다.

카론 씨의 등에 돋아난 파란 날개였다.

나를 노리고 양쪽에서 날개가 육박하여 황급히 주먹을 거두어들이고 방어했다.

"우사토! 저 날개도 위험해!"

"알고는 있지만……!"

공격이 너무 많아!

카론 씨의 주먹과 발차기뿐이라면 그나마 대처할 수 있었지만 날개까지 더해지니 방어만 할 수밖에 없었다.

끊임없이 가해지는 카론 씨의 맹공에 후퇴해 나갔다.

"샤아아!"

날개에 정신이 팔린 순간, 카론 씨가 아래쪽에서 쳐올린 손이 건틀릿을 낀 오른팔을 위쪽으로 크게 튕겨 냈다.

방어의 핵심인 오른팔이 튕겨 나가면서 무방비해진 내 몸통을 향해 카론 씨의 예리한 날개가 파고들었다.

"이런……!"

건틀릿으로는 제때 방어할 수 없다. 왼팔로 막을 수밖에 없어!

치명상을 피하기 위해 왼팔을 움직여 날개를 막으려고 한 순간, 얼음검 두 자루와 함께 나타난 레오나 씨가 카론 씨의 날개를 옆에서 쳐 냈다.

"가세하마!"

"감사합니다!"

날개가 튕겨 나간 틈을 타 카론 씨의 팔을 잡고 그를 내던진 나는 레오나 씨와 함께 거리를 벌렸다.

하늘로 날아오를 위험성은 있지만, 섣불리 돌격했다가 조금 전처럼 위기에 빠지고 싶지는 않았다.

일단 진정하고 호흡을 가다듬자.

"저 날개, 성가시네요. 막는 게 고작이에요."

"대처할 수 있는 것만으로도 대단한 거야. 지금 카론의 공격은 내 눈으로 좇을 수 없어. 조금 전처럼 공격 궤도를 예측할 수 있다면 얘기가 다르지만…… 몇 번이나 할 수 있는 일은 아니야."

……지금 카론 씨는 정말로 성가신 존재가 되어 버렸다.

힘은 물론이고 속도도 현격히 올라가서 공격을 피하기만도 벅찼다.

"솔직히 말해서 나는 정면으로 카론의 공격에 대응할 수 없어. 그의 공격 앞에서 웬만한 무구는 휴지 조각이나 마찬가지야."

그렇게 말한 레오나 씨가 내게 검을 보여 줬다. 그 도신에는 금이 가 있었다.

단 한 번의 접촉으로 이렇게까지 망가지다니…….

아르크 씨의 검도 그랬고, 지금 카론 씨에게 갑옷은 무의미했다.

"하지만 너의 건틀릿이라면 부서지는 일 없이 카론과 싸울 수 있어."

"……네."

지금 카론 씨의 공격에도 내 건틀릿은 부서지지 않았다.

절망적인 상황이긴 하지만 싸울 수 없는 것은 아니었다.

"레오나 씨, 날개를 막아 주실 수 있나요?"

"불가능하진 않지만, 뭔가 계책이 있는 건가?"

카론 씨의 움직임을 경계하는 레오나 씨의 말에 고개를 끄덕이고 어깨 위에 있는 네아에게 시선을 옮겼다.

"네아, 나한테 타격 내성을 부여해 줘."

"뭐? 거짓말이지? 설마 너, 저걸 받아 내려는 거야? 아무리 내성 주술이 강력해도 한도라는 게……."

"부탁할게."

"……아아, 진짜! 알았어!"

내게 걸려 있던 냉기 내성이 해제되고 새롭게 타격 내성이 부여되었다.

냉기 내성이 사라진 순간, 싸늘한 공기가 나를 휘감았다.

내 계책을 이해한 레오나 씨는 망가진 검을 버리고 양손에 얼음 검을 하나씩 만들어 냈다.

"말해 두지만 카론의 공격을 계속 막을 순 없어! 막을 수 있는 건 몇 번뿐이야!"

"충분해! 레오나 씨, 갈게요!"

"그래!"

그렇게 내가 먼저 튀어 나갔다.

뒤이어 레오나 씨가 발을 내딛는 소리를 듣고 전방의 카론 씨에게 집중했다.

이쪽으로 돌진하기 위해 몸을 앞으로 기울이고 있던 카론 씨는 내 돌격에 당황했지만 곧장 자세를 바로잡고서 단단히 쥔 주먹을 날렸다.

나는 망설임 없이 카론 씨의 주먹을 왼손으로 막았다.

"읏?!"

"잡았다!"

타격 내성이 부여된 지금, 카론 씨의 주먹은 내게 효과가 없었다.

가뿐하게 주먹을 막은 내게 카론 씨가 막무가내로 공격했지만, 그 타격은 내성 주술에 전부 막혔다.

카론 씨의 뒤쪽에서 달려드는 날개도 레오나 씨가 만든 얼음검이 저지했다.

내성 주술이 기능하는 것은 몇 번뿐이다. 레오나 씨의 얼음검도 그리 오래 버티지 못한다.

그러니 결정타를 날릴 기회는 지금밖에 없다!

"으랴아!"

붙잡은 주먹을 힘껏 잡아당기고 그의 명치에 치유 펀치를 날렸다.

"큿?!"

일직선으로 돌진한 주먹은 그의 명치에 깊이 박혔고, 치유마법의 빛이 그의 몸에 퍼졌다.

공격이 먹혔다는 느낌이 확실하게 들었다. 하지만 다음 순간, 유리를 깨는 듯한 감촉이 주먹에 전해졌다.

"……?!"

심상치 않은 감촉에 위험하다고 느낀 나는 즉각 주먹을 뺐다.

그와 동시에 카론 씨가 고통스럽게 신음하며 뒤로 크게 비틀거렸다.

"윽, 아아아아아아아!"

"읏, 이걸로는 안 되는 건가?!"

이 이상 공격하면 치유마법이 있어도 너무 위험했다.

하지만 이 정도 주먹으로는 카론 씨를 기절시킬 수 없다.

"……?! 우사토!"

괴로워하는 카론 씨 앞에서 주저하고 있는데, 뒤에서 레오나 씨의 당황한 목소리가 들려왔다.

그 목소리에 정신을 차리자, 내 오른쪽 다리에 뭔가가 닿았다.

"읏, 뭐야?!"

발밑을 보니 카론 씨의 꼬리가 엄청난 힘으로 내 발을 휘감고 있었다.

위험해!

"네아, 나한테서 떨어져!"

"꺄아! 우, 우사토?!"

"크윽, 으아아아!"

순간적으로 어깨 위에 있는 네아를 나한테서 떼어 내 던지자, 발을 휘감은 카론 씨의 꼬리가 채찍같이 휘더니 내 몸을 장난감처럼 휘둘러서 얼음 지면에 내동댕이쳤다.

예상하지 못한 공격에 한순간 숨을 쉴 수 없었다.

"윽! 커헉……."

"우사토! 지금 도와—."

"으아아!"

지면에 내던져진 나를 레오나 씨가 도와주려고 했지만, 그것을 예상했다는 듯 카론 씨는 몸을 크게 회전시켜 레오나 씨에게 꼬리를 휘둘렀다.

불시의 일격에 그녀는 억 소리도 내지 못한 채 아르크 씨처럼 얼음 지면에 쓰러져 그대로 움직이지 않게 되었다.

"레오나 씨……!"

내가 주저한 탓에 그녀가 카론 씨의 일격을 맞고 말았다.

……읏, 후회하고 있을 때가 아니야! 빨리 자세를 바로잡아야—.

"으아아!"

"큭……."

일어나려고 했지만, 크게 도약한 카론 씨가 숨통을 끊어 버리겠다는 듯이 팔을 내리찍는 것이 시야에 잡혔다.

쉴 새 없는 공격에 혀를 찼다.

"칫! 철저하네!"

즉각 양팔로 얼굴과 가슴을 방어하여 카론 씨가 내리찍은 팔을 막았다.

충격을 정통으로 받은 몸이 삐걱거리지만 어떻게든 버텨 냈다. 하지만 내 등 뒤에 있는 얼음에서 쩌적! 하는 불길한 소리가 들려와 내 사고는 다시 패닉에 빠졌다.

"하, 한층 더한 위기?!"

이대로 있으면 얼음 아래 호수로 곤두박질친다!

여기까지 싸우고서 냉수에 빠져 당하다니 진짜 웃기지도 않는 일이다.

"으아아!"

"지금보다는 낫나! 흥!"

방어하기 위해 들었던 오른쪽 팔꿈치를 금이 간 지면에 힘껏 내리찍고 그 반동으로 카론 씨의 추격타를 피했다.

카론 씨의 주먹은 내가 아니라 얼음 표면을 내리쳤다.

그 일격으로 한계를 초과했는지 등 뒤의 얼음이 부서졌고, 나와 카론 씨는 얼음 아래 호수로 떨어졌다.

맨 처음 느낀 것은 뼛속까지 얼어붙을 듯한 차가움이었다.

'여기선 오래 못 버티겠어!'

한시라도 빨리 올라가기 위해 햇빛이 비쳐 드는 수면으로 향했다.

"꼬르르륵?!"

하지만 카론 씨에게 발을 붙잡혀 물속으로 끌려 들어갔다.

몸을 움직일 수 없는 수중에서는 싸울 수 없어……!

내 발을 힘껏 끌어당겨 왼팔을 붙잡은 카론 씨는 반대편 팔로 내 배를 후려쳤다.

"커헉……!"

강렬한 아픔에 공기를 토했다.

내성 주술 효과도 사라져 버린 지금, 이런 주먹을 계속 맞으면 버틸 수 없다.

숨이 가빠지는 것에 위기감을 느낀 나는 붙잡히지 않은 오른팔을 그의 안면으로 쑥 내밀고 치유마법 파열장을 발동시켜서 일시적으로 그의 시야를 봉인했다.

"—읏!"

카론 씨의 손을 뿌리친 다음, 건틀릿을 아래쪽으로 겨누고 한 번 더 치유마법 파열장을 써서 추진력을 이용해 수면으로 향했다.

"으윽! 꼬륵!"

배를 맞은 탓에 숨이 모자랐다.

수면이 코앞에 있는데도 한없이 멀게 느껴졌다.

이제 틀렸나……. 의식이 아득해지며 포기하려던 그때, 햇빛이 비쳐 드는 수면에서 누군가가 손을 내밀었다.

어른의 손이 아닌 작고 가녀린 손—.

"……?!"

의식을 되찾은 나는 수면에서 뻗어 나온 손을 움켜잡았다.

다음 순간, 그 작은 손만 봐서는 상상도 할 수 없는 힘으로 단숨에 끌어 올려졌다.

얼음 위로 올라온 나는 크게 숨을 들이마시며, 내 손을 잡은 채 숨을 헐떡이고 있는 아마코와 그녀의 외투 자락을 물고 있는 블루링에게 감사 인사를 했다.

"하아, 하아…… 주, 죽는 줄 알았네. 고마워, 아마코. 블루링도."

"예지로 보고 곧바로 노른 님에게 부탁해서 결계 안으로 들어왔는데 늦지 않아서 정말 다행이야……."

내가 호수에 빠지는 예지를 보고 도와주러 온 건가.

이 아이가 와 주지 않았다면 정말로 위험했다.

호흡을 가다듬고 아픈 배를 치유하며 일어서자, 아까 떼어 놨던 네아가 어깨에 내려앉았다.

"내 취급이 이것저것 마음에 안 들긴 하지만 그건 나중에 불평하기로 하고…… 카론은 쓰러뜨렸어?"

"아니, 아직—."

내가 네아에게 말을 끝내기도 전에 호수에서 뭔가가 하늘 높이 솟구쳤다.

물속에서 나왔다고는 생각할 수 없는 기세로 출현한 카론 씨는 공중에서 날개를 크게 퍼덕이며 우리를 내려다보았다.

"……."

"보다시피, 아직 쓰러뜨리지 못했어."

네아가 말을 잇지 못했다.

몸에 잔뜩 균열이 생기긴 했지만 카론 씨는 아직 팔팔한 것 같았다.

"아마코, 블루링이랑 같이 떨어져 있어."

"……괜찮아?"

"방법이 없진 않아. 할 수 있는 만큼 해볼 거야."

그의 몸을 해치는 용의 힘을 어떻게든 하지 않는 한, 치유마법으로 고칠 수는 없다.

하지만 그를 기절시키려면 힘을 담은 치유 펀치를 때려 박을 수밖에 없는데…… 그러면 그의 몸이 부서져서 죽음에 이르고 만다.

……그를 구하려면 즉석에서 계통 강화를 어떻게든 성공해야만 했다.

그게 안 되면—.

"각오할 수밖에 없나."

아마코가 무슨 말을 하고 싶은 것 같았지만 당장에라도 달려들

듯한 카론 씨를 흘낏 보더니 작게 고개를 끄덕이고 블루링과 함께 자리를 벗어났다.

다행히 카론 씨는 아마코에게 관심이 없는지 여전히 나만을 노려보고 있었다.

"네아, 미안하지만 조금만 더 같이 싸워 줘."

"여기까지 와서 싫다고 할 리가 없잖아. 네가 죽을 때까지 같이 싸워 줄게. 그렇게 간단히 죽진 않겠지만 말이야."

"하하, 이거 기뻐해야 하는 건가?"

네아의 너스레에 쓰게 웃으며 건틀릿을 들었다.

아르크 씨도 레오나 씨도 싸울 수 없는 지금, 나와 네아가 둘이서 카론 씨를 상대해야만 한다.

"으으으……!"

"온다!"

"그래!"

나는 만전을 기해 전신에 치유마법을 둘렀고, 카론 씨는 커다란 날개를 퍼덕였다.

이것이 마지막 싸움이 될 것이다.

"샤아아아아아!"

"자, 와라!"

카론 씨가 속도를 붙여 하늘에서 달려들었다.

그런 그를 올려다보고 건틀릿을 든 나는 스스로를 고무하듯 외쳤다.

제12화 결의와 함께 방출하라! 치유마법의 오의!

카론은 존경할 만한 인물이었다.

강하고 다정하고 누구나 흠모하는, 기사의 이상을 그대로 형상화한 듯한 인물.

『레오나, 너는 굉장히 귀찮은 성격이구나.』

그런 남자에게 나는 상당히 실례되는 말을 들은 적이 있다.

그가 용의 인자에 삼켜져 폭주하기 얼마 전.

용사 칭호가 수여될 후보에 올랐다는 취지를 노른 님에게 전달받았을 때, 대화의 일환으로 그가 했던 말은 내가 동요하기 충분한 내용이었다.

비아냥거리는 남자가 아니라는 것은 알고 있었다. 진심으로 말한 것이기에 화가 났지만, 반론하고 싶다는 마음을 억누르고 그렇게 말한 이유를 물었다.

『네가 용사로 뽑히면 자신은 용사에 어울리지 않는다든가, 자신보다 내가 더 적합하다며 끝없이 고민할 것 같아서.』

애초에 내가 용사로 뽑힐 일은 없다.

후보에 오르기는 했지만 실제로 용사 칭호를 얻는 것은 당연히 카론이다.

내가 그렇게 대답하자 카론은 기막히다는 표정을 지었다.

『용사라는 칭호는 확실히 명예롭지만, 너는 그 이름에 너무 사로잡혀 있어. 나한테 용사는 그저 직함에 불과해. 중요한 건 용사라고 인정받은 힘으로 무엇을 이루는가야.』

나는 카론의 말에 동의할 수 없었다.

나는 그렇게 유연하게 사고할 수 없었고, 용사라는 이름을 그렇게 가볍게 볼 수도 없었다.

나의 어릴 적 동경이자 사람들을 구하는 희망의 상징.

결국은 대답하지 못한 채 대화가 끝났다.

카론이 나에게 무슨 말을 하고 싶었던 것인지, 그가 폭주한 지금은 알 수 없다.

"으……."

찌르는 듯한 통증이 옆구리에 느껴져서 눈이 떠졌다.

몸을 보니 갑옷이 여기저기 움푹 들어가 있었다.

그런대로 튼튼한 갑옷이 이렇게까지 변형된 것에 경악하며 몸을 일으킨 나는 투구를 지면에 내던졌다.

"윽……."

옆구리가 무지막지한 아픔을 호소했다.

뿌옇던 머릿속이 선명해지면서 우사토와 함께 카론과 싸우고 있었던 것이 떠올랐다.

"……맞아, 나는 카론한테……!"

기절하기 전까지 기억에 남은 상황은 우사토가 카론에 의해 지면에 내팽개쳐졌던 것이었다.

그를 도우려던 나는 카론의 꼬리에 맞아 정신을 잃고 말았다.

"우사토는?!"

주위를 둘러보니 조금 떨어진 곳에 기절해 있던 아르크 공을 블루링의 등에 올리는 아마코가 보였다.

아픈 옆구리를 회복마법으로 고치며 일어나 아마코에게 말을 걸려다가, 그녀가 걱정스러운 표정으로 위를 올려다보고 있음을 알아차렸다.

"위……?"

그녀가 보는 방향을 쳐다보자 하늘에 파란 덩어리가 날고 있는 것이 보였다.

멀리서 보기에 커다란 새 같은 그것은 결계 안을 비틀비틀 날아다니고 있었다.

"카론, 인가……?"

파란 덩어리가 지상으로 뚝 떨어졌지만 얼음 표면에 부딪히기 직전에 방향을 바꿔 아슬아슬하게 표면을 활공했다.

지상에 다가온 덕분에 그 모습이 선명해졌다.

"슬슬 멈추란 말이다아아아아아아아아!"

"으아아아아아아아아아아!"

"꺄아아아아! 천지가 뒤집힌다아아아! 내가 먼저 죽어 버리겠어어어어어!"

"어, 어어……."

얼음 표면 위를 활공하듯 나는 카론에게 우사토가 달라붙어 있었고, 우사토의 어깨에서 네아가 비명을 지르고 있었다. 현실미 없는 그들의 모습에 나는 말문이 막히고 말았다.

"새, 생각보다 쌩쌩한 모양이네……."

우사토의 옷을 움켜잡은 카론이 그대로 힘껏 그를 내던졌다.

자세를 바로잡고 착지한 우사토는 오른손에 치유마법의 마력을 담아 추격해 온 카론에게 주먹을 휘둘렀지만, 카론을 때리기 직전에 거두어들이고 말았다.

"윽, 이것도 안 되나!"

"우사토……?"

그는 대체 뭘 하려는 거지?

오른손에 마력을 담은 건 계통 강화를 하려던 건가? 하지만 그의 계통 강화는 아직 완성되지 않았을 터다.

……아니, 애초에 어째서 지금 그것을 카론에게 쓰려는 거지?

설마 그는 여전히 포기하지 않고 카론을 구하려는 건가?

"말도 안 돼……."

파르가 님의 말은 내게도 들렸다.

카론의 몸은 폭주하여 파멸 일로를 걷고 있었다.

그 증거로 우사토가 카론을 때렸을 때, 치유마법을 담았음에도 불구하고 카론의 몸은 부스러졌다.

그의 몸이 붕괴하는 것을 코앞에서 본 우사토 역시 카론을 살릴 수 없음을 알고 있을 터다.

알고 있을 텐데, 그는 용으로 화한 카론의 거센 공격 앞에서 상처투성이가 되면서도 맞서고 있었다.

아무리 치유마법이라는 강력한 회복력을 가진 마법이 있다지만 한계가 있다.

그런데도 포기하지 않고, 싸우는 도중에 불완전한 계통 강화를 완성시키려 하고 있었다.

너는 무엇 때문에 그렇게까지 하는 거지?

구명단의 사상 때문에 그렇게 분투하는 건가?

어째서 너는 그토록 애쓸 수 있는 거야……?

"이제, 그만해……."

점점 상처 입어 가는 우사토를 보며 나는 그렇게 중얼거리고 말았다.

나도 물론 카론을 살리고 싶지만 그는 이제 살아날 수 없을 만큼 망가진 상태였다.

"네가 그렇게까지 할 필요는 없어……."

내 목소리는 우사토에게 전달되지 않았다.

달려가려고 했지만 옆구리의 통증이 방해했다.

이 상처만 없었다면 나도 아직 싸울 수 있었을 텐데, 지금은 그저 지켜볼 수밖에 없었다.

아무것도 못 하는 자신이 한심해서 눈물이 차올랐다.

절망에 빠진 그때, 나는 허리에 찬 주머니에 든 작은 병의 존재를 떠올렸다.

"이걸, 쓰면……."

병 안에는 크레하 샘에서 뜬 물이 담겨 있었다.

우사토와 함께 싸우기로 결심하고 쓰지 않기로 한 힘.

"이 물을 쓰면, 내가 카론을……."

떨리는 손으로 병을 움켜쥐었다.

상처를 신경 쓰지 않고 카론과 싸울 수 있게 되는 대가로 나도 죽고 카론도 죽이고 말 것이다.

하지만 우사토를 살릴 수 있고 미아라크를 평화롭게 만들 수 있다.

내 목숨으로 그것이 이루어진다면 충분하다는 생각이 들었다.

"……."

각오는 이미 했다.

나 한 명의 희생으로 모두를 구할 수 있다.

내 마음을 구해 준 우사토를 살릴 수 있다.

우사토가 싸우고 있는 한 이 물을 마시지 않겠다는 말을 배신하게 되지만, 그래도 그가 죽지 않기를 원했다.

나는 병뚜껑을 열고 입가로 가져갔다.

이 물을 한 모금이라도 마셔 버리면 나는 더 이상 『사람』으로 있을 수 없게 되리라.

『혼자 할 수 있는 일은 한정되어 있어요. 그러니까 혼자 전부 짊어지지 말고 주위에 있는 누군가에게 도움을 구해도 돼요.』

병이 입술에 닿으려던 그때, 어젯밤 우사토가 했던 말이 뇌리를 스쳐서 나는 병을 기울이던 손을 멈췄다.

"나는……."

우사토는 스스로 죽으려고 했던 나를 말려 줬다.

함께 싸우자고 했다.

한심하고 꼴사납고 못난 나를…… 의지해 줬다.

그런 그를 배신하고 죽음을 택하다니…….

"읏!"

입으로 가져가던 병을 던져 버렸다.

얼음 위로 떨어진 병이 산산이 부서지면서 안에 들어 있던 물도 전부 쏟아지고 말았다.

"그런 짓을 할 수 있을 리가 없잖아!"

마음이 꺾여 버릴 듯한 절망적인 상황에서 포기하지 않고 싸우고 있는 그를 배신할 수 있을 리가 없었다.

"……노른 님, 파르가 님, 죄송합니다. 지금부터 저는…… 용사의 사명을 포기하겠습니다."

용사의 책무를 완수하려면 목숨 걸고 카론을 쓰러뜨려서 미아라크를 평화롭게 만들어야 하겠지만 이제 그럴 수는 없었다.

지금, 나를 걱정하며 구하려고 해준 사람이 위기에 빠져 있었다.

"한 사람의 기사로서, 지금 싸우고 있는 소중한 친구를 위해 저는 싸우겠습니다."

답을 내는 것이 늦어지고 말았지만 아직 완전히 늦지는 않았을 터다.

아직 우사토는 싸우고 있다.

그렇다면 그와 함께 싸우기로 결의한 나도 포기할 수는 없다.

"아직 나도 뭔가 할 수 있을 터……!"

두 다리로 서 있을 수 있고 마법도 아직 쓸 수 있다.

깨진 병에는 눈길도 주지 않고서 우사토와 카론이 있는 방향으로 천천히 걷기 시작했다.

그때, 내가 서 있는 곳 근처에서 뭔가가 반짝였다.

"어……?"

빙판에 꽂혀 있는 그것은 카론이 도끼로 휘둘렀던『지팡이』였다.

그것은 마치 나를 부르듯 깜박거리며 희미하게 빛나고 있었다.

"나를, 부르고 있는 건가……?"

인정받은 자만이 진정한 힘을 끌어낼 수 있는 지상(至上)의 무구.

그것이 나를 사용자로 부르고 있는 것 같았다.

"……정말 얄궂은 이야기군."

설마 용사로서 싸우기를 포기한 내가 파르가 님의 무구를 다룰 자격을 얻게 될 줄은 몰랐다.

내가 얼마나『용사』라는 말에 사로잡혀 있었는지 확실하게 이해하게 됐다.

"네가 하고 싶었던 말은 이거였나…… 카론."

『용사』라는 이름에 얽매여 있던 나는, 내가 되고자 했던 용사에서 멀어지는 행동을 하려고 했었다.

힘으로 무엇을 이루는가.

동경하던 용사의 그림자를 좇아 그 사명을 위해 죽는 것이 아니라 자기 뜻에 따라 움직이는 것.

옆구리가 아픈 것도 잊고 지팡이를 양손으로 움켜잡은 나는 천천히 심호흡했다.

“신룡의 조각이여. 나의 마음을 형태로.”

우사토의 무구가 건틀릿으로 변화했을 때처럼 지팡이가 아름답게 빛났다.

카론을 살상하는 강력한 무구가 아니다.

바라는 것은 우사토처럼 구하기 위한, 그리고 지키기 위한 무구.

“이것이, 나의 마음.”

그것은 한 자루의 창이었다.

손잡이 부분은 형태가 바뀌기 전과 똑같지만, 창끝에 얼음처럼 투명한 쇠촉이 달린 심플한 형상의 창.

손안에 들어온 그것을 세게 움켜잡았다.

『……레오나.』

머릿속에서 파르가 님의 목소리가 들렸다.

그 목소리에 나는 지금 느끼는 기분을 그대로 말했다.

“파르가 님, 저는 마침내 답을 찾았습니다. 용사로서의 사명 때문이 아니라 제 뜻으로 그와…… 우사토와 함께 싸울 겁니다.”

숨을 삼킨 것처럼 침묵한 파르가 님은 자상한 목소리로 내게 말씀하셨다.

『답을 도출했다면 그것을 따라라. 그 창은 온갖 것을 고정시키는 얼음의 신창(神槍). 레오나여, 이전의 미혹과 함께 그 창을 휘두르고 벗과 함께 싸움을 끝으로 이끌어라.』

"네!"

나는 창을 빙글 반전시켜서 투척 자세를 취했다.

목표는 하늘을 날며 우사토에게 달려드는 카론. 그런 그 앞에서 우사토는 여전히 계통 강화를 행사하려고 했지만 모조리 실패하고 있었다.

"너의 계통 강화가 어째서 미완성인지, 지금은 이해가 가."

용사라는 이름에 집착했던 나처럼 그도 계통 강화라는 말에 사로잡혀 있었다.

"나도 너를 돕고 싶어. 그러니까—."

목표를 확실하게 정한 나는 지금 남아있는 모든 마력을 창에 담았다. 그러자 내 주위에 마력으로 만들어진 얼음창 여덟 개가 생성되었다.

내가 쥔 창도 얼음창과 마찬가지로 눈부시게 빛나는 창으로 변했다.

"가라!"

크게 외치며 카론을 향해 힘껏 창을 투척했다.

아홉 개의 빛나는 창.

아름답고 힘 있게 빛난 그것들은 카론을 향해 날아갔다.

***

나와 카론 씨의 싸움은 소모전으로 바뀌었다.

치유마법과 체력을 깎아 타개책을 모색하는 나, 자신의 몸을 붕괴시키면서도 나를 죽이려고 하는 카론 씨.

서로의 몸을 갉아먹는 싸움은 카론 씨를 구하겠다는 나의 뜻을 흔들기 충분했다.

상처를 치유마법으로 고친 나는 하늘을 나는 카론 씨를 올려다보며 한숨을 쉬었다.

"아야야……. 저렇게 하늘을 날아다니니 진짜 성가시네. 네아, 나를 잡고 날 수 없어?"

"억지 부리지 마. 보기보다 무거운 너를 내 힘으로 들어 올릴 수 있을 리가 없잖아."

"그건 그렇지."

네아와 가볍게 농담을 주고받아 봤지만 이것도 현실 도피에 불과했다.

그가 하늘을 나는 동안 우리는 그저 그가 공격해 오기를 기다릴 수밖에 없었다.

한번 카론 씨에게 매달려 지상으로 끌어 내리려고 해봤으나 솔직히 다시는 하고 싶지 않았다.

"우, 우사토, 저것 좀 봐!"

"읏, 카론 씨가 온 건가?!"

어깨 위에서 네아가 당황하며 날개로 하늘을 가리켰다.

즉각 주먹을 들며 하늘을 올려다보니, 빛나는 아홉 개의 무언가가 하늘을 가로지르고 있었다.

그것은 종횡무진 하늘을 날아다니는 카론 씨를 향해 돌진했다.

"윽, 으아아아!"

곧바로 그 빛의 존재를 알아차린 카론 씨는 회피하기 위해 날개를 퍼덕였다. 하지만 아홉 개의 빛은 마치 의사를 지닌 것처럼 도망치는 카론 씨 쪽으로 방향을 바꿨다.

그래도 끝까지 도망치려고 하는 카론 씨의 날개를 빛 하나가 꿰뚫었다. 빛은 끝이 투명한 창으로 바뀌더니 그를 지상으로 떨어뜨리고 지면에 고정시켰다.

이어서 떨어진 여덟 개의 빛도 카론 씨의 움직임을 봉쇄하듯 지면에 박히더니 첫 번째 창과는 달리 얼음으로 만들어진 창으로 변했다.

선 채로 구속된 카론 씨가 필사적으로 구속을 파괴하려고 했지만 창은 꿈쩍도 하지 않았다.

"으, 아아아!"

"카론 씨의 힘으로도 부술 수 없다니 굉장하다……."

나를 아득히 웃도는 카론 씨의 힘조차 완전히 봉쇄해 버린 창의 강도가 놀라웠다.

문득, 카론 씨의 날개에 박힌 창의 손잡이가 낯익었다.

심플한 형상의 손잡이는 카론 씨가 도끼로 썼던 것과 똑같은 형상이었다.

“이 창, 카론 씨가 썼던…… 그리고 이 얼음…… 설마?!”

이토록 단단한 얼음을 만들어 낼 수 있는 사람은 한 명밖에 없다.

빛이 날아온 방향으로 얼굴을 돌린 나는 확신을 가지고서 그 사람의 이름을 불렀다.

“레오나 씨!”

“우사토! 카론의 움직임은 내가 봉쇄했어! 이제 너의 힘으로 그를 구하는 거야!”

레오나 씨는 숨을 헐떡이며 무릎을 짚고 있었다.

옆구리를 누른 채 외친 그녀의 말을 듣고 나는 내 손을 보며 괴로운 표정을 지었다.

“믿었던 계통 강화는 성공하지 못했어요……! 제게는 카론 씨를 살릴 방법이, 더 이상……!”

“아니, 틀렸어! 너의 계통 강화는 이미 완성됐어!”

완성됐다고?!

즉, 현재 내 계통 강화가 완성된 상태라는 건가?

“그렇다면 더더욱 카론 씨를 살릴 수 없다는 뜻인데…….”

“너는 지금 계통 강화를 성공시키는 것에 집착하고 있어! 하지만 네가 봐야 할 것은 자신의 마력이 아니야!”

거기서 일단 말을 끊고 크게 숨을 들이쉰 레오나 씨는 내가 확실히 들을 수 있게 목소리를 높였다.

“네가 봐야 할 건 지금 고통스러워하는 사람이잖아!”

"읏?!"

봐야 할 것은 마력이 아니다.

떨리는 내 손을 보던 시선을, 구속당해 몸부림치는 카론 씨에게 옮겼다.

맞아…… 나는 계통 강화를 성공시키겠다는 생각에 사로잡혀 중요한 것을 잊고 있었다.

"나는 바보인가! 너무 훈련만 해서 진짜 근육뇌가 되어 있었어!"

"어? 새삼?!"

"그래, 진짜 새삼스럽지. 살리겠다고 말했던 나 자신이 가장 중요한 걸 잊고 있었어!"

이런 것도 알아차리지 못하다니, 로즈에게 얻어터져도 할 말이 없다. 아니, 오히려 이런 당연한 사실을 깨닫지 못한 멍청한 나를 힘껏 때려 줬으면 좋겠어!

"안 되는 게 당연하지. 나는 당신을 살리려고 했지만 그저 고치면 된다고만 생각했었어. 그래서 어떻게 고칠지는 생각도 안 했어."

치유마법의 계통 강화는 병조차 고치는 최상급의 회복력을 가졌다.

링글 왕국의 진료소에서 올가 씨가 치유마법을 사용하는 모습을 봤을 때, 그는 환자와 정면으로 마주하고 치유마법을 베풀었다.

의사도 치유마법사도 똑같다.

마주해야 어떻게 고치면 좋을지 알 수 있다.

나는 구명단의 일원으로서 가장 중요한 사실을 잊고 있었다.

"그럼 이제 뭘 해야 할지 알고 있지?"

“그래. 레오나 씨가 일깨워 줬어. 이제 절대로 안 잊어버려.”

나는 다시금 정면으로 카론 씨를 보았다.

고통에 괴로워하며 부스러져 가는 그의 몸. 내가 치유해야 할 사람이 눈앞에 있었다.

구속된 그에게 다가가며 오른손에 계통 강화를 만들어 냈다.

그리고 계통 강화가 아니라 카론 씨에게 의식을 집중했다.

“—좋아.”

그 순간, 지금까지 계통 강화에 결여되어 있었던 무언가가 딱 맞물렸다.

소량의 마력을 담은 계통 강화지만 그것은 확실한 초록빛을 내고 있었다.

이것이, 내 계통 강화의 진정한 모습.

올가 씨와 똑같은 예쁜 심녹색.

오른손에서 흘러넘치는 계통 강화의 빛을 움켜쥐어 주먹을 만든 나는 그것을 허리 높이로 들어 올렸다.

“나는, 당신을 살리겠어. 당신이 무사하길 바라는 모든 사람을 위해!”

왼발을 크게 앞으로 내딛고 허리의 회전과 함께 속력을 붙인 오른쪽 주먹을 카론 씨의 몸통에 날렸다.

녹색 궤도를 그리며 내질러진 주먹은 똑바로 그의 흉부를 때렸다.

“—으아, 아…….”

주먹이 그에게 박히면서 몸 전체에 커다란 균열이 생겼다.

하지만 강화된 치유마법은 지금까지와는 비교도 되지 않는 속도로 전신의 균열을 순식간에 모조리 치유했다.

"카론 씨……."

내 주먹을 맞고 움직이지 않게 된 그에게 말을 걸었다.

그를 기절시키는 데 성공했는지가 문제였다.

계통 강화는 성공했지만 카론 씨를 완전히 기절시켰는지는 아직 알 수 없었다.

그 순간, 용의 특징인 뿔, 날개, 꼬리가 파스스 부서지며 카론 씨가 인간 모습으로 돌아왔다.

"읏, 레오나 씨! 구속을 해제해 주세요!"

"알겠어!"

근처까지 와 있던 레오나 씨가 카론 씨 옆에 박혀 있던 창을 뽑자 그를 구속하던 얼음창이 전부 부서졌다.

구속이 풀려 지면에 쓰러지는 카론 씨를 황급히 부축한 나는 그의 몸에 이상이 없는지 네아에게 확인했다.

"……이제 괜찮아. 마력도 흐트러지지 않았고, 그의 안에 있는 용의 인자는 완전히 침묵한 것 같아."

"그, 그런가. 다행이다……."

"근데 계통 강화도 네가 쓰니까 진짜 다르게 보이네."

계통 강화와 주먹을 합친 새로운 기술이라는 느낌이려나?

……응, 결정이다.

"이게 바로 계통 강화와 나의 주먹을 합친 미라클 기술. 필생(必

生) 오의, 일점집중 치유마법 정권. 아니면 심플하게 필생 정권, 치유 펀치야."

"매번 생각하지만 너는 기적적으로 작명 센스가 없어. 뭐, 그런 어린애 같은 부분이 귀엽다고 할 수도 있겠지."

어린애 같다니 그게 무슨 소리죠…….

정형화된 반응에서 이제 양식미조차 느껴져…….

싸움은 끝났지만 내 역할은 아직 끝나지 않았다.

우선 다친 아르크 씨와 레오나 씨를 치료해야 했다.

기절한 아르크 씨를 태운 블루링과 아마코에게 손짓한 나는 창을 지팡이 삼아 옆에 서 있는 레오나 씨를 보았다.

"레오나 씨, 지금 치료할게요."

"……그래. 부탁해."

레오나 씨가 내민 손을 잡고 치유마법을 베풀었다.

아픔에 얼굴을 찡그리고 있던 그녀의 표정이 점차 풀어졌다.

"그 창은 카론 씨가 썼던 도끼죠?"

"맞아. 아무래도 카론처럼 나도 선택받은 모양이야."

쓰게 웃은 레오나 씨는 한 손으로 들고 있는 창을 보며 감개무량한 표정을 지었다.

"나는 지금까지 동경했던 용사의 그림자를 그만 좇기로 했어."

"네?"

"사명에 따라 자기 몸을 던져 싸우는 영웅. 그게 내가 이상적으로 여기던 용사의 모습이었지만…… 너와 함께 싸우고 그 생각은 바뀌었어."

똑바로 내 눈을 바라본 레오나 씨는 이어서 말을 자아냈다.

"이제부터는 다른 사람이 아니라 내 뜻에 따라 용사 레오나의 길을 나아갈 생각이야."

레오나 씨는 자신이 나아가야 할 길을 발견한 건가.

내가 그녀에게 얼마나 큰 변화를 줬는지는 알 수 없지만, 확실히 나쁜 방향은 아닌 것 같았다.

"그런데 우사토. 너에게 용사란 무엇이지?"

"예? 제가 생각하는 용사요?"

질문의 의도를 모르겠지만, 나에게 용사는…… 이누카미 선배와 카즈키다.

두 사람은 나와 재회를 약속한 친구……라고 하면 잘 모르려나? 조금 부끄럽지만 솔직히 말해 버릴까.

"소중한 동료예요."

"……후후후, 그런가. 예상했던 대답과 다르기는 하지만 그것도 좋군."

내 말에 레오나 씨는 얼떨떨해했지만 이내 기쁘게 미소 지었다.

"나도 너에게 용사가 되고 싶어."

"예? 그건 무슨—."

"아~! 우사토! 결계가 해제되고 있어!"

미소 짓는 레오나 씨에게 질문하려고 한 순간, 느닷없이 네아가 크게 외쳤다.

그 목소리에 깜짝 놀라 주위를 보니 결계가 입자가 되어 사라졌다.

이로써 미아라크를 구했고, 카론 씨도 살렸다.

우리도 꼴이 엉망이 되긴 했지만, 아무도 죽지 않고 싸움을 이겨낸 것은 기쁜 일이었다.

제13화 마지막 목적지를 향해!

카론 씨를 무사히 살린 나는 레오나 씨와 아르크 씨의 상처를 고친 후, 미아라크의 성으로 돌아가 휴식을 취했다.

원래대로라면 당장 노른 님에게 보고해야겠지만, 카론 씨를 구하면서 미아라크가 살아났음을 안 노른 님은 활짝 웃으며 기절하듯 잠들어 버렸다고 한다.

노른 님이 쉬지 않고 결계를 펼쳐 나라를 지켰음을 알고 있던 우리는 그녀가 깨어날 때까지 기다리기로 했다.

이틀 후, 노른 님이 깨어났다는 소식을 들은 우리는 파르가 님이 계신 크레하 샘이 있는 지하로 불려갔다.

"미안해. 안심했더니 맹렬한 졸음을 버틸 수가 없어서……."

"덕분에 저희도 쉴 수 있었고, 전혀 신경 쓰지 않아요."

"너희가 힘을 빌려준 덕분에 미아라크가 구원받았어. 그리고 본래 구할 수 없었을 카론까지 살려 줘서 그저 고마울 뿐이야."

"나도 감사의 뜻을 표하마. 네가 없었다면 카론을 막을 수 없었을 것이다."

나는 지하에서 기다리고 있던 파르가 님과 노른 님의 감사 인사에 낯간지러운 기분을 느끼며 대답했다.

"으, 음…… 아, 아무도 희생되지 않고 끝나서 정말로 다행이에요……."

되돌아보면 이번에도 상당히 무모한 짓을 했다.

붕괴 상태인 카론 씨는 정말로 전에 없는 강적이었다. 레오나 씨, 아르크 씨, 네아, 아마코, 블루링의 도움이 없었다면 나는 이곳에 없었으리라.

근소한 차이로 이 결말을 이끌어 낼 수 있었다. 나 혼자서는 절대로 할 수 없는 일이었다.

"미아라크 사람들은 이곳에 돌아올 수 있는 건가요?"

"그래. 백성들을 맡아 주고 있는 이웃 나라에 어제 성 사람이 소식을 보냈어. 2주쯤 지나면 이곳으로 돌아올 거야."

역시 집으로 돌아오지 못하는 상황은 힘들었겠지.

안도한 나를 보고 미소 지은 노른 님은 품에서 종이 한 장을 꺼냈다.

낯익은 그 종이는 우리가 미아라크를 찾아왔을 때 그녀에게 건넨 서신이었다.

"맨 처음 얘기했을 때 대답을 보류했지만, 이 나라를 위해 이렇게까지 해준 너희의 말을 의심할 여지는 없어. 나, 노른 엘라드 미아라크는 여왕으로서 서신의 내용을 받아들이겠어."

"저기…… 괜찮은 건가요?"

노른 님의 말에 나는 기쁨보다도 곤혹의 감정이 앞서고 말았다.

마왕군에 대항하여 함께 싸워 주는 것은 기쁘지만, 가뜩이나 힘든 상황인데 이렇게 간단히 제안을 받아들여도 괜찮은지 의문스러웠다.

내 의문을 헤아리고 파르가 님이 대신 대답했다.

"마왕은 강대한 존재다. 녀석에게 맞서려면 단결해야만 해. 미아라크가 위기에서 벗어난 지금, 그 부탁을 거절할 이유는 없어졌다."

파르가 님은 선대 용사와 싸웠던 마왕을 알고 있기에 서신 내용을 받아들여야 한다고 생각하는 건가.

……대체 마왕은 얼마나 강한 존재인 걸까.

적어도 반칙적으로 강했던 선대 용사와 비견할 만한 실력을 가지고 있는 것은 확실했다.

"네가 걱정할 필요는 없어. 카론의 힘이 사라지면서 주위 얼음도 녹고 있으니까, 조금 시간은 걸리겠지만 미아라크는 예전처럼 활기찬 모습을 되찾을 거야."

"그렇게 말씀하신다면……."

마음을 다잡고 얼굴을 든 나는 노른 님과 파르가 님에게 머리를 숙여 감사하다고 말했다.

"서신 이야기는 이걸로 끝이다. 우사토, 너에게 전해 둘 것이 있다."

"뭔가요?"

"너의 벗, 두 용사의 무구에 관해서다."

내 기억 속 이누카미 선배와 카즈키를 본 파르가 님이 만드는 무구를 말하는 걸까?

"미아라크가 부흥하는 대로 바로 무구를 생성할 것이다. 너의 건틀릿과는 달리 처음부터 만드는 것이라 상당한 시간이 걸린다는 사실을 전해 두자고 생각했다."

"알겠습니다. 파르가 님도…… 그, 너무 무리하지는 마세요."

자신의 신체를 잘라 무구를 만드는 것은 파르가 님의 몸에 상당한 부담을 줄 것이다.

내 말에 파르가 님은 입꼬리를 비틀어 미소 지었다.

"훗, 걱정하지 않아도 된다. 힘이 줄어들 뿐, 죽지는 않는다. 앞으로도 나는 변함없이 이곳에 계속 있을 것이다. 그리고 나의 일부를 가진 너의 앞길도 지켜보겠다고 말하지 않았나. 적어도 그것을 완수하기 전에는 죽지 않는다."

어? 그거 진심이셨던 건가요…….

어쩌지. 내 일거수일투족을 파르가 님이 주목하는 거야?

뭔가 황송하네…….

"우사토는 평범하지 않은 존재에게 주목받는구나."

"그렇게 말하는 너도 평범하지 않지만."

"그러는 너도 평범하지 않거든? 새끼 여우."

뒤에서 평소처럼 싸움이 일어나려 하고 있지만, 네아의 말에 짚이는 존재가 너무 많아서 곤란했다.

"너희는 오늘 중으로 여길 떠날 거니?"

"네. 대답도 받았고 휴식도 충분히 취했으니 짐을 싸는 대로 다음 목적지에 갈 생각이에요."

"아쉽네. 이것저것 답례를 하고 싶었는데……."

노른 님이 정말 아쉽다는 얼굴로 말했다.

카론 씨의 폭주가 수습되면서 미아라크에 평화가 돌아왔다고는 하지만 모든 것이 원래대로 돌아온 것은 아니었다. 사람들이 떠나 황폐해진 도시 내부를 부흥시켜 나가야만 했다.

우리가 오래 있어 봤자 민폐일 것이다.

“다음 목적지는 수인의 나라였던가?”

“네.”

파르가 님의 말에 고개를 끄덕였다.

우리의 여행 최종 목적지이자 아마코가 나에게 도움을 구한 이유— 아마코의 엄마가 있는 수인의 나라.

“조심해라. 지금 그곳에서 묘한 일이 일어나려 하고 있다.”

“묘한 일이요?”

“수인들이 무엇을 하고 있는지는 모른다. 하지만 한 가지 말할 수 있는 것은, 수인은 지금도 인간이라는 존재를 미워한다는 점이다. 너희라면 괜찮겠지만, 조심해서 나쁠 것은 없다.”

묘한 일인가…….

나쁜 일이 아니라면 좋겠지만, 어쨌든 가 보지 않으면 시작되지 않는다.

아마코의 엄마를 살리려면 수인의 나라에 가야만 했다.

“마음에 새겨 두겠습니다.”

“음. 내가 할 말은 더 이상 없다. 노른.”

“네.”

파르가 님이 재촉하자 노른 님이 입을 열었다.

“그럼 최소한의 답례로 여행에 필요한 물과 식량을 줄게.”

“감사합니다.”

수인의 나라까지는 조금 먼 모양이니 고맙게 받자.

“그리고 링글 왕국으로 돌아갈 때는 이쪽에서 배를 준비할게. 너희가 수인의 나라에서 돌아올 무렵에는 얼음도 완전히 녹을 테고, 배로 강을 따라 내려가서 링글 왕국 근처까지 너희를 데려다줄 수 있어.”

그럼 돌아갈 때는 올 때보다 편하게 갈 수 있는 건가?

배를 타고 돌아가는 것이 기대되었다.

……그건 그렇고, 미아라크에 도착하고 오늘까지 정말로 길었다.

하지만 여기서 내가 얻은 것은 쓸모없지 않았다.

나만의 싸움법, 파르가 님이 만들어 준 건틀릿, 그리고 치유마법의 계통 강화 터득.

게다가 레오나 씨도 자신만의 용사의 길을 나아가게 되었다.

“어라? 그러고 보니 레오나 씨는 어디 있나요?”

오늘 그녀의 모습을 보지 못해서 고개를 갸우뚱하고 있자 노른 님이 내 의문에 답해 주었다.

“레오나한테는 이곳을 떠나는 너희를 배웅하라고 부탁했어.”

“그런가요.”

마지막에 얼굴을 못 본 채로 헤어지지 않아서 다행이다.

한시름 놓은 나는 노른 님과 파르가 님에게 작별 인사를 하고서 다시 떠날 준비를 하기 위해 지상으로 돌아왔다.

***

수인의 나라로 갈 준비를 마친 우리는 마구간에 있는 말과 늘어지게 자고 있던 블루링을 억지로 깨운 후, 오늘까지 신세 진 메이드에게도 작별을 고하고 성을 출발했다.

메이드의 이야기에 의하면 레오나 씨는 성문 쪽에서 기다리고 있는 듯했다.

성문이 보이는 곳으로 나오자 문 안쪽에 두 사람이 있는 것이 보였다.

배웅해 주는 것은 레오나 씨 혼자일 줄 알았는데, 누가 또 있는 건가?

의문스럽게 여기며 다가가니 레오나 씨와 또 다른 인물의 모습이 선명하게 보였다.

"……아."

레오나 씨 옆에 있는 사람은 지팡이를 짚은 남성이었다.

낯익은 남성…… 아니, 낯익은 수준이 아니라 불과 며칠 전에 사투를 벌였던 인물, 카론 씨였다.

"오오! 왔나!"

길었던 머리카락을 짧게 자른 카론 씨는 우리를 향해 크게 손을 흔들었다.

그런 그를 본 레오나 씨는 이마를 짚으며 한숨을 쉬었다.

"카론, 너무 무리하지 마. 오늘 막 깨어났잖아."

"하하하, 알고 있어."

레오나 씨에게 그렇게 대답한 카론 씨는 산뜻한 분위기가 느껴지는 사람이었다.

카론 씨는 우리에게 시선을 옮기고서 친근하게 웃었다.

"이미 알고 있겠지만 내 이름은 카론. 미아라크의 기사였던 자야. 이번 일은 정말 미안했어. 그리고 고맙다. 너희가 없었다면 나는 내 손으로 고향을 망가뜨렸을 거야."

"어, 음, 몸은 괜찮으세요?"

깊이 머리를 숙인 카론 씨를 보고 당황한 나는 순간적으로 그의 몸에 이상이 없는지 물었다.

역시 바로 눈앞에서 감사받는 것은 익숙해지지 않았다.

"너의 치유마법 덕분에 상처 하나 없어. 설마 치유마법을 걸면서 때릴 줄은 몰랐지만 말이지. 하하하!"

"싸울 때의 기억이 있는 건가요?"

구하는 과정에서 때린 것을 카론 씨가 기억하는 것에 동요하며 그에게 기억이 남아있는지 물었다.

"그래. 듬성듬성하지만 기억은 있어. 미아라크 백성들에게 피해를 준 것, 레오나와의 싸움…… 그리고 나를 필사적으로 구하려고 했던 네 모습을 나는 기억해."

"……저는 그저 무모하게 굴었을 뿐이에요. 레오나 씨와 동료들이 몇 번이나 목숨을 구해 줬고, 저 혼자였다면 카론 씨를 구할 수 없었을 거예요."

"위험을 무릅쓰면서까지 도와주는 친구가 있는 건 아주 멋진 일이지."

뭐랄까, 레오나 씨가 카론 씨를 이상적인 기사라고 했던 것이 이해가 갔다.

그의 성품을 알게 된 뒤, 신경 쓰이던 점을 질문했다.

"앞으로 카론 씨는 어쩌실 건가요?"

"글쎄…… 우선 속죄해야겠지. 내 안에 잠든 용의 힘이 폭주한 탓이지만, 미아라크를 위기에 빠뜨린 건 다름 아닌 나 자신이야. 미아라크가 부흥한 후에 마땅한 벌을 받을 생각이야."

미아라크는 위기에서 벗어났다. 그렇게 끝낼 수 있다면 좋겠지만, 폭주한 카론 씨가 문책받지 않을 수는 없을 것이다.

하지만 역시 이유가 이유다 보니 노른 님과 파르가 님이 편의를 봐줄 것 같지만…….

"그리고 나는 이제 기사가 될 수 없어."

"예? 어째서요?"

"마력을 다듬을 수 없게 됐거든. 그 탓인지 지팡이가 없으면 제대로 걸을 수 없게 되어 버렸어. 뭐, 평범하게 사는 데는 별로 힘들지 않겠지만, 기사로서 싸우기에는 내 몸이 너무 약해지고 말았어."

"일시적이었지만 무리한 각성이 카론의 몸에 엄청난 부담을 준 걸까? 우사토의 계통 강화로도 치유할 수 없을 만큼……."

뒤에서 들린 네아의 중얼거림에 나는 입을 다물었다.

내가 더 빨리 그를 구해 냈다면 이렇게 되지 않았을지도 모른다. 오만한 생각일지도 모르지만 그런 생각이 들고 말았다.

"네 탓이 아니야. 애초에 사람이 용이 되는 게 무리한 이야기였어. 그 변화 끝에 나는 마법을 다루는 힘을 상실했을 뿐이야. …… 그리고 내가 없어도 믿음직한 자가 있으니까. 이를테면 옆에 있는 성실 기사 말이지."

"이상한 이름으로 부르지 마."

레오나 씨가 뚱한 눈으로 카론 씨를 노려보았다.

그 시선에서 도망치듯 이쪽으로 고개를 돌린 카론 씨는 내 어깨에 손을 얹었다.

"그러니까 네가 마음 쓸 필요는 없어. 네가 한 일은 틀리지 않았어."

"……네."

"좋아! 내 쪽에서 할 이야기는 끝! 레오나, 너도 하고 싶은 말이 있지 않았어?"

"원래 노른 님께서 배웅을 맡긴 건 나다만……."

내 어깨에서 손을 떼고 뒤로 물러난 카론 씨를 어이없게 바라본 레오나 씨는 교대하듯 우리 앞으로 나왔다.

"……."

"……으음."

왜 아무 말도 안 하시나요……?

막상 말하려니 긴장했는지 똑바로 우리를 보던 시선은 점차 대각

선 아래로 이동했다.

"레오나 씨?"

"……읏, 미, 미안! 생각했던 말이 머릿속에서 사라져 버려서……!"

"어이, 어이, 레오나. 그건 아니지."

"시, 시끄러워, 카론!"

레오나 씨는 얼굴을 붉히고서 카론 씨에게 호통을 쳤다.

그런 그녀를 보고 쓰게 웃은 나는 긴장을 달래 주기 위해 먼저 말을 꺼냈다.

"그 창, 정말 잘 어울려요."

"어?! 그, 그래?"

레오나 씨가 쑥스러워하며 창을 움켜쥐었다.

실제로 기사인 레오나 씨에게 용사의 창은 잘 어울렸다.

"레오나. 쑥스러워하는 것도 좋지만 이야기가 진전되지 않고 있잖아."

"읏, 알고 있어! 일일이 참견하지 마!"

레오나 씨는 기분을 전환하듯 크흠 하고 헛기침을 했다.

"마, 마지막으로 너희와 이야기하고 싶었어."

그 말에 고개를 끄덕이자 레오나 씨는 우리를 한 명 한 명 둘러보았다.

"……너희와 처음 만났을 때, 나는 줄곧 헤매고 있었어. 나 같은 인간은 용사에 적합하지 않다고, 하지만 용사로서 미아라크를 지켜야만 한다고……. 사방이 막혀 있던 그런 상황 속에서 나는 너희와 만났어."

레오나 씨가 나를 똑바로 바라보았다.

"충격적이었어. 지금까지 알고 있었던 상식을 뒤엎는 전투 방식과 강한 마음. 그리고 수인이든 마물이든 마음이 통하는…… 기발함."

"솔직하게 괴짜라고 말해도 돼."

"네아, 해도 되는 말과 하면 안 되는 말이 있어. 알겠니?"

치유마법탄을 검지 위에 생성하고 웃어 보이자 네아가 열심히 고개를 끄덕였다.

내가 시선을 돌리자, 네아가 「저기, 이게 마음이 통하는 걸로 보여?!」 하고 울먹이며 레오나 씨에게 호소했다.

"그런 너를 보고, 나는 독선적인 생각을 품고서 내 몸을 돌보지 않는 수단을 쓰려고 했어. 너희가 카론과의 싸움에 말려들어 죽어서는 안 되니까. 노른 님도, 파르가 님도, 성에 남은 자들도 다치지 않기를 원하니까…… 내 목숨과 맞바꿔 카론을 쓰러뜨리자고 생각했어."

레오나 씨의 말에 뒤에 있던 카론 씨는 비통한 표정을 지으며 지팡이를 쥔 손에 힘을 줬다.

"각오를 하고 죽음으로 향하던 나를 말려 준 게 너야. 혼자 감당하는 게 아니라 누군가에게 도움을 구하면 된다. 그런 간단한 사실을 깨닫지 못했었지만 지금은 달라. 우사토, 너는 의지하는 것을 내게 가르쳐 줬어. 혼자서 무리라면 옆에 있는 누군가를 의지하면 돼. 힘들어하는 자가 있으면 손을 내밀면 돼. 지금 내가 여기에 서 있는 건 너의 말과 행동 덕분이야."

"그……."

"그렇지 않다고 너라면 겸손해할 것 같지만."

내가 말하기도 전에 레오나 씨에게 먼저 읽히고 말았다.

어안이 벙벙해진 나를 보고 레오나 씨는 미소를 지었다.

"너는 알기 쉽군."

"어? 알기 쉬운가요? 아마코, 나는 그렇게 얼굴에 잘 드러나?"

"응. 귀신이 됐다가 사람이 됐다가 해."

그건 얼굴에 잘 드러나는 게 아니라 변모한다는 걸 잘못 말한 게 아닐까.

그보다 내 얼굴은 무슨 가면인가.

은근히 충격받은 내게 아마코가 이어서 말을 자아냈다.

"농담이야. 하지만 우사토는 무슨 생각을 하는지 알기 쉬운 편이야."

"아마코가 보기에도 그렇구나……."

"하하하, 우사토 님은 표정이 풍부하시니까요."

아, 아르크 씨까지…….

"후후, 너희가 주거니 받거니 하는 모습을 볼 수 없게 되는 건 쓸쓸하지만…… 슬슬 헤어질 시간이야."

"그러네요."

레오나 씨의 말에 고개를 끄덕였다.

계속 여기서 이야기하고 있을 수는 없었다.

그리고 링글 왕국으로 돌아갈 때 다시 이곳에 올 테니 그렇게 긴

이별은 아니었다.

"너희의 앞길이 험난하다는 건 알지만, 그래도 나는 너희의 여행이 무사히 끝나기를 기도하겠어."

"다음에 만날 때를 기대하고 있을게."

"네. 레오나 씨, 카론 씨. 건강하세요."

레오나 씨와 카론 씨에게 작별 인사를 한 우리는 미아라크 성문 밖으로 걸어 나가……기 전에 문득 어떤 생각이 떠올랐다.

"아, 맞다."

"응? 왜 그래? 우사토."

"레오나 씨한테 말한다는 걸 깜빡했어."

발을 멈추고 뒤돌아본 나는 배웅해 주는 레오나 씨에게 하려고 했던 말을 던졌다.

"레오나 씨도 제게 있어 용사예요!"

"읏?!"

"그럼!"

어제, 레오나 씨의 말을 곰곰이 생각해 봤다.

하지만 생각할 것도 없이 답은 바로 나왔다. 내게 있어 소중한 동료…… 즉, 그런 것이라고.

내 말에 레오나 씨는 깜짝 놀란 표정을 짓더니 얼굴을 감추듯 고개를 숙여 버렸다.

그 옆에 있는 카론 씨는 웃으며 우리에게 손을 흔들어 줬다.

마지막으로 그 말을 하고 싶었던 나는 카론 씨에게 마주 손을 흔

들며 앞으로 몸을 돌렸고, 그대로 걷기 시작했다.

"역시 우사토는 자각이 없어."

"마음에 안 들지만 동의해. 이건…… 그래, 일종의 바람둥이야."

"방금 그 말의 어딜 보고 그렇게 판단한 거야?!"

이럴 때만 사이가 좋아지는 아마코와 네아의 말에 불합리함을 느낀 나는 어깨를 떨궜다.

미아라크에서 날뛰던 용의 힘은 진정되고 평화가 돌아왔다.

이제 미아라크 사람들이 돌아와서 부흥하기만 하면 된다.

하지만 우리의 여행은 끝나지 않았다. 루크비스, 사마리알, 미아라크에서 사명을 마친 우리가 다음으로 향하는 곳은 인간이 발을 들이기 어려운 곳, 수인의 나라.

아마코의 엄마를 구하기 위해 우리는 최후의 목적지로 걸음을 옮겼다.

막간 마왕의 책략

용은 마음이 약한 생물이다.

악에 삼켜진 용은 포학하게 모든 것을 파괴하는 사룡이 되었고, 사람을 사랑한 용은 어둡고 차가운 호수 밑바닥에서 조용히 인간들의 삶을 지켜보고 있을 뿐이다.

내가 보기에 녀석들은 약한 생물이었다.

"상당히 그리운 녀석을 떠올렸군."

"네?"

옆에 선 시엘의 긴장한 목소리를 듣고 유쾌하게 입가를 일그러뜨렸다.

"미아라크에 숨어 있던 신룡이 마침내 움직이기 시작한 모양이다. 권속…… 아니, 자손의 폭주를 겪고 겨우 진지해졌다고 해야 할까?"

"이, 이전에 여쭸습니다만, 사룡에 이어서 그런 존재가 이렇게 움직이기 시작하다니……."

미아라크에서 일어난 일은 내게도 예상외의 사태였다.

설마 신룡 파르가가 인간과의 사이에서 자식을 얻었을 줄은 생각도 못 했기 때문이다.

"신룡은 어떻게 하실 겁니까?"

"내버려 둘 수밖에 없겠지. 사룡과 달리 녀석이 다루는 마술은 조금 성가셔."

처리할 수 없는 건 아니지만 상당한 시간이 걸릴 것이다.

그런 일에 전력을 할애할 수는 없다.

지금 나의 군대는 옛날만큼 힘이 있지 않으니 말이다.

"그보다 지금 신경 쓸 건 수인족이다."

내 말에 시엘이 얼굴을 약간 찡그렸다.

나는 시선만 그쪽으로 돌려서 물었다.

"뭐지?"

"……그들이 순순히 동맹을 맺을까요?"

"글쎄, 어떨까."

인간에게 핍박받고 차별받아 온 수인족.

깊은 숲속에 살며 독자적인 문화를 구축하고 평화롭게 지내던 수인족이 우리의 요구에 응할지는 나도 알 수 없었다.

"그건 제2군단장의 재량에 맡겼다."

"……."

"왜 그러지? 내 지휘에 불만이라도 있나?"

"아, 아아, 아닙니다!"

시엘이 허둥거렸다.

확연하게 반응하는 그녀의 모습에 속으로 웃으며 가볍게 손을 흔들었다.

"네가 의심하는 것도 무리는 아니겠지. 확실히 제2군단장은 그 역할에 적합한 인물이라고 하기 어려우니 말이다."

젊고 전투 능력이 출중하나 애석하게도 일을 안 했다.

녀석이 군단장으로 있는 것은 단순히 압도적인 무력을 지녔기 때문일 뿐, 아미라처럼 자신을 돌보는 것조차 잊는 책임감 따위 조금도 가지고 있지 않았다.

“하지만 그런 의미에서 이번 일에 적임이다.”

“이, 이유가 무엇입니까?”

“내가 녀석에게 부과한 사명은 그런 것이니까.”

내 말에 시엘은 무슨 뜻인지 모르겠다는 듯 고개를 갸웃했다.

제2군단장에게 명령을 내릴 때 시엘을 물렸으니 이해하지 못할 만도 했다.

필사적으로 이해해 보려고 했지만 그래도 알 수 없었는지 시엘의 얼굴이 점차 울 것 같은 표정이 됐을 무렵에 말을 걸었다.

“울상 짓지 마라. 이해하지 않아도 된다.”

“죄, 죄송합니다…….”

“변함없이 감정이 풍부하구나. 미안하다, 조금 놀리고 말았어.”

“마, 마왕님…….”

약간 흐뭇하게 여기며 가볍게 잘못을 사과했다.

나야 여흥이 끊이지 않아서 즐겁긴 하지만, 내가 시녀를 가지고 노는 귀축이라는 소문이 마왕군 내에 퍼지는 것은 사양하고 싶었다.

진정이 됐는지 눈가가 조금 빨개진 시엘이 조심스럽게 질문했다.

“……만약 그가 자신에게 주어진 명령을 잊어버렸다면 어쩌실 겁니까?”

"그렇게 되더라도 보좌로 그녀를 데려갔으니 괜찮겠지."

"……아아, 그분이 곁에 있다면 괜찮을 것 같네요."

납득이 갔는지 안도하는 시엘을 곁눈질로 보다가 문득 어떤 생각을 떠올렸다.

"녀석들도 수인의 나라에 갈까?"

저주에 침식된 왕족이 사는 왕국에서 신룡이 사는 나라까지 찾아갔던 치유마법사를 필두로 한 집단.

분명 녀석들 중에 수인족이 있었을 터…….

만약 녀석들의 다음 목적지가 수인의 나라라면 재미있는 일이 일어날 것 같다.

막간 마왕군 제2군단의 임무

나, 아미라 베르그레트는 링글 왕국과의 싸움에서 패주할 수밖에 없었다.

그 책임으로 제3군단장의 지위를 박탈당한 나는 평범한 일개 병사로서 싸우기를 택했다.

언젠가 일어날 전투를 위해 단련하고 있었지만, 제2군단장이 나를 불러내면서 상황이 바뀌었다.

녀석은 마왕님에게 특별한 명령을 받았으니 그 임무에 나도 동행하라고 말했다.

마왕님께 받은 명령이라면 어떤 내용이든 목숨 걸고 수행할 생각이다.

하지만 문제는 내가 일시적으로 제2군단장의 부하가 되어 임무를 수행해야 한다는 점이었다.

"베르그레트 군단장 보좌. 아까부터 줄곧 찡그린 얼굴인데 피곤해?"

제2군단장 보좌.

그렇게 불리고 인상을 찌푸린 나는 앞서 걸어가는 남자에게 비아냥을 돌려주었다.

"그래. 네놈과 있는 건 피곤해."

"어이쿠, 그거 미안한걸."

태평하게 말을 걸어오는 것에 몇 번째인지 모를 한숨을 쉬었다.

갑옷조차 걸치지 않고 검은 옷을 입은 남자는 내 비아냥에 말뿐인 사죄를 하고서 다시 앞으로 몸을 돌렸다.

마왕군 제2군단장, 코가 딩갈.

열일곱 살이라는 나이에 군단장 직함을 가진 천재……라고 하면 듣기는 좋지만, 실제로는 부하에게 전투 이외의 업무를 전부 맡기고 있는 게으름뱅이였다.

"하아……."

현재, 우리는 마왕령을 떠나 나무들이 우거진 계곡 안을 나아가고 있었다.

부하 다섯 명이 우리 뒤를 따라오고 있었는데, 그 얼굴에서 피로가 보였다.

"어이, 슬슬 부하들에게 휴식 시간을 줘. 이대로는 계곡을 넘어가기 전에 피로로 쓰러질 거야."

"응? 아아, 그러네."

부하들에게 휴식하라고 한 녀석은 근처 나무줄기에 기대앉았다.

한숨 돌리는 부하들을 힐끗 보고서 나는 녀석에게 미심쩍은 시선을 보냈다.

"……정말 이 인원수로 괜찮은 건가? 너라면 더 많이 데려올 수 있었을 텐데."

"이번 임무의 목적은 위압하는 게 아니야. 우리는 수인이 쓸 만한지 쓸모없는지 확인하러 가는 거니까."

마왕님께서 분부하신 명령은 『수인족이 인간과 싸울 수 있는 존재인지 확인하라』라는 것이었다.

마왕님이 힘이 보태 주신다면 지금도 충분히 인간들의 군세와 싸울 수 있지만, 전력은 많을수록 좋았다.

그러나 동맹을 맺더라도 정작 수인족이 짐짝이 된다면 동료로 삼을 가치가 없었다.

그래서 마왕님은 제2군단장인 코가를 사자로 보내며 수인족을 확인하라고 명하셨다.

"적대할 가능성도 있잖아?"

"전직 군단장인 너와 현역 군단장인 내가 있어. 오히려 과잉 전력이지."

"상대를 너무 얕보다가는 큰코다칠 거야."

"그건 그것대로 재미있으니까 상관없어."

맥 빠지게 헤실거리는 코가의 모습에 짜증이 났지만, 이 녀석을 상대로 화내 봤자 의미가 없음을 알기에 한숨을 쉴 수밖에 없었다.

"그리고 여럿이서 이곳을 넘는 건 무리야. 역시 마물의 영역이라 그런지 강력한 마물이 무더기로 있으니까. 괜히 자극해서 귀찮은 사태가 벌어지는 건 사양이야."

"……확실히 그건 그렇지."

이곳은 인간도, 마족도 아닌 마물의 영역.

이곳을 지나면 대하를 건너지 않아도 수인의 나라에 갈 수 있지만 마물에게 공격받을 위험성이 높았다. 그 점을 생각하면 소수 정예로 이동하는 것도 이해가 갔다.

"그나저나 네가 있으니까 부하들을 신경 쓸 필요가 없어서 편하네."

"……."

이 녀석, 앞으로도 부하에게 내리는 지시나 그 외 이것저것을 전부 나한테 일임할 생각이구나.

전력 강화를 구실로 나를 거의 강제로 보좌로 임명해서 데려온 이유가 이건가!

"진심으로 마음에 안 든다는 표정이지만…… 너, 나한테 빚이 있다는 거 잊지 마. 우리 군단의 비장의 아이를 링글 왕국의 포로로 만든 거, 잊지 않았으니까."

"윽…… 알고 있어."

제2군단에서 내 군단으로 파견됐었던 흑기사가 링글 왕국과의 싸움에서 포로가 되어 버린 것을 말하는 거겠지.

그 반칙적인 능력을 가진 흑기사가 포로로 잡히다니, 생각조차 못 한 일이었다.

"뭐, 나도 그 녀석…… 페름이 포로가 될 줄은 몰랐어. 나와 똑같은 어둠마법 사용자여도 그 녀석의 마법은 이질적이었으니까."

『반전』 특성을 가진 어둠마법.

적대자에게 상처를 되돌려주는 흑기사의 마법은 그 어떤 강적에게도 치명상을 줄 수 있는 무적의 마법일 터였다.

코가도 흑기사라는 전력을 내주면서 나와 똑같은 생각을 했을 것이다.

"그래서 그 녀석이 인간에게 졌다고 들었을 때는 진짜 놀랐어. 치유마법사에게 얻어맞다니, 나도 모르게 웃어 버렸다니까. 아군을 회복시키는 녀석이 왜 흉악한 어둠마법사한테 덤비는 거야! 하고 말이야."

"어이, 걱정 안 돼? 너의 부하잖아."

부하가 포로로 잡혔는데 어떻게 웃을 수 있지?

채신머리없는 말투에 무심코 코가를 날카롭게 노려보았다.

"그렇게 걱정되진 않아. 오히려 상대편에 붙었을 가능성도 생각하고 있어."

"……왜 그렇게 말할 수 있는 거야?"

"그 녀석에게 마왕군은 그 정도 존재니까. 그 녀석이 마왕군에서 싸운 건 마왕님을 위해서가 아니라 자신을 위해서였어. 그저 힘을 마음껏 행사할 수 있는 환경을 원했을 뿐이야."

듣고 보니 확실히 코가의 말이 맞다는 생각이 들었다.

타인에게까지 「마왕님을 위해 싸워라!」라고 강요할 마음은 없지만, 그 녀석이 어떤 이유로 싸우고 있었는지 알고 싶었는데…….

그때의 나는 군단장 역할을 소화하느라 벅차서 흑기사에게 고함치기만 했었다.

군단장이라는 입장에서 내려와 안정된 지금이라면 좀 더 이야기를 나눌 수 있을지도 모른다.

"어둠마법사는 누구나 이해자를 원해."

"이해자?"

"태어난 그날부터 꺼림칙하게 여겨지며 자라니까. 그렇게 자라니 자연스럽게 성격이 삐뚤어지지."

"너처럼?"

"나는 그래도 겉으로 드러나지 않으니까 그나마 나은 편이야."

헤실헤실 웃은 코가는 자신의 손바닥을 바라보았다.

그 표정은 웃는 얼굴이지만 어딘가 먼 곳을 보는 듯한 눈에서는 공허함이 느껴졌다.

"그래서, 페름을 이해해 주는 인물이 링글 왕국에 있다면 그 녀석은 마왕군으로 돌아오지 않을 거야. 자신이 존재할 이유가 거기에 있으니까."

존재할 이유인가.

배신자로 치부하고 끝낼 만큼 간단한 이야기는 아니었다.

어둠마법사를 기피하며 그런 환경을 만들어 낸 것은 다름 아닌 우리 마족이기 때문이다. 사실 어둠마법사는 마족과 인연을 끊었어도 이상하지 않았다.

내심 고민하며 팔짱을 끼자 코가가 문득 생각났다는 듯이 나를 보았다.

"그보다 내가 신경 쓰였던 건 페름을 때려눕힌 치유마법사와 두 용사야."

"……그건 나한테 괴로운 기억일 뿐이다만."

로즈에 이은 두 번째 치유마법사와 두 용사.

흑기사가 전투 불능까지 몰아붙였던 두 용사를 거의 완쾌 수준으로 회복시켜서 전선에 복귀시킨 치유마법사.

빛과 번개라는 비할 데 없이 강력한 속성의 마법을 다루며, 마왕군의 주요 전력이었던 뱀 마물 바르지나크를 타도한 두 용사.

그들의 존재는 나에게 트라우마일 뿐이었다.

두 용사도 그렇지만, 거의 불사신인 회복 요원이 한 명 더 있다니, 최악이라는 한마디로 정리할 수 있었다.

코가는 그들에게 상당한 관심이 있는지 평소의 무기력한 모습과는 달리 흥미진진하게 말했다.

"전쟁에 나갔던 병사한테 듣자 하니, 그 치유마법사와 두 용사는 나랑 나이가 크게 차이 나 보이지 않는다고 해서 더 놀랐어."

"……뭐? 우연이겠지."

"그런가? 내가 보기에는 치유마법사와 용사들 사이에 뭔가 연결고리가 있을 것 같은데……."

나는 나이보다도 2년 전의 전투 때는 없었던 로즈와 똑같은 치유마법사가 대체 어디서 솟아났는지가 심히 의문이었다.

"굉장히 열심이네."

"열심이라기보다…… 기회가 있으면 싸워 보고 싶어서."

"……네가 그런 말을 하다니 별일이군."

"그러게."

싸움을 귀찮아하는 이 녀석이 싸우고 싶다고 말한 것에 나는 솔직히 놀랐다.

"내가 바라는 건 숙적과의 싸움뿐이야. 현재 그 후보가 용사와 그 치유마법사인 거지. ……뭐, 치유마법사에게는 별로 기대하지 않지만."

숙적이라…….

지금까지 무기력하다고 생각했던 이 녀석의 인상이 조금 바뀌었다.

"……그 숙적이란 건 지금까지 있었어?"

"아니, 없었어. 적어도 나와 주먹다짐할 만한 기개가 있어야지."

"훗, 널 상대로 근접전을 벌이려는 녀석은 그냥 바보잖아."

내 말에 깊이 고개를 끄덕인 코가는 씩 웃었다.

늘 태평한 녀석이 이런 표정도 지을 줄 알았나 싶을 만큼 호전적인 웃음이었다.

"바보면 어때. 난 그런 게 정말 좋아."

"코가, 너는—."

그때, 내 말을 가로막듯 마물의 포효가 울렸다.

그리 멀지 않은 곳에서 들려온 그 소리에 천천히 일어선 코가는 나와 부하들에게 일어나라고 재촉했다.

"쓸데없이 마물과 싸울 필요는 없지. 충분히 쉬었지? 그럼 가자."

"……그래."

코가의 말에 고개를 끄덕이고 다시 험한 길을 걷기 시작했다.

『어둠마법사는 누구나 이해자를 원해.』

코가가 한 말이지만, 그것이 다름 아닌 코가 본인에게도 해당된다면…….

"……아냐, 임무에 집중하자."

지금은 이런 생각을 할 때가 아니다.

잡념을 몰아내고 눈앞의 풍경을 의식한 나는 마왕님이 명하신 임무를 수행하기 위해 지면을 밟았다.

Character Design

노른

카론

파르가

치유마법의 잘못된 사용법 7
~전장을 달리는 회복 요원~

초판 1쇄 발행 2019년 11월 20일

지은이_ KUROKATA
일러스트_ KeG
옮긴이_ 송재희

발행인_ 신현호
편집장_ 김은주
편집진행_ 최은진 · 김기준 · 김승신 · 원현선 · 권세라
편집디자인_ 양우연
국제업무_ 정아라 · 전은지
관리 · 영업_ 김민원 · 조은걸 · 조인희

펴낸곳_ (주)디앤씨미디어
등록_ 2002년 4월 25일 제20-260호
주소_ 서울시 구로구 디지털로 26길 111 JnK디지털타워 503호
전화_ 02-333-2513(대표)
팩시밀리_ 02-333-2514
이메일_ lnovelpiya@naver.com
L노벨 공식 카페_ http://cafe.naver.com/lnovel11

ISBN 979-11-278-5324-2 04830
ISBN 979-11-278-4277-2 (세트)

값 9,800원

L NOVEL

Kizuka Nero 2018
Illustration: Sinsora
KADOKAWA CORPORATION

두 번째 용사는 복수의 길을 웃으며 걷는다 1~6권

키즈카 네로 지음 | 신소라 일러스트 | 김성래 옮김

무엇을 잘못했을까.
용사로 이세계에 소환되었던 나— 우케이 카이토는 자문자답한다.
아무쪼록 도와 달라고 간청하는 말을 따라서 용사가 된 나는
마왕을 쓰러뜨림으로써 이 세계를 구원했지만…….
이제 볼일은 끝났다는 듯이 파티원 모두가 배반했다.
고락을 함께했고 동료라고 여겼던 놈들에게 누명을 씌워진 채
나는 끝내 살해당했다.
죽음을 맞이하는 순간, 나는 구원을 바라는 대신
이것들을 괴롭히고 괴롭힌 끝에 죽여버리겠다고 저주했다.
—정신을 차렸을 때, 나는 이세계에 소환되었던 때로 돌아와 있었다.
배반자에게 살해당했던 기억을 지닌 채.
이놈들 전부 기필코 다 죽여버리겠다!
가장 잔혹한 방법으로, 한 조각의 구원도 없는
고통과 비명의 피 구렁텅이에 빠뜨려서 죽여주겠다!!

—자, 복수를 시작하자.